KB161164

우리고전 100선 14

나는 모든 것을 알고 싶다—성호사설 선집

우리고전 100선 14

**나는 모든 것을 알고 싶다—성호사설 선집**

2010년 5월 10일     초판 1쇄 발행
2020년 5월 30일     초판 9쇄 발행

| | |
|---|---|
| 편역 | 김대중 |
| 기획 | 박희병 |
| 펴낸이 | 한철희 |
| 펴낸곳 | 돌베개 |
| 책임편집 | 이경아 이혜승 |
| 편집 | 조성웅 김희진 좌세훈 권영민 신귀영 김태권 |
| 디자인 | 이은정 박정영 |
| 디자인기획 | 민진기디자인 |
| 표지그림 | 전갑배(일러스트레이터, 서울시립대학교 시각디자인대학원 교수) |

| | |
|---|---|
| 등록 | 1979년 8월 25일 제406-2003-000018호 |
| 주소 | (10881) 경기도 파주시 회동길 77-20 (문발동) |
| 전화 | (031) 955-5020 |
| 팩스 | (031) 955-5050 |
| 홈페이지 | www.dolbegae.co.kr |
| 전자우편 | book@dolbegae.co.kr |

ⓒ김대중, 2010

ISBN 978-89-7199-381-1 04810
ISBN 978-89-7199-250-0 (세트)

우리고전 100선 14

# 나는 모든 것을 알고 싶다

―

## 성호사설 선집

김대중 편역

돌베개

지금 세계화의 파도가 높다. 현재 진행되고 있는 세계화는 비단 '자본'의 문제이기만 한 것이 아니라, '문화'와 '정신'의 문제이기도 하다. 그 점에서, 세계화에 어떻게 대응할 것인가 하는 것은 우리의 생존이 걸린 사활적(死活的) 문제인 것이다. 이 총서는 이런 위기의식에서 기획되었으니, 세계화에 대한 문화적 방면에서의 주체적 대응이랄 수 있다.

생태학적으로 생물다양성의 옹호가 정당한 것처럼, 문화다양성의 옹호 역시 정당한 것이며 존중되지 않으면 안 된다. 그럼에도 세계화의 추세 속에서 문화다양성은 점점 벼랑 끝으로 내몰리고 있는 것처럼 보인다. 하지만 문화적 다양성 없이 우리가 온전하고 행복한 삶을 살 수 있겠는가. 동아시아인, 그리고 한국인으로서의 문화적 정체성은 인권(人權), 즉 인간권리의 문제이기도 하기 때문이다. 그래서 우리 고전에 대한 새로운 조명과 관심의 확대가 절실히 요망된다.

우리 고전이란 무엇을 말함인가. 그것은 비단 문학만이 아니라, 역사와 철학, 예술과 사상을 두루 망라한다. 그러므로 일반적으로 알려져 있는 것보다 훨씬 광대하고, 포괄적이며, 문제적이다.

하지만, 고전이란 건 따분하고 재미없지 않은가? 이런 생각의 상당 부분은 편견일 수 있다. 그리고 이런 편견의 형성에는 고전을 연구하는 사람들에게 큰 책임이 있다. 시대적 요구에 귀 기울이지 않은 채 딱딱하고 난삽한 고전 텍스트를 재생산해 왔으니까. 이런 점을 자성하면서 이 총서는 다음의 두 가지 점에 특히 유의하고자 한다. 하나는, 권위주의적이고 고지식한 고전의 이미지를 탈피하는 것. 둘은, 시대적 요구를 고려한다는 그럴듯한 명분을 내세워 상업주의에 영합한 값싼 엉터리 고전책을 만들지 않도록 하는 것. 요컨대, 세계 시민의 일원인 21세기 한국인이 부담감 없이 '쉽게' 접근할 수 있는, 그러면서도 품격과 아름다움과 깊이를 갖춘 우리 고전을 만드는 게 이 총서가 추구하는 기본 방향이다. 이를 위해 이 총서는, 내용적으로든 형식적으로든, 기존의 어떤 책들과도 구별되는 여러 가지 모색을 시도하고 있다. 그리하여 고등학생 이상이면 읽고 이해할 수 있도록 번역에 각별히 신경을 쓰고, 작품에 간단한 해설을 붙이기도 하는 등, 독자의 이해를 돕고자 하였다.

특히 이 총서는 좋은 선집(選集)을 만드는 데 큰 힘을 쏟고자 한다. 고전의 현대화는 결국 빼어난 선집을 엮는 일이 관건이자 종착점이기 때문이다. 이 총서는 지난 20세기에 마련된 한국 고전의 레퍼토리를 답습하지 않고, 21세기적 전망에서 한국의 고전을 새롭게 재구축하는 작업을 시도할 것이다. 실로 많은 난관이 예상된다. 하지만 최선을 다해 앞으로 나아가고사 한다. 그리히어 비록 좀 느리더라도 최소한의 품격과 질적 수준을 '끝까지' 유지하고자 한다. 편달과 성원을 기대한다.

박희병

고전은 그냥 거기에 있는 것이 아니다. 늘 '발견되는 것'이다. 성호 이익의 『성호사설』은 여전히 새로운 발견을 기다리고 있는 고전 이다.

성호는 조선 후기 학술사에서 신기원을 이룬 분이다. 성호는 문학·철학·역사는 물론, 정치·사회·지리·자연과학 등 광범위한 분야에 걸쳐 실로 경이로운 업적을 이루었으며, 세상의 부조리와 편견에 맞서 양심적인 자세를 취했다. 본서의 제목 '나는 모든 것 을 알고 싶다'는, 세상 전체에 대한 성호의 이런 전방위적 관심에 착안한 것이다.

우선 본서는 생명을 아끼고 사랑한 성호의 면모에 주목한다. '파리도 함부로 잡았다가는'에 실린 글들은 병아리, 벌, 파리, 참새 새끼 등 미미한 존재에 대한 애정과 존중심을 보여 준다. 성호의 이런 면모는 기존의 연구에서 간과되었던 것이지만, 늘 약자를 중 심에 둔 성호의 사유는 생명에 대한 존중심과 무관하지 않다. 생명 윤리 혹은 생태주의는 오늘날 대단히 중요한 사안으로 대두되었 다. '파리도 함부로 잡았다가는'은 이런 문제의식 속에서 더욱 소 중하게 여겨진다.

'궁핍한 시인의 마음'에는 성호의 문학 비평을 수록한다. 억압 과 폭력에 대한 그의 예민한 감수성은 문학 비평에서도 잘 확인된 다. '궁핍한 시인의 마음'은, 타인의 고통을 어떻게 받아들인 것인 지, 어떻게 깊은 마음을 가진 사람으로 살아갈 것인지 등등을 성찰하는 기회가 될 수 있을 것이다.

　'우리 땅, 우리 역사'와 '임꺽정과 장길산'은 한국의 역사, 지리, 인물에 대한 글들을 모은 것이다. 여기에 수록된 글들은 '조선적 주체성'을 모색한 성호의 지적 분투의 결과이다. 그가 모색한 주체성은 막연한 애국주의에 호소한 것이 아니라 문헌 연구에 기반을 둔, 비판적이고 합리적인 것이다. 오늘날 유연하고 개방적이되 자신의 중심을 잃지 않는 '한국의 주체성'을 모색하는 데 성호의 글이 시사하는 바가 적지 않을 듯하다. 또한 성호는 하층민의 활약을 예의 주시하여, 그 행적을 추적하여 기록으로 남기기 위한 노력을 아끼지 않았는데, 이렇게 사회적 소수자들을 엄연한 '주체'로 보는 관점도 주목을 요한다.

　'나라의 좀벌레들'과 '거지의 하소연'은 성호의 개혁 사상을 위주로 한다. 더 살기 좋은 사회를 만들기 위한 열의와 고민이 여기 묶은 글들을 관통하고 있다. 문제를 조목조목 따져 가며 냉철하게 분석하는 성호, 부당한 억압과 차별을 좌시하지 않는 성호, 현실을 외면한 위정자에게 통렬한 비판을 가하는 성호, 거지의 참상에 눈물을 흘리며 밥을 못 넘기는 성호 등, 냉철한 논리·비판적 사고·촘촘한 마음·풍부한 감성을 함께 지닌 성호의 다양한 면면을 이 글들에서 확인할 수 있다. 여전히 더 좋은 사회를 꿈꾸는 이들에게 이 글들이 격려가 되었으면 한다.

　'썩은 선비가 되지 않으려면'은 성호의 선비론을 모은 것이다.

하층민의 참상에 직면한 성호에게, 선비는 누구 덕분에 존재하며 누구를 위해 어떤 공부를 해야 하는가 하는 문제가 대단히 절실하게 다가왔던 것으로 생각된다. 선비로서의 자기반성과 자기각성이 곧 일련의 선비론을 낳은 것이다. 지금 자본의 위력과 정보의 디지털화에 직면하여, 지식인의 존재 이유와 사회적 책무에 대한 새로운 성찰이 요구되고 있다. 이런 견지에서 '썩은 선비가 되지 않으려면'은 오늘날 새로운 지식인상을 수립하는 데 통찰력을 제공해 줄 수 있으리라 본다.

끝으로, '중국과 일본 사이에서'와 '서양 공부'에는 '세계'에 대한 인식과 관심을 보여 주는 글들이 실려 있다. 중국과 일본은 예나 지금이나 한국의 '중요한 타자'이다. 이 이웃들과 평화롭게 공존하기 위해서는, 이들에게 유화적이고 개방적인 태도를 취하는 동시에 이들의 정세를 예의 주시하는 냉철함을 잃지 말아야 할 것이다. 이런 견지에서 '중국과 일본 사이에서'는 여전히 시사하는 바가 적지 않다. '서양 공부'에서는 그 당시에 유입된 서양의 과학, 문물, 종교 등에 대한 성호의 호기심과 개방적인 자세를 확인할 수 있다. 지금까지도 계속되고 있는 서양 공부를 거의 처음으로 본격적으로 시작한 성호가 서양으로부터 어떤 지적 자극을 받았는지 유의할 필요가 있다.

이렇게 본서는 성호의 다채로운 면모를 두루 포괄하고자 했다. 이 '다채로움'은 결국 현실과 세계에 대한 성호 사유의 다채로움이다. 그것은 개방적이고 풍부하며 광범위하지만, 그러면서도 자신의 주체성을 잃지 않는 그런 다채로움이다. 유연하되 유약하지 않고, 견고하되 경직되지 않은 '풍부한 주체'의 가능성이 열린 것이다. 독자 여러분이 이런 가능성을 체험하고, 그 속에서 21세기의 새로운 모색을 하고 새로운 꿈을 꾸는 데 아무쪼록 본서가 도움이 되기를 희망한다.

2010년 5월

김대중

# 차례

## 파리도 함부로 잡았다가는

## 궁핍한 시인의 마음

# 우리 땅, 우리 역사

# 임꺽정과 장길산

## 나라의 좀벌레들

## 거지의 하소연

## 썩은 선비가 되지 않으려면

## 중국과 일본 사이에서

# 서양 공부

성호사설 선집 ― 나는 모든 것을 알고 싶다

파리도 함부로 잡았다가는

# 병아리

　　정자(程子 : 정호程顥)는 "병아리를 살펴본다"는 말을 남겼다. 나는 "갓난아이를 보호하듯 백성을 아끼고 사랑해야 한다"는 뜻으로 이 말을 해석하고 싶다.

　　병아리는 아직 어려서 털과 날개가 제 모습을 이루지 못했다. 그런데 솔개와 매가 위에서 노리고 생쥐와 족제비가 아래에 숨어 있다. 살쾡이와 고양이가 둥지를 뚫기도 하고, 기왓장과 돌멩이가 옆에 떨어지기도 한다. 이 때문에 병아리가 죽을 수 있다.

　　이렇게 호시탐탐 기회를 엿보는 것이 많지만, 사람이 잘 막아 주면 괜찮다. 그러다가 돌봐 주는 사람이 긴장을 한번 풀면, 그 틈을 타 온갖 걱정거리가 닥친다. 이런 걱정거리가 없어졌는데도 병아리가 잘 자라지 않는다면, 그것은 다만 굶주림과 추위 때문이다. 만약 성심성의껏 세심하게 보살펴 준다면 어찌 잘 자라지 않겠는가?

　　병아리는 무리가 많기 때문에 먹을 게 부족하고, 털이 얇기 때문에 추위를 두려워한다. 그런데 병아리가 추위에 벌벌 떠는 것은 또 먹을 게 부족해서이다. 만약에 싸라기를 자주 먹여 병아리가 굶주리지 않게 한다면, 자기들끼리 자주 날개로 덮어 주고 안아 주어 추위를 면할 수 있을 것이다. 그리고 먹을 것을 구하느라 분주하게 다니지 않아도 되니 수고로움을 면할 수 있을 것이다. 먹을 것이 뜰 안에 있어서 멀리 안 나가도 되니 외부의 위험도 적어질 것이다. 먹을 것을 구하려고 서로 다투다 보면 약한 병아리는 배부르게 먹지 못하여 갈수록 더 지치고 병들게 마련이다. 만약 싸라기를 뿌려 주어 여럿이 함께 먹도록 한다면 병든 것이 나을 수 있을 것이다.

사람들은 "남은 밥을 병아리에게 던져 주면 똥이 막혀 죽는다"고 한다. 실제로 병아리에게 밥을 먹이면 매끄러운 똥이 꽁무니 밑 솜털에 뭉치니, 많이 뭉치면 똥구멍이 막혀서 병아리가 죽는다. 나는 이런 문제점을 발견하고는 병아리에게 남은 밥을 자주 먹이되 부지런히 보살펴 준다. 똥구멍이 막히면 솜털을 잘라 줘서 똥이 바로 나오게 하니, 이렇게 해 주면 병아리가 틀림없이 잘 자란다.

대저 백성의 고통은 부귀한 사람이 알 수 있는 게 아니다. 이미 고생한데다 굶주리기까지 하니, 어찌 이곳저곳 떠돌아다니다 죽어서 그 시체가 도랑과 구덩이에 가득하지 않을 수 있겠는가?

---

병아리는 '작은 존재'이다. 잘 자라는지, 별 탈 없는지 늘 마음이 간다. 성호는 농촌에서 살면서 수십 년간 몸소 닭과 벌을 길렀다. 병아리에 대한 성호의 이런저런 언급들은 모두 이러한 일상생활의 체험에서 우러나온 것으로, 온정적이며 구체적이다. 말미에서 병아리에 대한 걱정과 배려가 사회적 약자에 대한 근심으로 이어짐으로써 정치적으로 확장되는데, 이 점이 주목된다. 서두에서 갓난아이 운운한 구절은 『서경』(書經) 「강고」(康誥)에 보인다.

# 벌 이야기

## 벌의 미덕

침으로 쏘는 벌레 중에 꿀벌만큼 훌륭한 게 없다. 꿀벌은 남과 다투는 법이 없다. 초목에 의지해 사는 모든 벌레는 잎을 갉아먹거나 껍질을 갉아먹거나 뿌리를 갉아먹거나 열매를 갉아먹는 등 해를 끼치지 않는 것이 없다. 그런데 오직 벌만은 꽃가루와 이슬 등 쓸모없는 것을 먹는다. 그리고 다른 벌레를 만나면 옆으로 비켜 주고, 전혀 다투지 않는다.

'임금벌'은 위에서 편하게 있고 '신하벌'들은 밑에서 고생한다. 그런데 태어날 때부터 모양이 달라, 아무리 반란을 일으키려 해도 그럴 수 없다. 그러다 보니 임금의 은혜가 신하에게 미치지 않더라도 신하는 원망하거나 탓하지 않고 저항하거나 배반하지도 않는다. 화가 나서 침을 쏘면 반드시 죽는데, 그 용맹은 제 자신을 위한 것이 아니고 임금을 위한 것이니, 부지런히 임금을 섬길 뿐 의심하거나 꺼리지 않는다.

## 벌을 기르는 방법

내가 벌을 기른 지 수십 년이 되다 보니 벌의 생태를 잘 알게 되었다. (…) 벌을 기르는 데는 방법이 있다. 벌통은 넓고 긴 것을 피해야 한다. 통이 넓고 길면 실패하는 경우가 많다. 벌통 다리는 높으면서도 균형이 잡혀야 한다. 높지 않으면 해충이 침입하기 쉽고, 균형이 잡히지 않으면 습기가 차서 벌레가 많이 생긴다. 벌통에 칠을 바를 적에는 골고루 세밀하게 해야 한다. 벌은 바람을 싫어하기 때문이다. 벌통을 세울 적에는 튼튼하게 해야하고, 끈으로 맬 적에는 단단하게 해야 한다. 튼튼하게 세우지 않고 단단하게 매지 않으면 혹시라도 무언가에 부딪혀서 넘어질 수 있기 때문이다. 덮개는 두꺼워야 한다. 두껍지 않으면 겨울철에 벌이 얼어 죽을 우려가 있다. 벌통의 윗부분은 뾰족해야 한다. 안 그러면 혹시라도 닭이 올라가 발로 차서 쓰러뜨릴 수 있다. 문 앞에 촘촘한 발〔簾〕을 쳐서 밤나방과 땅벌을 막아야 한다. 다리와 통 사이는, 겨울철에는 두껍게 칠을 발라서 바람을 막아야 하고, 여름에는 통풍이 되게 해서 해충이 생기는 것을 막아야 한다.

# 벌을 해치는 것들

무릇 벌을 해치는 벌레가 많다. 땅벌과 밤나방 외에도, 습하고 막힌 곳에 벌레가 생겨 꿀을 먹어 치우고 그물을 쳐 놓는다. 그러면 벌이 있을 곳이 없어지니, 그 피해가 가장 크다. 갈거미와 집게벌레 같은 것은 통 속에 숨어 있으면서 아침저녁으로 벌을 잡아먹는다. 거미는 벌이 다니는 길에 거미줄을 쳐 놓는데, 이슬 내린 아침에 벌이 많이 걸린다. 간혹 거미를 잡아서 멀리 던져 버려도 밤이면 반드시 되돌아온다. 그리고 두꺼비·사마귀·개미·모기·깡충거미 등 벌을 노리지 않는 게 없다. 그뿐만이 아니다. 닭이 배고프면 벌을 쪼아 먹고, 제비도 새끼를 기를 때면 역시 벌을 잡아다 먹인다.

그중에서 가장 막기 어려운 것은 귀뚜라미와 개구리다. 귀뚜라미는 공중에서 벌을 낚아채니, 수없이 몰려들어 배를 채우고 나서야 그친다. 작은 활과 가느다란 화살을 사용하되 그 화살촉 주위를 끈으로 칭칭 감아 둔 다음 귀뚜라미가 조금 모이기를 기다려 쏘아 맞히면 약간 없앨 수 있다. 개구리는 뛰어올라 벌을 꿀꺽 삼켜 먹는다. 하지만 사람을 보면 그 즉시 도망가기 때문에 없앨 수 없다. 그러므로 오직 풀을 베어 버리고 아침저녁으로 잘 지켜보는 수밖에 없다.

벌을 기르는 사람이라면 총 15종이 되는 이들 벌레에 대해 마땅히 알아야 한다.

대저 임금이 있고 신하가 있는 것을 국가라 하고, 국가가 있으면 역사가 있게 마련이다. 이에 나는 위의 사실을 모두 모아 기록하여 「벌 이야기」라는 글을 짓는다.

---

원제는 「벌의 역사」(蜂史)이다. 이 글을 통해 양봉가(養蜂家) 성호 내지 생활인 성호를 만날 수 있다. 일상의 소소한 일조차도 성호의 손을 거치면서 '역사'로 체계화된 것이다. 성호의 이 글은 수십 년에 걸친 경험에 의한 것으로, 그저 책을 통해 접한 지식을 나열하는 것과는 차원이 다르다. '임금벌'은 '여왕벌'이고, '신하벌'은 '일벌'이다. 일벌이 저항하거나 배반하지 않는다는 성호의 관찰은 사실과 다소 다르다. 여왕벌이 늙어서 알을 잘 못 낳으면, 일벌들은 그 즉시 새 여왕벌을 키우기 때문이다. '땅벌'은 '땅말벌' 내지 '바더리'라고도 하는데, 꿀벌의 가장 큰 천적이다. 귀뚜라미를 잡기 위해 화살촉 주위를 끈으로 감는다는 것은, 면적을 넓혀서 한꺼번에 많이 잡기 위한 것이다.

# 도둑고양이

밖에서 고양이 한 마리가 들어왔다. 천성이 도둑고양이였다. 마침 쥐가 별로 없어서 잡아먹을 게 없었다. 그래서 우리가 조금만 방심하면 그 고양이는 상 위의 음식을 훔쳐 먹었다. 식구들이 고양이를 미워해서 잡으려 했지만, 그럴 때마다 또 냉큼 도망쳤다.

얼마 후 그 고양이는 다른 집으로 옮겨 갔다. 그 집 식구들은 평소에 고양이를 좋아하던 터라 먹이를 줘서 굶주리지 않게 했다. 게다가 집에 쥐가 많았는데 고양이가 쥐를 잘 잡았기 때문에 배부르게 먹을 수 있었다. 그러자 마침내 다시는 도둑질을 하지 않았고, 그래서 좋은 고양이라 불리게 되었다.

나는 이 소문을 듣고 탄식하며 말했다.

"이 고양이는 필시 가난한 집에서 컸을 것이다. 먹을 게 없어서 어쩔 수 없이 도둑질을 익혔을 테고, 도둑질을 했기 때문에 내쫓겼을 것이다. 우리 집에 들어왔을 적에도 그랬다. 나는 그 타고난 본성은 알지 못하면서 그것을 도둑고양이로 대했다. 하지만 이 고양이가 그때 형편으로는 도둑질을 하지 않을 수 없었다. 안 그러면 살 길이 없었기 때문이다. 아무리 쥐를 잘 잡는 재주가 있었던들 누가 그런 줄 알았겠는가?

　그 고양이는 좋은 주인을 만나고 나서야 자기의 본성을 드러내고 자기의 능력을 발휘할 수 있었다. 만약 저번에 도둑질하고 다닐 적에 잡아 죽여 버렸더라면 어찌 애석한 일이 아니었겠는가? 아! 사람으로 말하면, 인정받는 사람이 있고 불우한 사람이 있는데, 동물도 그렇구나."

똑같은 고양이었건만, 성호의 집에서는 도둑고양이였고 다른 집에서는 좋은 고양이었다. 고양이의 본성이 아니라 그가 처한 상황이 문제였던 것이다. 그러나 겉만 보고 낙인 찍기는 쉬워도, 그 이면을 찬찬히 들여다보기란 그리 쉽지 않다. 고양이뿐 아니라, 생계형 범죄나 그밖의 음지로 내몰린 이들에 대해서도 마찬가지일 것이다.

# 동물을 대할 때에는

"살아 있는 동물을 대하고 어찌 차마 잡아먹을 생각을 할 수 있단 말인가"라고 상진(尙震)이 말했으니, 마땅히 이 말을 되새기며 경계하고 반성해야 할 것이다. 아무리 닭과 개가 미미한 동물이라 하지만, 그것을 보고 저건 고기 맛이 좋다는 둥 나쁘다는 둥, 삶아 먹어야 한다는 둥 구워 먹어야 한다는 둥 하는 말을 들으면 눈썹이 찌푸려진다. 힘닿는 데까지 모든 짐승을 몽땅 잡아먹을 생각을 한다면 이것이야말로 이른바 약육강식이다. 이것은 짐승의 도(道)이다.

---

생명에 대한 존중심과 윤리적 태도를 강조한 글이다. 오늘날에도 많은 반성을 하게 한다. 상진(1493~1564)은 조선 명종(明宗) 때의 인물로, 황희(黃喜, 1363~1452)와 더불어 훌륭한 정승으로 존경 받았으며 많은 일화를 남겼다.

# 육식에 대하여

　백성은 나의 동포이고 만물은 나의 동반자이다. 초목은 지각이 없어 피와 살을 가진 동물과 구별되니, 그것을 먹고 살아도 괜찮다. 하지만 동물로 말하면, 살기를 원하고 죽기를 싫어하는 마음이 사람과 똑같은데 또 어찌 차마 해칠 수 있겠는가?

　그중에서 사람을 해치는 동물은 응당 사로잡거나 죽여야 할 것이고, 사람을 위해 기르는 동물은 곧 나의 사육을 통해 성장한 것이니 나에게 의지한 점이 인정된다. 하지만 산 위나 물속에서 절로 태어나 절로 자란 것들이 모두 사냥과 고기잡이의 희생물이 되는 것은 또 무엇 때문인가?

　"만물이 모두 사람을 위해 생겨났으니 사람에게 먹히는 것이 당연하다"고 어떤 사람이 말하자, 정자(程子)가 이 말을 듣고 "이〔蝨〕는 사람을 물어뜯는다. 그렇다면 사람이 이를 위해 생겨난 것인가?"라고 했으니, 그 변론이 분명하다. 어떤 사람이 서양 사람에게 "만물이 생겨난 것이 모두 인간을 위한 것이라면, 저 벌레가 생겨난 것은 어째서입니까?"라고 묻자, 그 서양 사람이 "참새가 벌레를 먹고 살찌는데 인간은 참새를 잡아먹으니, 이렇게 보면 벌레는 곧 인간을 위해 생겨난 것입니다"라고 대답했으니, 이 또한 궁색하게 둘러댄 말이다.

　내가 매양 생각하기에, 불교의 가르침 중에 '자비'한 가지는 아무래도 옳은 듯하다. 이윽고 나는 이런 생각을 했다.

　사회 전반의 풍속은 아무리 성인(聖人)이라 해도 바꿀 수 없는 것이 있다. 인간이 처음 생겨났을 때부터 동물을 잡아 그 고기를 먹고, 그 피를 마시고, 그 가죽으로 옷을 해 입었다. 이렇게 하지 않으면 살아갈 길이 없기 때문에 힘닿는 대로 동물을 잡아 먹다 보니, 이렇게 하는 것이 곧 풍습이 되었다. 앞에서 이미 그렇게 했으니 뒤에서 따르지 않을 수 없었다. 그래서 노인을 봉양할 때도 고기를 쓰고, 제사 지낼 때도 쓰고, 손님을 접대할 때도 쓰고, 병이 들었을 때도 쓰니, 한 개인의 견해로 갑자기 폐지할 수 없는 것이 분명하다.

　만약에 성인이 일찌감치 오곡(五穀)을 경작해서 먹고 누에 치고 삼베를 짜 옷을 해 입는 시대에 태어나서 처음부터 아예 고기 먹는 풍습이 없었더라면, 틀림없이 사람들이 지금처럼 많은 살생을 하지는 않았을 것이다. 그렇다면 이것은 군자가 부득이 해서 하는 일이니, 역시 부득이한 마음으로 먹어야 할 것이다. 만약에 멋대로 탐욕을 부리고 아무런 거리낌 없이 살생을 자행한다면, 약육강식으로 귀결되는 것을 면하지 못할 것이다.

---

육식에 대한 반성이다. 성호는 인간 중심적 사고를 비판하고 생명에 대한 측은지심에 호소하면서도 육식이 어쩔 수 없다는 것을 인정한다. '부득이한 마음'은 이런 현실을 받아들이되 동물에 대한 예의와 염치를 잃지 않는 마음이다. 서양 사람과 동양 사람의 상반된 말을 통해 동서양의 생명관이 극명하게 대비된 점도 흥미롭다.

# 파리도 함부로 잡았다가는

이공(李珙)이 사형을 선고 받았을 적에 스스로 이렇게 말했다고 한다. "나는 평소에 큰 허물이 없었다. 다만 궁궐을 나올 적에 임금께서 명을 내려 재촉하시기에 그 명을 받들어 여름에 새로 건물을 설계하여 짓느라 옛 건물을 철거했다. 그 과정에서 기와 사이의 참새 새끼 천만 마리가 몽땅 죽었다. 차마 못할 짓이었다고 늘 생각하고 있었는데, 이것이 그 앙화인가?"

상진(尚震)이 외아들을 여의고 통곡하며 이렇게 말했다고 한다. "내 일찍이 남을 해칠 마음을 가진 적이 없었다. 다만 평안감사(平安監司)로 있을 적에 백성에게 파리 잡는 것을 일과로 부과하여, 이때 시장에서 파리를 파는 사람까지 있었다. 이것이 그 앙갚음인가?"

이 몇 가지 일이 비록 꼭 그렇다고는 할 수 없겠지만, 또한 군자가 만물을 사랑해야 한다는 경계가 될 수 있다. 이에 아울러 기록하는 바이다.

---

아무리 미미한 것이라도, 아무리 인간에게 피해를 끼치는 것이라도, 그것이 생명을 지닌 한 함부로 해치지 말아야 한다는 것이다. 아무리 의도적이지 않았더라도 그 생명체에 상해를 끼쳤다면 그것은 잘못이라는 것이다. 이공(李珙)은 선조(宣祖)의 일곱째 아들 인성군(仁城君)으로, 광해군이 인목 대비를 유폐시키려 할 때 찬성했다는 이유로 진도(珍島)에 유배되었다가 나중에 자살형(自殺刑)을 선고 받았다.

궁핍한 시인의 마음

# 『시경』의 애정시

『시경』(詩經)「습상」(隰桑)의 네 번째 장(章)은 이렇다.

마음 깊이 사랑하거늘
어이하여 말 못하나.
마음속에 품은 사랑
어느 날인들 잊으릿가.

이 시를 두고 주자(朱子: 송나라 학자 주희)는 "사랑이 마음속에 깊이 뿌리박혔기 때문에, 겉으로 드러내기를 더디게 하고 가슴속에 두고두고 간직한 것이다"라고 하고는 "우리 님 그립지만, 감히 말을 못하네"라는 『초사』(楚辭)의 한 구절을 인용하여 증거로 삼았다.

대저 마음속에 간직한 것이 깊으면 굳이 입으로 말할 필요가 없다. 기어이 말로 해서 먼저 자기 속마음을 흘린 사람은 그 마음이 오히려 지극하지 못하다는 것을 이런 이치로 알 수 있다. 하늘처럼 큰 은혜를 두고 "제가 반드시 갚을 수 있습니다"라고 말하는 것은 맞지 않으며, 바다처럼 정이 깊다면 "저는 당신을 잊을 수 없습니다"라고 말하는 것은 맞지 않다. 그렇게 말하지는 않지만 마음속에 간직한 것은 더욱 견고한 것이다. 그렇기 때문에 부모 자식같이 서로 가까운 사이에서는 '은혜' 운운하는 것이 달갑지 않고, 부부처럼 친밀한 사이에서는 '사랑' 운운하는 것이 달갑지 않은 것이다. 이 시를 지은 사람은 이런 마음을 잘 표현했다고 할 수 있다. (⋯)

---

자기의 속마음을 말로 표현하지 않는 것도 문제가 없지 않지만, 이제는 공허한 말들이 범람하고 있는 것도 사실이다. 그리하여 '깊이감'을 상실한 '피상적인 문화'와 '피상적인 인간'이 양산되고 있는 것은 아닌가 우려된다. 이런 상황에서 어떻게 내면의 깊이를 지킬 것인가, 어떻게 '깊이 있는 인간'이 될 것인가 고민된다.

# 궁핍한 시인의 마음

두보(杜甫)의 시에

문에 들어서자 울부짖는 소리 들리니
어린 자식이 굶어 죽고 말았네.
내 어찌 애통함을 아끼랴
마을 사람들도 오열을 하네.
부끄럽구나 아비가 되어
못 먹여 요절하게 했으니.
어이 알았으랴 가을 벼 익었건만
가난하여 아등바등할 줄을.

이라고 했으니, 이는 견딜 수 없을 정도로 너무나 곤궁하고 고통
스럽다는 것을 극진히 말한 것이다. 또 이어서

나는 늘 조세를 면제 받았고
이름도 군적(軍籍)에 아니 올랐지.
지난날 돌아보면 이런 나도 고달픈데

서민이야 본디 처량할 수밖에.

라고 했으니, 두보가 비록 이렇게 곤궁하고 고통스럽기는 했지만, 조세를 면제 받았고 보면 생업을 잃은 사람들과 다르며, 군적에 속하지 않았고 보면 먼 지방에서 국경을 지키는 군졸과 다르다. 하지만 그의 지난날을 더듬어 보면 오히려 이처럼 고달픈데, 하물며 평민으로 말하면 가진 것을 수탈 당하고 칼날에 부상 입는 근심이 있으니, 그 신세가 처량한 것이 정말로 당연하다.

매번 우환을 당할 때마다 반드시 자기보다 나은 사람을 끌어들여 자기랑 비교하여, 오직 자기가 그렇지 못한 것만 한스러워 할 뿐, 자기 아래에 또 자기보다 못한 사람이 있다는 것을 통 모르는 것이 인지상정이다. 그러나 "행실과 업적은 자기보다 나은 사람과 비교해야 하고, 명예와 지위는 자기보다 못한 사람과 비교해야 한다"는 옛말이 있다. 이런 마음을 갖는다면 어찌 자기의 분수를 편안하게 받아들이지 못하겠는가?

또 두보의 시에

바쁘게 이익 좇아 다투니

어딜 가나 얽매이고 구속될 뿐이네.

귀한 사람 없으면 천해도 안 슬프고

부자가 없으면 가난해도 만족한다네.


라고 했으니, 자기 마음을 스스로 잘 누그러뜨렸다고 할 만하다.

---

두보는 이백과 더불어 위대한 시인으로 손꼽힌다. 그의 다채로운 시 세계 중에서 성호
는, 두보가 자기 자신과 타인의 고통을 어떻게 시적으로 형상화했는지, 그리고 그 고통
에 대해 어떤 태도를 취했는지에 주목하고 있다. 요즘은 전반적으로 어둡고 고통스러
운 것을 부담스럽거나 부정적인 것으로 치부하고 밀리하려는 경향이 없지 않은 듯하
다. 그러나 타인의 고통에 공감하고 거기에 슬픈 마음을 갖는 것이 인간을 얼마나 깊고
풍요롭게 만드는지 결코 잊어서는 안 될 것이다. 첫 번째 시와 두 번째 시는 모두 「서울
에서 봉선현으로 가면서 감회를 읊은 오백 글자의 시」(自京赴奉先縣詠懷五百字)의 일
부이고, 세 번째 시는 「감회를 적은 두 편의 시」(寫懷二首)의 일부이다.

# 전쟁에 반대한다

무릇 사물의 참모습은, 그것에 대해 생각해 보는 것보다는 그것에 대한 이야기를 듣는 편이 더 낫고, 그것에 대한 이야기를 듣는 것보다는 그것을 직접 보는 편이 더 낫다. 하지만 백 대(代) 전이나 천 리 밖의 일이라면 어떻게 그 실상을 직접 볼 수 있겠는가? 오직 글을 통해 알 수 있을 따름이다.

그래서 글을 '마음의 그림'이라 하는 것이다. 글은 그 상황과 모습을 거의 똑같이 그려 낸다. 그런 글을 보면 어떤 일의 실상을 파악하거나 그 일을 하는 데 유익하다. 혹시라도 허황된 글로 그럴듯하게 꾸며 대기만 할 뿐, 있는 그대로의 진실을 형용해 내지 못한다면 어찌 유익하겠는가?

「전쟁을 일으키는 것에 대해 장방평(張方平)을 대신하여 간한 글」(代張方平諫用兵書)이라는 소식(蘇軾)의 작품은 전쟁의 실상을 그린 한 편의 그림이라 할 만하다. 이 글을 보고도 느끼는 게 없고 슬프게 한탄하지 않는다면 사람도 아니다. 그 글의 한 대목은 다음과 같다.

싸워서 이긴 다음에 폐하께서 기대하실 수 있는 것이라고는,

돌아온 장수가 절하고 승전을 보고하면 신하들이 경하드린다고 칭송하는 등의 휘황찬란한 볼거리뿐입니다. 하지만 저 먼 지방의 백성이 살육을 당해 뇌와 내장이 흰 칼날에 묻고, 군인들에게 식량을 대느라 힘줄과 뼈가 끊어지며, 먹고살 기반을 몽땅 잃어 떠돌아다니다가 아들딸을 팔아먹으며, 군대에 끌려가지 않기 위해 스스로 눈을 멀게 하거나 팔을 분지르거나 스스로 목매어 죽는 등의 참상으로 말하면 폐하께서 틀림없이 보지 못하실 것이고, 자식 잃은 부모와 부모 잃은 자식과 주인 잃은 부하와 남편 잃은 과부의 통곡 소리로 말하면 폐하께서 틀림없이 듣지 못하실 것입니다.

비유하면, 소와 양을 잡고 생선을 토막 내 음식을 만들면, 먹는 사람은 매우 맛있게 먹겠지만, 죽게 된 동물은 매우 고통스러운 것과 같습니다. 만약 폐하께서 소와 양이 몽둥이와 칼날 아래에서 울부짖고 생선이 도마와 칼 사이에서 꿈틀거리는 것을 보신다면, 아무리 맛있는 음식이라도 반드시 젓가락을 던지고 차마 못 드실 텐데, 하물며 사람의 목숨을 구경거리로 삼아서야 되겠습니까?

이야말로 전쟁의 실상을 놓치지 않은 그림이라 할 만하다. 이 글의 주제는 이화(李華: 당나라의 문학가)의 「옛 전장을 조문한 글」(弔古戰場文)에 근본을 두었으니, 문인이면 누구나 이 글을 읽고 알 수 있다. 그런데 이화도 근본으로 삼은 글이 있으니 한(漢)나라 가연지(賈捐之)의 「주애군(珠厓郡)을 격파하자는 논의에 대한 대답」(罷珠厓對)이 그것이다. 그 글에 다음과 같은 구절이 보인다.

> 군대를 여러 차례 징발하여 아비는 앞에서 싸우다 죽고 아들은 뒤에서 싸우다 부상을 입으며, 여자는 성(城)의 보루에 올라타고 고아는 길가에서 울부짖으며, 노모와 과부는 마을 구석에서 눈물을 삼키며 흐느껴 울고, 멀리서 제사를 지내어 만리 밖에서 죽은 이의 넋을 부릅니다.

> 진실로 정신을 가다듬고 욀 만한 글이다.

---

일종의 반전(反戰) 문학론이다. 이제는 전쟁이 먼 나라의 일인 것처럼 여겨지기도 하지만, 한국도 전쟁의 참상을 겪은 당사국이었으며, 아직까지도 분단국가로 전쟁의 위험을 안고 있다. 그밖에도 전쟁은 여전히 세계 곳곳을 짓밟고 있다. 주애군(珠厓郡)은 지금의 중국 해남성(海南省) 해구시(海口市)에 속한 곳으로, 한나라 무제(武帝) 때 처음 설치된 이래로 이곳에서 여러 차례 반란이 일어났다. 그래서 한나라 원제(元帝) 때, 군사를 대대적으로 징발하여 이곳을 정벌하자는 논의가 조정에서 있었는데, 이에 맞서 정벌의 부당함을 논한 글이 곧 「주애군을 격파하자는 논의에 대한 대답」이다.

# 남명(南冥) 시의 기백

　조남명(曹南冥: 조식曹植) 선생은 과거 시험을 거치지 않고 관직에 제수되었으나 곧 사퇴했다. 제수되었던 관직이 한낱 낮은 지위에 지나지 않았지만, 선생이 병 들어 위독해지자 관찰사가 임금에게 글을 올려 아뢰니, 임금께서 왕실의 의원을 보내 약을 가지고 가서 간호하게 하셨고, 선생이 작고하자 특별히 대사간(大司諫)으로 높여 주었으니, 선생에 대한 예우가 이토록 극진했다. 이 일은 한 세상을 고무시킬 만하니, 만약 이만한 분이 아니었더라면 또 어찌 이런 일이 있었겠는가? 선생을 논하는 사람치고 만 길 되는 높은 절벽처럼 우뚝하고 의연한 기상을 지녔다고 지목하지 않는 이가 없는 것은 바로 이 때문이다.

　나는 선생의 「뇌룡명」(雷龍銘)과 「계부명」(鷄伏銘)을 보고 그 사람됨을 상상해 보았다. 또 선생의 시에

　일천 석의 종을 보게
　크게 치지 않으면 소리가 아니 나지.
　만고(萬古)의 천왕봉(天王峯)은

하늘이 울려도 울리지 않는다네.

라고 했으니, 이 얼마나 대단한 역량과 기백인가? 비록 한 달 동안 봄바람을 쐰 듯한 온화한 기상을 가진 퇴계(退溪 : 이황)에 비할 수는 없지만, 남명의 이 시는 사람을 담대하게 한다.

성호가 인용한 시는 「덕산 계정의 기둥에 적다」(題德山溪亭柱)로, 남명의 대표작이다. 『남명집』(南冥集)을 비롯한 다른 판본에는 마지막 두 행이 "어떤가 두류산(頭流山)이, 하늘이 울려도 울리지 않는 것과 비교하면"(爭似頭流山, 天鳴猶不鳴)으로 되어 있다. 두류산은 지리산이고, 천왕봉은 그 최정상이다. 낮은 지위에 지나지 않았다는 것은 남명이 1538년에 헌릉참봉(獻陵參奉)으로 제수되었기에 한 말이다. 「뇌룡명」(雷龍銘)과 「계부명」(鷄伏銘)은 모두 어떤 글인지 미상이다. 다만 제목으로 보아, 뇌룡사(雷龍舍)와 계부당(鷄伏堂)의 의미를 풀이하면서 제자들에게 학문을 독려한 내용이 아니었을까 짐작된다. 이 두 곳은 남명이 1548년에서 1561년까지 제자를 길렀던 곳으로, 지금의 경상남도 합천군 삼가면 외토리에 있었다. '뇌룡'은 '묵묵하게 있다가 때가 되면 우레처럼 세상을 울리고, 용처럼 나타난다'는 뜻이다. '계부'는 '닭이 알을 품듯이 꾸준하게 자신의 덕성을 기르고 공부한다'는 뜻이다.

# 어느 이름 모를 선비의 시

윤지완(尹趾完)이 인동(仁同 : 지금의 경상북도 구미시)의 수령이 되었을 때의 일이다. 부임지로 가는 길에 조령(鳥嶺)을 지나게 되었다. 떨어진 옷에 부서진 갓을 쓴 어떤 가난한 선비가 윤지완의 수행원에게 "원님께 아뢸 말씀이 있소이다"라고 하기에, 윤지완은 그를 위해 잠깐 멈췄다. 그 선비가 "우연히 시(詩) 한 연(聯)을 지었으니 질정을 받고자 합니다"라고 하자 윤지완이 "무엇인가?"라고 하니, 그는 다음과 같은 시를 외었다.

구불구불한 뿌리가 땅에서 솟아나니 뱀이 길을 막은 듯
오래된 바위가 시내[溪]에 우뚝하니 범이 숲에서 나온 듯.

윤지완이 극구 칭찬하며 이렇게 말했다. "앞에 주막이 멀지 않으니, 그곳으로 찾아와 주지 않겠나?" 그 선비는 그렇게 하겠노라 약속하고 떠났다. 하지만 아무리 기다려도 그는 나타나지 않았다.

이런 일이 있은 뒤로 윤지완은 매번 사람들에게 이렇게 말했다. "그때 행차를 멈추고 다정하게 이야기를 나누지 못한 게 한

이오. 그 사람은 필시 내가 그럴 만한 위인이 못 된다고 여겼던 모양이오." 그후에 윤지완이 여러 가지 힘든 일을 겪으면서도 우뚝하게 잘 버텨서 이 시에 부끄러울 게 없게 되었다. 그래서 이 시와 관련된 윤지완의 일화도 마침내 미담으로 전하게 되었다.

내가 살펴보니, 이규보(李奎報)의 시에

땅 위에 솟은 대나무 뿌리는 용의 굽은 허리요
창문 앞의 파초 잎은 봉황의 긴 꼬리일레.

라고 했고, 정언눌(鄭彦訥)의 시에

괴이한 바위는 밤중이라 호랑이 같고
굽은 소나무는 가을이라 거문고 같네.

라고 했으니, 모두 아름다운 시구(詩句)이다. 조령의 선비가 지었다는 시는 다시 이 시구들을 창의적으로 변형하여 기이함을 얻었다. 그리고 그 뜻을 보니 자기의 재주를 뽐내고 재능을 팔기 위해 그 시를 지은 것이 아니니, 윤지완 역시 천하의 선비를 잘 관찰했다고 이를 만하다.

---

흔히 강호에 숨은 고수가 많다고 한다. 숨은 사람도 보통이 아니겠지만 그를 알아본 사람도 보통이 아닐 것이다. 자칫 아무 흔적도 없이 사라졌을 수도 있던 사람의 행적과 글이 단편적으로나마 성호의 기록을 통해 오늘날까지 전하게 되었다. 윤지완이 힘든 상황에서 잘 버텼다는 것은, 그가 당쟁의 소용돌이에서 관직을 잃고 유배되었다가 마침내 복직하여 우의정에 오르고, 청백리(淸白吏)로 뽑히고, 중추부영사가 된 것을 말한다. 인용된 이규보의 시는 「천룡사에 잠깐 머물다가 짓다」(寓居天龍寺有作)의 일부로, 『동국이상국집』 권9에 실려 있다. 정언눌의 시는 『지봉유설』에 수록되어 전한다.

# 이항복의 만시(挽詩)

　기축옥사[1]에 정승 정언신(鄭彦信)이 조정의 뜰에서 곤장을 맞고 갑산(甲山: 함경남도 갑산군 갑산면)으로 귀양 가게 되자, 그 아들 율(慄)이 단식 끝에 피를 토하고 죽었다. 이때 주변의 여러 사람이 연루되어 함께 벌을 받았다. 그래서 사람들이 모두 두려워했고, 심지어 집안사람들조차 감히 예(禮)대로 장사 지내지 못했다.

　이항복(李恒福)이 그 당시에 죄인을 취조한 내용을 기록하는 관원으로 있었기 때문에, 그 원통함을 잘 알고 있었다. 그래서 그는 막 관 뚜껑을 덮으려 할 적에 몰래 만시[2] 한 장을 관 속에 넣었는데, 집안사람들도 몰랐다. 그 아들이 장성하여 묘를 옮기게 되어 관을 열어 보니, 세월이 이미 36년이나 흘렀는데도 종이와 먹빛이 여전히 뚜렷했다. 그 시는 다음과 같다.


　　입 있어도 감히 말 못하고
　　눈물 있어도 감히 못 우네.
　　베개를 만지며 남이 엿볼까 두려워하고
　　소리를 죽이며 몰래 눈물 삼키네.


---

1_ 기축옥사(己丑獄事): 1589년(선조 22) 정여립(鄭汝立)의 반란을 계기로 일어난 옥사(獄事). 그 당시에 단지 정여립을 알았다는 이유만으로 억울하게 처형 당하거나 유배되거나 파직된 이가 많았다. 정언신도 그 경우에 속한다.
2_ 만시(挽詩): 죽은 사람을 애도하는 시.

어느 누가 날카로운 칼을 가지고
내 마음의 응어리를 시원하게 베어 줄꼬.

　이 말을 들은 사람치고 코끝이 시큰해지지 않은 이가 없었다. 이 시는 처음에는 이항복의 문집에 실려 있었는데, 지금 판본에는 삭제되었다. 옛날 판본이 세상에 더러 남아 있긴 하지만 크게 금기시된다. 나는 그 옛날 판본이 광주(廣州)의 송씨(宋氏) 집에 있다는 말을 듣고, 사람을 시켜 기록해 두도록 했다. 세상의 변괴 중에 이런 게 많다.

---

문학은 억울한 사람을 위한 증언이라는 것을 실감하게 된다. 인용된 시는 「정율을 위한 만시」(鄭慄挽)이다. "입 있어도 감히 말 못하고"(有口不敢言)는 이항복의 문집 『백사집』(白沙集)에는 "입이 있은들 어찌 다시 말할 수 있으랴"(有口豈復言)로 되어 있다. 정율의 아들 정세규(鄭世規) 등이 이 시를 발견한 뒤로, 이현영(李顯英)과 이명준(李命俊)이 강릉에서 『백사집』을 간행할 때 이 작품도 함께 수록했다. 그후 정철의 아들 정홍명(鄭弘溟)이 이 시를 보고 두려워하여, 이 시를 삭제한 판본을 진주(晉州)에서 간행했다.

**48**

우리 땅, 우리 역사

# 백두산

　　예전에 전씨(田氏) 성을 쓰는 손님이 와서 "국내의 산천을 두루 돌아다녀 아무리 구석진 곳이라도 가지 않은 데가 없습니다. 예전에 백두산 절정에 올라간 적이 있는데, 거기서 보니 무산(茂山: 함경북도 무산군 일대)과 멀지 않더군요"라고 하면서 나에게 매우 자세히 말해 주었다.

　　『여지승람』[1]을 상고해 보니, 이렇게 쓰여 있다.

　　백두산: 회령부(會寧府)에서 서쪽으로 7~8일 걸리는 거리에 있다. 그 꼭대기에 못이 있는데, 남쪽으로 흐르는 것은 압록강, 북쪽으로 흐르는 것은 송화강(松花江)과 혼동강(混同江), 동북쪽으로 흐르는 것은 소하강(蘇下江)과 속평강(速平江), 동쪽으로 흐르는 것은 두만강이다.
　　『대명일통지』[2]에 "동쪽으로 흐르는 것은 아야고하(阿也苦河)이다"라고 했으니, 아마도 속평강을 가리키는 듯하다.

　　속평강은 분계강(分界江)이라고도 한다.
　　지금 홍세태(洪世泰)의 『유하집』(柳下集)에 있는 「백두산

---

1_ 『여지승람』(輿地勝覽): 조선 시대에 왕명으로 편찬된 지리서(地理書).
2_ 『대명일통지』(大明一統志): 명나라 때 황제의 명으로 간행된 지리서.

51

기」(白頭山記)를 보니 그 글에는 이렇게 되어 있다.

똑같은 백두산을 두고 중국은 장백산(長白山)이라 하고 우리는 백두산이라 하는데, 두 나라는 산 위에서 갈라진 두 강을 경계로 삼는다. 임진년(1712) 여름에 청나라 황제가 오라총관(烏喇總管: '오라'는 지금의 길림성) 목극등(穆克登) 등을 보내 백두산에 가 보고 국경을 정하게 했다.

이 산은 처음에는 서북쪽에서 시작하여 넓은 평원으로 곧장 내려가다가 여기에 이르러 우뚝 솟으니, 하늘을 찌를 듯이 높아서 몇 천만 길[丈]이 되는지 알 수 없었다. 그 꼭대기에 못이 있는데 마치 사람 머리의 숨구멍 같았다. 둘레가 20~30리쯤 되며, 빛깔이 시꺼메서 깊이를 헤아릴 수 없었다. 이때가 한창 여름이었는데도 얼음과 눈이 쌓여 있어서 은빛 바다 같았다. 멀리서 바라보면 산 모양이 마치 흰 독을 엎어 놓은 듯한데, 올라가 보면 주위가 약간 볼록하고 가운데는 움푹해서 마치 독 주둥이가 위로 향하게 세워져 있는 듯했다. 겉은 희고 속은 붉으며, 사방의 석벽(石壁)이 깎아지른 듯이 서 있었다. 그 북쪽으로 몇 자[尺]쯤 터졌는데 거기로 물이 넘쳐나 폭포가 되었으니, 이것이 곧 혼동강이다. 동쪽으로 3~4리쯤 내려가고 나서야 비로소 압록강의 수원(水源)을 찾았다. 산에 뚫려 있는 구멍에서 샘물이 펑펑 솟아 콸콸 흘러내려 가다가, 수십 수백 걸음 못 가 산골짜기가 터져서 큰 구덩이가 된 곳이 있는데 그 속으로 물이 쏟아졌다.

또 동쪽으로 돌아서 조그마한 산등성이 하나를 넘어가니 샘이 하나 있었는데, 서쪽으로 30~40걸음쯤 흘러가다가 두 갈래로 나누어졌다. 그 한 갈래는 흘러가서 서쪽 샘물과 합류하고, 또 한 갈래는 동쪽으로 내려가는데 물줄기가 매우 가늘었다. 또 동쪽으로 산등성이를 하나 넘으니 동쪽으로 흐르는 샘이 있었다. 100여 걸음쯤 가다 보니, 가운데 샘물에서 갈라져서 동쪽으로 흐르는 샘물이 여기 와서 합류했다.

목극등이 가운데 샘물이 두 갈래로 갈라진 사이에 앉아서 이렇게 말했다. "여기가 분수령이라 할 만하니, 비석을 세워 경계를 정하는 게 어떻겠습니까? 그런데 토문강(土門江)의 원류가 중간에 끊어져 땅속으로 잠복해 흘러가기 때문에 경계가 분명치 않습니다." 그러고는 마침내 다음과 같이 새긴 비석을 세웠다. "대청(大淸) 오라총관 목극등이 황제의 명을 받들어 국경을 조사하다 이곳에 이르러 자세히 살펴보니, 서쪽은 압록강이고 동쪽은 토문강이므로 분수령 위에 돌을 새겨 기록하는 바이다. 강희(康熙) 51년(1712) 5월 15일."

그런 다음 목극등은 우리나라 사람에게 "토문강의 원류가 끊어진 곳에는 그 하류까지 닿도록 담을 쌓아 영역을 표시하는 것이 좋겠습니다"라고 했다.

이 말은 홍세태가 그 당시에 이 일을 목격한 역관(譯官) 김경문(金慶門)에게서 직접 들은 것이니 거의 믿을 만하다. 토문강은 두만강이다.

옛날에 윤관(尹瓘)이 속평강까지 국경을 개척했으니, 그 일을 기록한 비석3_이 아직까지 그곳에 남아 있는데, 김종서(金宗瑞)에 이르러 두만강을 경계로 정한 것이었다. 그런데 이번에 윤관의 비석을 근거로 따져서, 중국 황제의 명을 받든 자들의 잘못을 바로잡지 못했으니, 사람들은 아직까지도 이 일을 한스럽게 여긴다.

그러나 오래전에는 함경도가 모두 말갈(靺鞨)의 땅이었고, 이제 경계가 정해진 지 오래되었다. 우리 영토 안의 폐사군4_으로 말하면, 아직까지도 외적의 침범 때문에 그곳의 거주민을 모두 이주시키고 그 지역을 방치해 둔 형편이다. 그러니 어찌 굳이 쓸모없는 땅을 걸고 분쟁의 단서를 건드릴 필요가 있겠는가? 지금의 국토가 온전하게 유지되고 있으니 손상시켜서는 안 될 것이다.

---

3_ 그 일을 기록한 비석: 윤관이 여진족을 몰아내고 공험진(公嶮鎭)에 세웠다는 고려정계비(高麗定界碑)를 말한다. '윤관비'(尹瓘碑)라고도 한다.
4_ 폐사군(廢四郡): 세종 때 여진족을 막기 위해 압록강 상류에 설치한 여연군(閭延郡)·자성군(慈城郡)·무창군(茂昌郡)·우예군(虞芮郡)을 '사군'(四郡)이라 하는데, 나중에 사군을 철폐하여 해당 지역을 '폐사군'이라 부르고 주민의 거주를 금지했다.

백두산정계비(白頭山定界碑)에 대한 글이다. 청나라는 1689년 러시아와 네르친스크 조약을 맺으면서 국경선 획정 문제에 관심을 갖게 되었는데, 1710년 평안도 주민이 압록강을 건너가 청나라 사람을 죽이고 물품을 약탈한 사건이 발생하자, 청나라는 조선과의 경계를 조사하여 정할 것을 요구했다. 그 결과 1712년에 백두산정계비가 세워졌다. 서쪽으로는 압록강을, 동쪽으로는 토문강을 경계로 국경을 정하는 것이 그 골자인데, 성호는 여기에 대해 비판적인 입장을 취했다. 그러면서도 성호는 우리의 옛 땅을 되찾자는 식의 막연한 애국주의적·팽창주의적 입장에 대해서도 경계를 늦추지 않고 있다. 이 점에서 성호의 시각은 주체적이면서도 유연하고 현실적이라 하겠다.

# 금강산 일만 이천 봉

이곡(李穀)의 「장안사 중흥비」(長安寺重興碑)에 이런 언급
이 보인다.

금강산의 뛰어난 경치는 천하에 유명할 뿐만 아니라 불경(佛
經)에도 그 사실이 정말로 실려 있다.『화엄경』(華嚴經)에 "동
북쪽 바다 가운데에 금강산이 있으니, 담무갈보살(曇無竭菩
薩)이 일만 이천 보살과 함께 늘『반야경』(般若經)을 설법(說
法)한다"라고 한 것이 그것이다.

여기서 일만 이천이란 숫자는 곧 보살의 수인데, 우리나라
사람들은 금강산에 일만 이천 봉우리가 있다고 한다. 예나 지금
이나 이 말을 그대로 답습하기 때문에 고칠 수도 없다.

나도 예전에 이 산을 유람한 적이 있다. 봉우리가 아무리 많
다고는 하지만 어찌 그렇게까지 많겠는가? 내 생각에는 옛날의
풍속이 어리석고 미련하여, '일만 이천'이란 글자가 있는 것만

보고 그저 막연하게 봉우리 숫자이겠거니 하면서 글의 본문은 제대로 따져 보지도 않은 채 어디서 주워들은 소리를 덮어놓고 했을 것이다. 웃기는 노릇이다.

이 산의 원래 이름은 '풍악'(楓嶽)이었는데, 중들이 불경의 말을 인용하여 고의로 '금강'이라 이름 붙인 것이다. 불경에 또 "동해(東海) 가운데에 팔만 유순(由旬)이 되는데"라고 했는데, 이 말이 풍악산을 가리킨 것이 아니라는 것을 하륜(河崙)이 논증했다. 내가 상고해 보니 『만국전도』(萬國全圖)에 "지구 둘레가 구만 리에 지나지 않는다"고 했으니, 어찌 또 팔만 유순이 있을 수 있겠는가? 이것은 부처의 과장에 지나지 않으니, 굳이 믿을 만한 근거로 삼을 게 못 된다.

---

아직까지도 '금강산 일만 이천 봉'은 하나의 통념으로 자리 잡고 있는데 성호는 문헌을 근거로 삼아 그 통념이 왜 잘못되었는지, 그 통념이 어디에 기인한 것인지 밝혔다. 성호의 면밀함과 정확함을 확인할 수 있다. 하륜(河崙)의 논증은 『호정선생문집』(浩亭先生文集)에 실린 「풍악산의 중을 전송하며 지어 준 글」(送楓岳僧序)에 보인다. 『만국전도』는 서양 선교사 마테오 리치(Matteo Ricci, 1552∼1610)의 『곤여만국전도』(坤輿萬國全圖)이다. 『곤여만국전도』는 중국은 물론 조선과 일본 모두에 최초로 소개된 세계 지도로, 그 당시 지식인들에게 막대한 영향을 끼쳤다. 이 글에서도 그 영향의 일단을 엿볼 수 있다. '유순'(由旬)은 고대 인도에서 거리를 잴 때 사용한 단위이다. 소 달구지가 하루에 갈 수 있는 거리라 한다.

# 울릉도

## 울릉도의 연혁

울릉도는 동해에 있다. 우산국(于山國)이라고도 한다. 육지에서 7백~8백 리쯤 떨어져 있는데, 강릉·삼척 등지에서 높은 곳에 올라가 바라보면 울릉도의 세 봉우리가 어렴풋이 보인다.

신라 지증왕(智證王) 12년(511)에 그곳 주민들이 자신의 강한 힘을 믿고 복종하지 않자, 하슬라주(何瑟羅州)의 이사부(異斯夫)가 나무로 만든 사자의 위력으로 복속시켰다.[1] 하슬라는 곧 지금의 강릉이다.

고려 초기에 조정에 와서 지방 특산물을 바쳤다. 의종(毅宗) 11년(1157)에 김유립(金柔立)을 파견하여 우릉도(羽陵島)에 가서 탐사하게 했다. 탐사 결과, 산마루에서 동쪽으로 가서 바다에 이르기까지 1만여 걸음이었고, 서쪽으로는 1만 3천여 걸음이었고, 남쪽으로는 1만 5천 걸음이었고, 북쪽으로는 8천 걸음이었다. 촌락이 있던 터가 일곱 군데 있었는데, 그곳에 석불(石佛)·철종(鐵鍾)·석탑이 있었다. 땅에 암석이 많아 사람이 살 수 없었으니, 그렇다면 이때 이미 텅 빈 땅이 되었던 것이다.

---

1_ 나무로~복속시켰다: 이사부가 나무로 만든 사자를 배에 싣고 가서, 항복하지 않으면 맹수를 풀어 멸망시키겠다고 거짓으로 협박하여 결국 우산국을 복속시킨 것을 말한다.

조선 시대에 죄를 짓고 달아나서 이곳에 숨어 들어와 산 사람이 많았다. 이에 태종(太宗)·세종(世宗) 때에 군사를 보내 샅샅이 수색해서 모두 잡아들여 돌아왔다.


일본과의 분쟁

『지봉유설』(芝峰類說)에 다음과 같은 글이 보인다.

울릉도는 임진년(1592) 이후에 왜인(倭人)의 침략을 받아 다시는 그곳에 사는 사람이 없었다. 그런데 최근에 들으니 왜인이 의죽도(礒竹島)를 점거했다고 한다. 어떤 사람 말로는 의죽도가 곧 울릉도라 한다.

어부 안용복(安龍福)이 국경을 침범하여 넘어간 일을 가지고 왜인들이 와서 따질 때, 『지봉유설』의 이 구절과 예조의 답장에 있는 '귀국(貴國: 일본을 가리킴―역자)의 국경 안에 있는 다케시마(竹島)'라는 말을 증거로 삼았다.[2]

이에 조정에서는 장한상(張漢相)을 울릉도로 파견하여 그곳을 살피게 했다. 그가 관찰한 바로는, 울릉도의 크기는 남북으로

---

[2] 예조(禮曹)의 답장에 있는~증거로 삼았다: 숙종 19년(1693)에 쓰시마의 태수 다이라 기신(平義信)이 박어둔(朴於屯)과 안용복을 압송하고 조선의 예조에 항의 편지를 보내자 예조에서 답장을 보냈는데, 그 답장에 "이제 고기잡이배가 감히 귀국의 국경 안에 있는 다케시마에 침입하여 송환의 번거로움을 끼쳤습니다"라는 구절이 있었기에 한 말이다.

70리, 동서로 60리이다. 나무는 동백·자단(紫檀)·측백나무·황벽(黃蘗)·홰나무·유자나무·뽕나무·느릅나무 등이 있고, 복숭아나무·자두나무·소나무·상수리나무 등은 없다. 날짐승과 길짐승은 까마귀·까치·고양이·쥐가 있다. 물짐승은 강치가 있는데 바위틈에 서식하며, 비늘은 없고 꼬리가 있으며, 물고기 같은 몸통에 다리가 넷인데, 뒷다리가 아주 짧아 육지에서는 잘 달리지 못하지만 물에서 다닐 때에는 마치 날아가는 듯하고, 어린아이 같은 소리를 내며, 그 기름으로 등불을 밝힐 수 있다. 이런 보고를 받고 조정에서 여러 차례 일본과 서신을 교환하여 무마시켰으니, 분쟁이 그제야 그쳤다.

내 생각으로는, 이 일은 담판 짓기 어려운 게 아니다. 그 당시에 어째서 이렇게 말하지 않았던 것인가?

울릉도가 신라에 복속된 것은 지증왕 때부터 시작되었습니다. 이때는 곧 귀국의 게이타이(繼體) 6년(512)입니다. 그런데 그 당시에 귀국의 위엄과 교화가 멀리 울릉도까지 미쳤는지에 대해 상고할 수 있는 기록이 있습니까?

고려 시대에 이르러, 어떤 때는 울릉도에서 고려 조정에 지방 특산물을 바치기도 했고 어떤 때는 울릉도가 빈 땅으로 남아 있기도 했습니다. 이런 일들이 역사책에 끊임없이 기록되어 있습니다. 그런데 천여 년이 지난 오늘에 와서 무슨 이유로 갑자기 이렇게 분쟁을 일으킨단 말입니까?

'우릉도'와 '의죽도'가 어디를 지칭하든 간에, 울릉도가 우리나라에 속한다는 것은 명명백백하며, 그 근처의 섬도 울릉도에 속한 것에 지나지 않습니다. 울릉도가 귀국과 한참 멀리 떨어졌는데 틈을 타 점거하는 것은 부끄러워해야 할 일이요 자랑스럽게 말할 것이 못 됩니다. 설령 울릉도가 중간에 귀국에 약탈되었더라도, 우리 두 나라가 신의로써 화친을 맺은 뒤에는 그 옛 땅을 즉시 돌려주어야 할 것입니다. 하물며 울릉도는 아예 귀국의 판도 안에 있은 적이 없으니 더 말할 필요가 있겠습니까? 이미 우리나라 영토인 이상 우리 백성이 왕래하며 고기잡이하고 사냥하는 것이 진실로 당연한 이치이니, 귀국이 무슨 상관이란 말입니까?

이렇게 말했더라면, 저들이 아무리 교활하다 하지만 다시는 입을 열지 못했을 것이다.

## 안용복의 활약

안용복은 동래부(東萊府 : 지금의 부산) 전선(戰船)의 노군[3]_
이었다. 왜관(倭館)에 출입하여 일본어를 잘했다.

그는 숙종(肅宗) 19년(1693) 여름에 울릉도에 표류했는데,
왜선 7척이 먼저 와 있었다. 이때 이미 왜인이 섬을 두고 다투려
고 먼저 시비를 걸었다. 그래서 안용복이 왜인에게 따졌더니, 왜
인이 노하여 그를 잡아다 오랑도(五浪島)에 구금했다.

안용복이 그 도주(島主 : 섬의 권력자)에게 "울릉도와 우산
도(芋山島 : 독도)는 원래 조선에 속한다. 조선은 가깝고 일본은
멀거늘, 어째서 나를 구금하여 돌려보내지 않는가?"라고 하니,
도주가 그를 호오키 주(伯耆州)로 보냈다. 호오키(伯耆)의 도주
가 귀한 손님을 대접하는 예로 그를 대우하고 많은 은자(銀子)를
주었으나 그는 사양하고 받지 않았다. 도주가 "너는 무엇을 하고
자 하는가?"라고 물으니 안용복이 또 "침략을 막고 이웃 나라끼
리의 친선을 두터이 하는 것이 내 소원이다"라고 말했다. 도주가
이를 승낙하고 에도(江戶) 막부에 아뢰어 확인 문서를 작성해 그
에게 주고 마침내 그를 돌려보냈다.

이에 출발하여 나가사키 섬(長崎島)에 이르니, 그 도주가 쓰
시마 섬(對馬島)과 한통속이 되어 그 확인 문서를 빼앗고 그를

---

3_ 노군(櫓軍): 능로군(能櫓軍). 해변에 거주하는 양인(良人)과 천인(賤人)의 해군 혼성 부대.

쓰시마로 압송했다. 쓰시마 도주가 그를 구금하고 에도에 보고하니, 에도 막부는, 울릉도와 우산도를 침략하지 말 것, 그리고 안용복을 본국으로 호송할 것을 명하는 문서를 다시 만들어 보냈다. 그러나 쓰시마 도주가 다시 그 문서를 빼앗고 안용복을 50일 동안 구금한 다음에 동래부 왜관으로 압송했는데, 왜관에서 또 40일 동안 머물게 했다가 동래부로 보냈다. 안용복이 이 사실을 모두 말하고 호소했으나, 동래부사(東萊府使)는 상부에 보고하지 않고, 안용복이 무단으로 국경을 넘어갔다는 이유로 그에게 2년형을 내렸다.

을해년(1695) 여름에 안용복은 울분을 참을 수 없어, 떠돌이 승려 다섯 명과 뱃사공 네 명을 꾀어내어 다시 울릉도로 갔다. 우리나라 상선(商船) 3척이 먼저 와서 정박하여 고기를 잡고 대나무를 벌채하고 있었는데, 왜선이 마침 당도했다. 안용복이 여러 사람을 시켜 왜인들을 포박하려 했으나 그들은 두려워하며 따르지 않았다. 왜인들도 "우리들은 마쓰시마(松島)에서 고기 잡고 나무하다가 우연히 여기까지 왔을 뿐이오"라 하고 즉시 떠났다.

안용복이 "마쓰시마는 원래 우리의 우산도다"라고 하고 이튿날 우산도로 쫓아가니, 왜인들이 돛을 달고 달아났다. 안용복이 그들을 뒤쫓다가 오키노시마(玉岐島)로 표류하다가 다시 호오키 주까지 갔다. 도주가 나와 환영하자, 안용복은 스스로를 울릉도의 수포장(搜捕將)이라 하고 가마를 타고 들어가 도주와 대등한 예우를 받고 일의 시말(始末)을 매우 소상하게 말했다. 그리고 안용복은 이렇게 말했다.

우리나라에서 쌀 1석 15두, 면포 1필 35척, 종이 1권 20장을 매년 보내는데, 쓰시마에서 훔쳐서 덜어 내고는 쌀 1석 7두, 면포 1필 20척이라 하고, 종이는 잘라서 3권으로 만듭니다. 내가 이 사실을 장차 관백(關白)에게 직접 전달하여, 그 사기 친 죄를 다스리고자 합니다.

안용복과 함께 온 자 가운데 글을 좀 하는 사람이 상소문을 지어 도주에게 보여 주었다. 쓰시마 도주의 아비가 이 말을 듣고 호오키 주에 와서 선처를 호소하니 이 일은 마침내 일단락 지어졌다. 그리고 호오키 도주는 안용복을 위로하고 달랜 다음 그를 돌려보내며 이렇게 말했다. "땅을 두고 다툰 일에 대해서는 모두 그대의 말대로 할 것입니다. 만약에 약속을 어기는 사람이 있으면 마땅히 무거운 벌로 다스리겠습니다."

## 안용복에 대한 조정의 처분

가을(음력 8월)에 안용복이 돌아와 양양(襄陽)에 정박했다. 관찰사가 이 사실을 임금에게 보고하여 안용복 등을 서울로 압송했다. 여러 사람의 진술이 일치했으나, 국경을 넘어 이웃 나라와 분쟁을 일으켰다는 이유로 이들을 참수형에 처하자는 쪽으로 조정의 의논이 정해졌다. 그런데 오직 윤지완(尹趾完)만은 이렇게 말했다.

안용복이 비록 죄가 있으나, 쓰시마가 예전부터 우리나라를 속여 온 것은 다만 우리나라가 에도 막부와 직접 교통할 수 없었기 때문입니다. 그런데 이제 별도로 다른 길이 있다는 것을 알게 되었으니 형세로 미루어 보아 쓰시마가 반드시 두려워하고 겁을 낼 것입니다. 그러니 지금 안용복을 처벌하는 것은 좋은 계책이 아닙니다.

그리고 남구만(南九萬)은 이렇게 말했다.

쓰시마가 우리나라를 속여 온 일은 안용복이 아니면 탄로되지 않았을 것입니다. 따라서 그가 유죄인지 여부는 일단 논외로

하고, 섬을 두고 다툰 일을 이번 기회에 명백하게 따져서 저들의 무리한 주장을 단호하게 물리치지 않으면 안 됩니다.

쓰시마 도주에게 글을 보내 "조정에서 장차 별도로 사신을 보내 안용복의 말이 사실인지 거짓인지 조사하겠다"고 통보하십시오. 그렇게 하면 쓰시마 도주가 틀림없이 크게 두려워하여 자기 죄를 인정할 것입니다. 그런 뒤에 안용복의 일을 어떻게 처리할지 천천히 논의하더라도 늦지 않으니, 이것이 최선책입니다.

이렇게 하지 않으실 것이라면, 동래부사로 하여금 쓰시마 도주에게 글을 보내게 하여, 먼저 안용복이 자기 멋대로 글을 올린 죄상을 말하고, 그 다음에 울릉도를 다케시마라고 거짓으로 일컫은 것과 공문을 탈취한 잘못을 말하고 나서 그 회답을 기다리고, 안용복을 단죄할 의사는 결코 글에서 비치지 않는 것이 차선책입니다.

만약 간악하게 우리를 속여 온 쓰시마 도주의 죄상을 묻지 않고 먼저 안용복을 죽여 저들의 마음을 통쾌하게 해 준다면, 저들이 틀림없이 이 일을 구실로 삼아 우리를 업신여기고 우리에게 협박할 것입니다. 이렇게 되면 장차 어떻게 감당할 수 있겠습니까? 이것이 가장 나쁜 계책입니다.


이에 조정에서 남구만이 말한 차선책을 채용하니, 쓰시마 도주가 과연 스스로 잘못을 시인하여 그 죄를 전임 도주에게 돌리고 다시는 울릉도에 왕래하지 않았다. 그제야 조정에서는 안용복을 사형에서 감해 주어 귀양 보냈다고 한다.

내 생각에 안용복이야말로 영웅호걸이다. 일개의 천한 군졸로, 만 번 죽음을 무릅써야 하는 위험천만한 계책을 내어, 국가를 위해 강적(强敵)과 다투어 그 간사한 마음을 꺾어 버리고 여러 대에 걸친 분쟁을 종식시켰으며, 한 고을의 영토를 회복했다. 이 일은 부개자나 진탕4_과 비교하더라도 더욱 어려운 것이니, 호걸스러운 사람이 아니면 할 수 없다. 그런데도 조정에서는 그에게 상을 주기는커녕, 처음에는 사형을 내렸다가 나중에는 귀양을 보내어 그를 꺾어 버리고 짓밟기에 여념이 없었으니, 애통한 노릇이다.

울릉도가 아무리 척박하다 하지만, 쓰시마도 몇 자 되지 않는 땅덩어리인데 왜인이 그곳에 굴을 파서 살다 보니 대대로 우리나라의 근심거리가 되고 있는 형편이다. 혹시라도 울릉도를 빼앗긴다면 그것은 곧 쓰시마를 또 하나 늘려 주는 셈이다. 그렇게 되면 앞으로의 화를 어찌 이루 다 말할 수 있겠는가?

이렇게 보면, 안용복은 다만 한 세대의 공을 세운 것뿐만이 아니다. 예나 지금이나 장순왕의 화원(花園)에서 낮잠 자던 늙은 병졸5_을 호걸이라 칭송한다. 하지만 그가 한 일은 장사를 잘하

---

4_ 부개자(傅介子)나 진탕(陳湯): 모두 한(漢)나라 때의 무신(武臣)으로, 서역(西域) 개척에 큰 공을 세웠다.

5_ 장순왕(張循王)의~늙은 병졸: 장순왕은 남송의 장수 장준(張俊, 1086~1154)이다. 장준이 뒤뜰을 거닐다가 늙은 병졸을 우연히 만나 그와 대화를 나누던 중, 그가 장사와 무역에 능하다는 말을 듣고 금 50만 냥을 그에게 주었는데, 그는 1년 뒤에 수십 배의 이익을 거두고 돌아왔다. 이에 장준이 기뻐하며 그를 다시 보내려 하자 그는 거절하고 낮잠이나 자게 해 달라고 했다.

여 이익을 크게 남긴 것에 지나지 않으며, 국가를 위한 계책에는 꼭 그렇게 뛰어나다고 할 수 없다. 안용복 같은 사람으로 말하면, 국가가 한창 위급할 때 군졸들 중에서 발탁하여 장수로 등용하여 그 포부를 펼칠 수 있게 한다면, 그가 이룩한 것이 어찌 이 정도에 그쳤겠는가?

---

울릉도와 관련된 중요한 문헌이다. 안용복은 독도 문제가 불거질 때마다 주목 받는 인물로, 그 이름을 내건 행사도 몇몇 개최된 바 있다. 조선 후기에도 안용복은 적지 않은 관심을 끌었다. 성호의 아들 이맹휴(李孟休, 1713~1751)가 『춘관지』 끝에 안용복의 전(傳)을 기록한 것이나, 영조(英祖)의 명으로 편찬된 『문헌비고』(文獻備考)에 안용복 관련 기사가 편입된 것이나, 정조(正祖)가 안용복의 활약을 높이 평가한 것 등이 그 예다. 안용복 당시에 울릉도 문제를 담판 지을 수 있었다면서 제시한 성호의 논리는 여전히 통쾌하다. 그러나 성호는 막연한 애국주의적 감정에 호소한 것이 아니라 방대한 문헌 조사와 면밀한 역사적 고증을 토대로 문제에 접근한 바, 이 점에 유의할 필요가 있다.

# 조선 팔도의 물산

## 왜 이 글을 쓰는가

우리나라는 서쪽으로는 요동(遼東)과 인접해 있고, 북쪽에
는 말갈(靺鞨)이 있으며, 남쪽으로는 왜(倭)와 통한다. 삼면의
바다 가운데 강토가 2천 리인데, 한강(漢江)으로부터 서쪽 지역
은 삼조선¹_의 옛터이다. 기준²_이 뱃길로 남쪽으로 가서 마한
(馬韓)의 왕을 내쫓고 스스로 왕이 되었는데, 그때부터 '삼한'(三
韓)이라는 명칭이 생겨서 남쪽과 북쪽이 서로 교통하지 않게 되
었다. 그후로 삼국(三國)이 서로 대립하여 전쟁이 끊이지 않아
백성이 살 수 없었다. 이에 왕씨(王氏: 고려 태조 왕건)가 일어
나 삼국을 통일하고 하류의 비옥한 곳을 서울로 정했다. 그러나
귀중한 물자를 원(元)나라에 바치고 전쟁이 잦은 통에 백성이 번
성할 틈이 없었다.

조선의 도읍지 한양은 옛날 백제의 영토에 속한다. 수로와
육로가 사방으로 통해 수송되지 않는 물건이 없으니, 거의 요충
지를 얻은 셈이다. 그러나 황해도와 평안도에서 거둬들이는 세
금은 대부분 사신을 접대하는 데 소모되고, 나머지는 모두 돈과

---

1_ 삼조선(三朝鮮): 단군 조선, 기자(箕子) 조선, 위만(衛滿) 조선.
2_ 기준(箕準): 기자 조선 최후의 왕. 나라를 잃게 되자 남쪽으로 달아나 금마군(金馬郡)에
　자리 잡고 한왕(韓王)이라 칭했다.

베로 바꾸어 쓸데없는 곳에 써 버리며, 경상도에서 거둬들이는 세금은 태반이 왜국(倭國)으로 들어가니, 우리나라가 쓰는 것은 오직 충청도와 전라도에서 거둬들이는 세금뿐이다. 그러나 운반 기술이 부족하여, 배에 실은 곡식이 한양에 도착하기 전에 썩어서 못 쓰게 되는 것이 많다. 그래서 국가는 경비가 부족하고 백성은 저축이 없다. 사람들 대부분이 시장을 떠돌아다니며 입에 풀칠을 하지만, 하루하루 먹고살 길이 막막한 실정이다.

서울 근방에는 토지의 소출은 적은데 법으로 정해진 부역 외에 고을 수령이 임의로 부과하는 잡다한 부역이 많다. 바닷가에서는 고기 잡고 소금 만드는 이익으로 먹고살고, 산속에서는 땔나무와 숯과 재목(材木)을 팔아서 먹고살지만, 안정적인 소득이 없어 도둑질하는 경우가 많다.

대저 우리나라는 산림이 열에 일곱을 차지하기 때문에, 척박한 곳이 비옥한 곳에 비해 몇 갑절 될 뿐만이 아니다. 서남쪽에 바다를 막아 농경지로 만들어 많은 곡식을 생산하고 있긴 하지만, 유독 그 지역에 가뭄이 잘 들어 피해를 입으며, 조수(潮水)가 넘치면 농사를 망친다.

문벌을 숭상하는 습속이 있어, 일가에 벼슬아치가 있으면 그 친척들까지 모두 농기구를 버리고 일을 하지 않는다. 그리고 노비를 대대로 전하는 법이 있어, 문관(文官)도 아니고 무관(武官)

도 아니며, 고조(高祖)와 증조(曾祖)가 벼슬하지 못했는데도 노비를 부리며 편안하게 앉아서 여유 있는 생활을 한다. 만약 몸소 농사짓는 사람이 있으면 대단한 수치로 여겨 그 집안과는 혼인을 맺지 않는다. 그래서 놀고먹는 사람이 태반이다. 더구나 벼슬아치는 녹봉을 받아먹긴 하지만, 그 수입이 차라리 농사짓는 것만 못하며, 아전(衙前)은 서민으로서 관청에서 일하긴 하지만 녹봉을 받지 않으므로 뇌물을 받지 않는 이가 없다. 뇌물은 어디서 나오는가 하면 백성에게서 나오니, 백성의 힘이 벌써 고갈될 수밖에 없다.

그리고 높은 벼슬아치의 아들이 항상 높은 벼슬에 올라, 가난하고 미천한 집안에서는 귀하고 현달한 사람이 나오지 않는다. 그래서 벼슬아치들이 서민의 어려운 사정을 모르고, 많은 재산을 물려받아 날이 갈수록 더욱더 사치스럽고 교만해지는데, 그것을 보고 따라 하는 자들이 굉장히 많다. 사치를 부리다 보면 재물이 부족해지고, 재물이 부족해지면 가난해지며, 가난해지면 그 형편 상 어쩔 수 없이 백성을 해치게 된다. 그래서 백성은 살고자 하는 의욕을 잃어 농사에 힘쓰지 못한다. 이렇게 해서 재물이 백성 개개인의 창고에도 쌓이지 않고 국가의 창고에도 쌓이지 않아, 조선이 천하에서 가난한 나라가 되고 말았다. 나라가 가난해지면 백성은 더욱 곤궁해지니, 백성이 먹고살 길을 마련해 줘야 하는 위정자는 이 점을 마땅히 알아야 할 것이다.


## 경기도


경기도는 땅이 척박한데도 백성이 많이 몰려 있다. 토지의 소출이 가장 적은데도 이곳의 곡물을 서울로 수송한다. 그래서 이곳 백성이 가장 가난하다. 서남쪽은 감이 많이 나고, 동북쪽은 배·밤·땔감·숯이 많이 난다. 여주(驪州)와 이천(利川) 일대는 벼를 심으면 다른 고장보다 먼저 익기 때문에 돈을 굉장히 많이 번다. 인천(仁川)과 남양(南陽) 일대는 그 토질이 붉은 찰흙인데, 비록 비옥하지는 않지만 보리가 잘되어 그 덕분에 먹고산다.

개성(開城)은 고려의 옛 서울로 한양과 가깝다. 서쪽으로 중국과 무역하여 화려함을 숭상하는 풍속이 있으니, 여전히 고려의 유풍이 남아 있다 하겠다. 조선이 건국된 뒤로 고려의 유민(遺民)이 복종하지 않자, 나라에서도 그들을 버려 그들이 벼슬에 오르지 못하게 금지했다. 그래서 사대부의 후예들이 유자(儒者)가 되기를 포기하고 상업에 종사하며 몸을 숨겼다. 그래서 백성 중에 기술이 뛰어나고 영리한 자가 많기로 나라에서 으뜸이 된다.

## 충청도와 전라도

　충청도와 전라도는 백제 지역이다. 김제(金堤)의 벽골제는
신라 시대에 처음 만들어졌다. 나라의 큰 호수로서 무수히 많은
농지에 물을 대 주니 백성이 그 혜택으로 먹고산다. 이 호수의
아래쪽을 '호남'(湖南), 오른쪽을 '호서'(湖西)라 한다. 지금은
조령(鳥嶺) 이북의 여러 고을까지 합하여 '호서'라 하고, 조령 이
남의 경상도를 '영남'(嶺南)이라 하여, 호서·호남과 함께 '삼남'
(三南)이라 한다. 호서와 호남에서 거둬들이는 세금은 모두 바다
를 경유하여 한강으로 들어오고, 영남에서 거둬들이는 세금은
조령을 넘어서 한강으로 들어온다. 조령 이북의 여러 고을에서
거둬들이는 세금도 한강을 경유하여 서울로 운반된다. 삼남에서
거둬들이는 세금은 나라에서 필요로 하는 것이다.

　충청도는 서쪽으로는 바다에 닿고, 남쪽으로는 호남, 북쪽으
로는 서울과 인접해 있다. 물산과 인구는 영남·호남과 비슷하지
만, 풍요로움은 거기에 못 미친다. 충주(忠州)는 남한강 상류에
있으니, 이곳을 거쳐 영남 상인의 화물이 유통된다. 공물(貢物)
과 세금도 이곳까지 싣고 와서 배에 옮겨 서울로 수송한다. 그래
서 강가의 주민 중에 농업을 버리고 배를 타는 이가 많다. 사대
부들이 이곳에 모여 살기 때문에 힘없는 주민들이 그 피해를 받

으니, 세상에서 인색한 고장이라고들 한다.

공주(公州)는 관찰사가 다스리는 곳이다.3- 산수(山水)가 수려하고, 산에서 일하는 화전민(火田民)과 들에서 일하는 농부가 모두 누에·모시·삼[麻]·목화에 힘써 사철 내내 바쁘게 일하기 때문에 부녀자들도 밤에 제대로 못 잔다. 쌀을 실은 배가 웅천(熊川 : 금강錦江의 옛 이름)으로 와서 이곳에서 더 큰 배에 쌀을 옮겨 싣기 때문에 품삯이 비싸고, 이곳에 정체되어 있는 곡물이 많아 일거리가 많기 때문에, 빈민들이 여기에 의지하여 먹고 산다.

청산(靑山)과 보은(報恩) 일대는 깊은 산중이라 별다른 산업이 없고, 대추를 심으면 열매가 많이 달리는데 벌레가 별로 없기 때문에 사방의 장사꾼들이 모여든다. 은진(恩津)은 웅천 하류에 있는데,4- 상선(商船)이 모여든다. 그러다보니 재화를 쌓아둔 백성이 많다. 그래서 나라 안에서 이익이 가장 많이 나오는 곳이라 일컬어진다. 임천(林川)과 한산(韓山) 일대는 모시로 유명하다. 대진(大津) 서쪽을 '내포'(內浦)라 하는데, 생선과 소금으로 유명하다. 섬에는 소나무를 재배하는데, 몰래 베어 가는 것을 엄중히 금하니, 전함(戰艦)을 만들기 위해서이다.

전라도는 서쪽과 남쪽이 모두 바다이고, 동쪽은 대령(大嶺)을 경계로 삼는다. 사람들이 미신을 좋아하고, 큰소리치며 남을

---

3_ 관찰사가 다스리는 곳이다: 감영(監營)이 있다는 뜻.
4_ 웅천 하류에 있는데: 곧 은진현(恩津縣)에 속한 강경(江景)을 말한다. 예부터 농수산물의 집산지로 유명했다.

잘 속인다. 논이 많기 때문에 사람들이 부지런히 논에 물을 대고, 때가 되면 모를 옮겨 심는다. 농사가 끝나면 주민들이 모두 쌀밥을 먹고 콩과 보리는 천하게 여긴다. 남쪽으로는 제주(濟州)와 통한다.

제주는 약물(藥物), 귤, 단단한 재목, 무늬목 등이 풍부하다. 산에 사슴이 많으니, 이는 바다의 물고기가 변한 것이다. 사슴의 가죽을 벗겨 내고 녹용을 잘라 내어 파니, 모두 값이 비싸다. 말을 기르니, 국가에서 운영하는 목장이 많이 모여 있으며, 해마다 많은 말을 공물로 바친다. 서민들도 말을 많이 길러서 온 나라에 개인적으로 판다. 또 소도 많이 길러 사람들이 모두 고기를 실컷 먹는다. 지맥(地脈)이 붕 떠 있고 가벼워서, 반드시 말을 달려 땅을 단단하게 밟은 뒤에야 비로소 씨를 뿌린다. 대표적인 특산물은 우황(牛黃)과 말총이다. 삼베가 매우 비싸 개를 길러 그 가죽으로 옷을 해 입는다.

전라도는 대나무밭이 많아, 깃발을 다는 장대, 화살을 만드는 대, 대나무 부채를 공물로 바친다. 수령들은 대나무 부채를 많이 만들어 조정의 높은 벼슬아치들과 친구들에게 선물로 주는데, 그 비용이 적지 않아 백성들이 피해를 입는다. 우리나라 사람은 반드시 테두리가 넓은 갓을 쓴다. 대를 엮어 갓의 테두리를 만드니, 김제(金堤)에서 나는 것이 으뜸이라 일컬어지고 제주에서 나는 것이 그 다음이다. 또 생업으로 빗을 만드는데, 지금 집 집마다 매일 쓰는 것은 모두 호남에서 만든 것이다. 돌아다니며 물건 파는 것을 좋아하는 풍속이 있기 때문에, 제주도와 가까우면서도 말 값이 도리어 비싸다.

전주(全州)는 관찰사가 다스리는 곳이다. 장사꾼이 더욱 많아 온갖 물화가 모여든다. 생강이 가장 많이 나니, 지금 우리나라 전역에서 쓰는 생강은 모두 전주에서 난다. 전라도는 풍속이 사나워 나그네가 잠자리를 얻을 수 없는데, 전주가 가장 심하다. 기풍이 유약하여 추위와 굶주림을 견디지 못하니, 전라도 사람들이 모두 그렇다.

곡식이 풍부하기 때문에 지역 세력가들이 재물을 불리기 쉽다. 이들은 좋은 옷을 입고 좋은 말을 타고 돌아다니며 곳곳에서 거드름 피운다. 강한 자가 약한 자를 괴롭히고 다수자가 소수자에게 난폭하게 구는데도, 왕왕 관아에서도 막지 못한다. 이 때문에 타향에서 온 사람들을 고용하여 제멋대로 그들을 노비라 칭하고, 갓 쓰고 도포 입고 선비 행세를 하여 군적(軍籍)에서 빠진 자가 3분의 2나 된다. 그 나머지 3분의 1을 문서에 올려 그들에게만 세금 부담이 가혹하게 몰리기 때문에, 서민은 자기의 생업을 잃게 된다. 그래서 집에 아들이 셋이면 그중 하나는 번번이 머리 깎고 중이 되어 부역을 피하기 때문에, 크고 작은 사찰들이 길에 널려 있을 지경이다.

중들은 농사를 지을 줄 몰라 서민들에게 빌붙어 먹고사니, 농사에 피해를 끼치는 것이 특히 심하다. 중들이 하는 일이라고는 짚신을 삼고 종이를 만드는 것이 고작이다. 종이는 닥나무로 만드는데, 닥나무는 전주 만마동(萬馬洞)에서 나는 것이 가장 좋아 상품 가치가 높다. 바닷가의 산에는 소나무를 기르는데, 제주도처럼 사슴이 많아 주민들이 그것을 잡아 돈을 마련한다고 한다.


## 경상도

경상도는 동쪽과 남쪽은 바다에 닿고, 서쪽은 대령(大嶺)을 사이에 두고 호남과 인접해 있다. 낙동강(洛東江)이 그 한가운데로 흘러간다. 애초에 신라가 낙동강 동쪽에, 5가야5_가 서쪽에 자리 잡고 있었는데, 얼마 뒤에 가야가 신라에 통합되었다.

경주(慶州)는 진한(辰韓)의 옛터이다. 언어와 풍습이 중국과 매우 비슷하여 예의를 숭상하고 길쌈을 부지런히 하며, 그곳에서 훌륭한 학자들이 서울에서보다 더 많이 배출되었다. 그러나 농부는 적은데 선비는 많아서 노동력이 다소 부족하며, 더러

---

5_ 5가야(五伽倻): 6가야(六伽倻) 연맹체 중에 맹주국인 금관가야(金官伽倻)를 제외한 다섯 가야, 즉 대가야(大伽倻)·고령가야(古寧伽倻)·소가야(小伽倻)·아라가야(阿羅伽倻)·성산가야(星山伽倻)를 말한다.

품위 없고 천박한 사람들이 많아서 소송을 걸어 다투는 것을 부끄럽게 여기지 않아, 아무리 작은 일이라도 그냥 넘기지 않는다. 벼슬아치 중에도 탐관오리가 많다.

남쪽으로 왜인(倭人)과 교역하는데, 국가는 공무역(公貿易)을 하고 개인은 사무역(私貿易)을 한다. 공무역에서는 우리의 쌀·베[布]와 저들의 동(銅)·납을 교역하고, 사무역에서는 우리의 인삼·실·목화와 저들의 은화·칼·거울 및 기묘한 기구(器具)와 기이한 물건들을 교역한다. 우리나라의 서북(西北) 지방에도 은광(銀鑛)이 많긴 하지만, 잘 망가지는 중국의 사치품을 수입하는 데 몽땅 써 버리고도 부족해서 다시 왜에서 가져오는 것이다. 동(銅)도 우리나라에서 생산된다. 이따금씩 동을 캐는 광산이 바둑알처럼 널려 있을 때도 있지만, 제련 기술이 없어서 반드시 외국에 의지해야 하는 것이다. 만약에 많은 돈을 들여 그 기술을 배우려 한다면 어찌 되지 않을 리가 있겠는가? 그렇게 할 생각은 하지 않고 도리어 노둔하고 거친 것이 이와 같다. 누에를 치면서도 비단은 반드시 중국에서 수입하고 철을 생산하면서도 칼과 거울은 왜인의 기술에 못 미치니, 우리나라의 기술은 천하에서 가장 형편없는 것이 될 뿐이다. 담배도 왜(倭)에서 들어와 백여 년이 되자 온 나라에 두루 퍼져 해를 끼친 것이 허다하다. 이는 애초에 마땅히 금지했어야 했는데 금지하지 않은 것이다.

경주는 진한(辰韓)의 옛터이다. 그렇기 때문에 네모반듯하게 구획한 밭6_의 옛터가 아직도 남아 있다. 이는 틀림없이 성스럽고 지혜로운 분7_이 남긴 뜻일 터인데, 안타깝게도 천하에 두루 시행되지 못하고 있다. 부인(婦人)들이 길쌈을 부지런히 하는 것도 신라 회소의 유풍8_일 것이다.

영남의 여러 고을에서는 감나무를 재배하여 곶감을 만들어 파는 것을 생업으로 한다. 밀양(密陽)은 밤〔栗〕으로 유명하지만 돈이 될 정도는 아니다. 안동(安東)도 하나의 도회지인데, 그 풍속이 특히 검소하고 인색하여 저축을 많이 하니, 흉년에도 떠돌아다니며 구걸하는 무리가 없다. 고을이 매우 넓어 여러 군(郡)과 맞물려 있으니, 안동부(安東府)에 속한 고을들 간에는 번화한 정도가 다르다고 한다.

울산(蔚山)과 장기(長鬐)에서는 청어(靑魚)가 난다. 청어는 함경도에서 처음 보이기 시작하여, 강원도 동해의 해변을 따라 내려와 11월에 이곳에서 처음 잡히는데, 남쪽으로 내려올수록 크기가 점점 작아진다. 생선 장수들이 멀리 서울로 수송하는데, 반드시 동지(冬至) 전까지 도착해야 제값을 받을 수 있다. 청어는 연해(沿海)에 모두 있다. 청어는 서남해(西南海)를 경유하여

---

6_ 네모반듯하게 구획한 밭: 정전법(井田法)에 따라 구획한 밭. 정전법은 고대(古代)의 이상적인 토지 제도로, 사방 1리의 농지를 우물 '정'(井) 자 모양으로 9등분한 다음 중앙의 한 구역을 공전(公田)이라 하여 여덟 가구가 공동 경작하여 그 소출을 세금으로 내도록 하고, 나머지 여덟 구역을 사전(私田)이라 하여 여덟 가구 각각의 개인 소유로 삼게 한 것이다.

7_ 성스럽고 지혜로운 분: 기자(箕子)를 말함. 기자가 우리나라로 와서 정전법을 시행했다고 믿은 조선 유학자가 적지 않았다.

8_ 신라 회소(會蘇)의 유풍: 추석의 유래가 된 풍습. 신라 유리왕(儒理王) 때 두 왕녀가 각각 자기 편의 여인들을 통솔해 길쌈을 겨루게 하여, 진 편이 이긴 편을 대접하고 함께 노래하고 춤추며 온갖 놀이를 한 것을 말한다.

4월에 해주(海州)까지 와서 그치니, 생선 중에 이처럼 많은 것은 없다.

진주(晉州)는 변한(弁韓)의 옛터로, 풍요롭고 화려하기로 으뜸이다. 대개 해안에는 건어물과 생선이 많고, 육지에는 명주·베·삼[麻]이 난다.

경상도 서쪽이 더욱더 번성하여, '호의호식하는 고장'이라 일컬어진다. 그러나 문화적인 수준은 경상도 동쪽에 비해 크게 뒤처져 있다. 군자는 마땅히 경상도 동쪽을 택해서 살아야 할 것이니, 경상도 동쪽은 실로 우리나라의 낙원이다. 태백산(太白山)과 소백산(小白山) 일대는 병란이 미친 적이 없다. 이곳은 서북의 국경과 가장 멀리 떨어져 있으니, 만약 외적의 침입이 있다면 사람들은 틀림없이 이곳으로 피난할 것이다.


## 강원도


강원도는 '관동'(關東)이라 하니, 예맥(濊貊)의 옛터이다. 한사군9ㅡ 때에는 임둔군(臨屯郡)이었는데, 그 뒤 2부를 설치할 때 낙랑에 소속되었다.10ㅡ 낙랑은 곧 평안도인데, 이때에 와서 강

---

9ㅡ 한사군(漢四郡): 한(漢)나라 무제(武帝)가 위만 조선을 멸망시키고 설치한 네 개의 군(郡)으로, 낙랑군(樂浪郡)·진번군(眞蕃郡)·임둔군(臨屯郡)·현도군(玄菟郡)이 그것이다.

10ㅡ 2부(府)를 설치할 때 낙랑(樂浪)에 소속되었다: BC 82년에 고구려가 임둔군과 진번군을 축출하자 한나라가 그 남은 일부를 낙랑군 및 현도군과 통합한 것을 말한다.

11ㅡ 영동구군(嶺東九郡): 고성군(高城郡)·통천군(通川郡)·흡곡군(歙谷郡)·간성군(杆城郡)·양양군(襄陽郡)·강릉군(江陵郡)·삼척군(三陟郡)·울진군(蔚珍郡)·평해군(平海郡) 등 강원도 동해안에 있는 아홉 개의 군(郡).

원도도 함께 낙랑이라 칭한 것이다. 고구려가 일어나자, 낙랑왕
(樂浪王)이 이곳으로 도망 와서 살았다.

이곳의 지세(地勢)는 대관령 이북에서 남쪽으로 뻗쳤는데,
북쪽은 함경도의 중요한 도로의 관문이 되고 동쪽은 바다에 닿
는다. 대관령에 의지하여 고을이 설치되었으니, 이른바 영동구
군[11]이 바로 이곳이다. 옛날의 실직과 압독[12] 같은 부족이 모
두 남옥저(南沃沮: 지금의 강릉 일대) 종족이다. 평해와 울진의
남쪽은 곧장 경상도에 닿는다.[13] 대관령 오른쪽을 영서(嶺西)라
한다. 여러 강물이 서쪽으로 흐르니, 작은 강에는 거룻배를 띄울
수 있고 큰 강에는 큰 배를 띄울 수 있는데, 한강에서 합류하여
바다로 들어간다.

영동(嶺東)의 바다에는 조수(潮水)가 없다. 왜국은 원래 말
갈의 흑룡강(黑龍江) 밖으로부터 뻗어 나온 한 가닥 지맥(支脈)
이 동쪽으로 뻗다가 남쪽으로 구부러져 에조[14]와 맞닿은 곳이
다. 에조는 왜의 북쪽 국경이다. 왜의 지형은 동서로 길다. 이키
시마(壹岐島)와 쓰시마(對馬島)가 우리나라와 대치하여 바다의
관문이 되며, 그 사이는 큰 호수가 되는데, 조수가 동남쪽에서
오기 때문에 여기에 막혀 올라오지 못하는 것이다.

이 때문에 물고기들이 이곳에 모여드니, 해산물이 풍부하기

---

12_ 실직(悉直)과 압독(押督): 모두 삼국시대 초기의 부족국가이다. 실직은 지금의 강원도
   삼척 지역에, 압독은 지금의 경상북도 경산시 압량(押梁) 지역에 있었다고 한다.
13_ 평해(平海)와 울진(蔚珍)의~경상도에 닿는다: 지금은 울진군이 경상북도에 속하고 평
   해읍은 울진군의 행정구역이지만, 조선 시대에는 평해군과 울진현이 강원도에 속했다.
   울진군이 경상북도로 편입된 것은 1963년의 일이다.
14_ 에조(蝦夷): 일본 도호쿠(東北) 지방 및 홋카이도(北海道) 지역의 원주민. '에미시'라고
   도 읽는다. 특히 아이누족을 지칭할 때가 많다. 여기서는 홋카이도 이북 지역을 가리키
   는 말로 쓰였다.

로 이만한 데가 없다. 하지만 고래가 뛰어놀고 용이 꿈틀거려 항상 풍랑이 일기 때문에, 배로 물건을 운송하는 것이 불가능하다. 그래서 어민(漁民)들이 나무를 깎아 배를 만들어, 고기를 잡고 해산물을 채취해서 먹고산다. 생선·건어물·창란젓 등을 말에 실어 사람이 운반하니, 지금 서울의 어시장(魚市場)에 있는 별미는 대부분 영동에서 수송해 온 것들이다.

소금을 굽는데 염전을 갈고 햇볕을 쏘이고 소금가마를 만드는 등의 과정을 거치지 않고, 곧바로 바닷물을 쇠가마에 쏟아붓는다. 그렇게 하면 더 많은 소금을 얻을 수 있다. 다만 그 맛이 써서, 서해의 소금에 못 미친다. 또 미역도 장사꾼에게 소중하게 취급된다. 그리고 죽은 고래가 자주 표류해 오니, 그 고래에서 많은 기름을 채취한다.

울릉도는 곧 삼척부(三陟府)이다. 대나무가 서까래처럼 굵고 미역이 특히 좋은데, 때가 되면 주민들이 와서 채취한다고 한다.

영서(嶺西)의 소나무 재목이 좋긴 하지만 영동에 못 미친다. 오늘날 우리나라의 관(棺) 재목은 모두 영동과 영서에서 벤 것을 뗏목처럼 강물에 띄워 흘려보낸 것이다. 영동은 땅이 척박하지만 가뭄을 걱정하지 않으니, 그 풍속이 호화로워 잔치를 벌이고 노는 일이 많다. 영서는 평평하고 너른 들판이 없어서 오직 화전(火田)을 일구어 먹고사니, 쌀밥이 없는 대신 조밥을 해 먹는다.

양봉(養蜂)을 해서 꿀을 따서 돈을 마련하며, 숲 속의 나무를 벌
채하여 서울로 수송하는 일로 먹고사는 백성이 많다.


## 황해도·평안도·함경도


　황해도는 서쪽 변방의 관문으로 서울과 가깝다. 동쪽에는 목
재나 약초 등이 많고 서쪽으로는 바다에서 나오는 이익을 독차
지하여, 소금 굽는 사람도 소매가 넓은 옷을 입고 가죽신을 신으
며 놋그릇을 사용한다. 4월이면 청어가 바다에 가득하여, 사방
수백 리 사이에 청어를 먹지 못하는 사람이 없을 정도다.
　해주(海州)·연안(延安)·배천(白川)·안악(安岳)·신천(信川)
이 가장 부유하다고 알려졌다. 이곳에서는 오로지 소달구지만을
사용하니, 땔나무를 운반해서 먹고사는 주민이 많다. 그리고 먹
〔墨〕을 만드는 기술이 뛰어나, 우리나라의 훌륭한 공인(工人)이
된 사람이 많다.
　황주(黃州)와 봉산(鳳山)은 목화로 유명하다. 씨가 잘고 솜
이 많아서 남쪽 지방에서 생산된 것에 비해 우수하므로, 장사꾼
들이 교역하여 판다. 신계(新溪)와 곡산(谷山)은 당도 높은 배
〔梨〕로 유명하니, 일찍 익고 금방 달아져 조정의 높은 벼슬아치

들이 진귀하게 여긴다. 문화(文化)는 잣으로 유명하니, 강원도 회양(淮陽)과 맞먹는다. 주민들이 무력(武力)을 숭상하여 무거운 것을 들고 활을 멀리 쏘는 것을 좋아하니, 다른 지방은 모두 여기에 못 미친다.

평안도에는 아직도 고구려와 고조선의 유풍이 남아 있다. 서쪽으로 중국과 교통하여, 복장이 화사하고 건물이 화려하며 노래와 춤이 난잡하다. 특히 평양의 부유함과 번성함은 서울을 능가한다. 여름이면 파리가 숟가락과 젓가락에 앉아 거의 밥을 먹을 수 없을 지경이다.

이 지역에는 은광(銀鑛)이 많다. 압록강 연안의 백성들은 농사를 짓지 않는 대신 인삼을 캔다. 강계(江界)의 영역인 폐사군(廢四郡)에서 인삼이 더 많이 생산되는데, 세상에서 '강계삼'(江界蔘)이라 하는 것이 바로 이것이다. 간사한 백성이 더러 이 때문에 법을 어기고 압록강을 건너가다 발각되어 처벌 받기도 하지만, 워낙 이익이 많기 때문에 금할 수 없다.

이곳의 풍속이 누에치기에 힘써, 명주실의 상품 가치가 높다. 옻나무가 없어서 반드시 남쪽 지방에서 사야 한다. 옻나무가 없었던 것은 아니지만, 관아에서 부과하는 세금이 무서워 백성들이 심지 않는다. 논밭에 대해서는 일정한 장부(帳簿)가 없고, 고을 수령이 아전에게 맡기므로, 이들이 농간을 부리는지 살필 수 없다.

조정에서는 이 고장을 외국같이 취급하여 관찰사에게 맡겨 두고 방치한다. 그래서 해마다 바치도록 되어 있는 공물이 서울로 올라오지 않으니, 이는 우리나라의 법이 잘못되어, 아전들이 농간을 부리고 관원들이 그 이익을 가로챈 것이다. 속담에 "원님이 되었거든 모름지기 서쪽으로 가야 한다"라고 하니, 고을 수령이 되어 서쪽 지방으로 나간 사람치고 재물을 많이 모으지 못한 이가 드물기 때문이다. 그래서 평안도에 큰 도둑이 많아, 피폐해진 백성들이 살 곳을 잃게 되었다. 화전민들은 일정한 거처가 없이 이리저리 옮겨 다닌다. 그래서 관아에서 돈을 두루 나누어 주었다가 나중에 높은 이자를 받고 그 돈을 회수하여 이익을 취하려 할 때면, 일정한 거주지가 있는 백성이 그 피해를 입는다.

함경도는 '북관'(北關)이라 한다. 함흥(咸興)·북청(北靑) 이북은 여러 번 숙신(肅愼)에게 함락되었으나, 지금은 모두 우리의 군현(郡縣)이 되었다. 그런 뒤로 백 년 동안 국경에 전쟁이 없어서 백성이 편안하게 살면서 즐겁게 자기 일을 하고 있다. 다만 이곳 수령으로 무신(武臣)을 많이 임용하는 것이 문제다. 무신은 대체로 청렴을 중시하지 않고 오로지 조정의 높은 벼슬아치들에게 뇌물을 바쳐 쉽게 출세하려 애쓴다. 그래서 탐욕을 부려 제멋대로 세금을 거두니, 이 때문에 백성이 살 수 없을 지경이다.

이 지역에서는 담비·수달·영양의 뿔·밤 껍질·인삼·통포(筒布: 가느다란 베)와 여러 종류의 해산물이 나온다. 족제비 꼬리털로 만든 붓이 천하에 유명하니, 서예가들이 소중하게 여기는 '북황모'(北黃毛: 족제비털)가 이것이다. 삼수(三水)·갑산(甲山) 일대의 물은 모두 북쪽으로 흘러 압록강으로 들어가는데, 쌀도 없고 소금도 없는 이곳은 별개의 한 구역이 된다.

6진[15]은 서울과의 거리가 2천여 리인데, 그곳에서는 아이들도 말을 타고 부녀자도 센 화살을 당긴다. 겨울이면 썰매를 타고 곰과 범을 사냥한다. 때때로 숙신과 교역하는데, 소와 철기(鐵器)로 많은 이익을 올린다. 아교와 닥종이가 없는 대신 칼처럼 예리한 돌이 있다. 그리고 화살을 만들기에 적당한 나무가 있는 곳으로 서수라(西樹羅)가 유명하다. '싸리나무 화살'이니 '돌화살촉'이니 하고 옛날 기록에서 칭했던 것이 곧 이곳의 돌과 나무로 만든 게 틀림없다. 하지만 대나무 살과 쇠 화살촉에는 못 미친다. 많이 추워서, 개를 길러 그 가죽으로 옷을 해 입는데, 강아지 가죽으로 만든 갖옷은 서울의 귀족들이 귀중하게 여기는 것이다. 남자들은 날마다 머리를 감고 머리를 기르는데, 머리가 길면 깎아서 다리(髢)를 만든다. 오늘날 여자들이 쓰고 있는 다리는 모두 북쪽 지방에서 생산된 것이라고 한다.

---

15_ 6진(六鎭): 세종 때 동북쪽 여진족의 습격에 대비하여, 두만강 하류 남안에 설치한 여섯 개의 진(鎭), 즉 종성진(鍾城鎭)·온성진(穩城鎭)·회령진(會寧鎭)·경원진(慶源鎭)·경흥진(慶興鎭)·부령진(富寧鎭)을 말한다.

## 마무리 말

대저 우리나라는 땅덩어리가 좁고 물길이 이리저리 나 있어서, 작고 값비싼 재화는 필요하지 않다. 그래서 예부터 돈을 사용하기가 불편했다. 조선 초기에는 종포(綜布: 화폐로 쓴 삼베)와 저화(楮貨: 닥종이로 만든 지폐)를 화폐로 사용했다. 지금 돈을 사용한 지 겨우 70년밖에 되지 않지만, 그 폐단이 더욱 심하다. 돈은 탐관오리에게 편하고, 사치 풍조에 편하고, 도둑에게 편하지만, 농민에게는 불편하다. 돈꿰미를 차고 저잣거리에 가서 무수한 돈을 허비하는 사람이 많다 보니 인심이 날로 안 좋게 변한다. 이 문제는 식견 있는 사람과 함께 논할 일이다. 시골 읍에 저잣거리가 점점 많아져서 이제 사방 수십 리 사이에 장이 서지 않는 날이 없으니, 이는 모두 놀고먹는 자들의 이익이다. 그렇다고 이것을 군이 금할 게 아니라, 옛날에 정해진 날에만 장이 서도록 한 예에 따라 온 나라의 장이 반드시 같은 날에 서게 한다면, 그중 불필요한 것은 저절로 없어질 것이니, 이 또한 백성의 힘을 손상시키지 않는 한 가지 계책이 될 수 있다.

재물은 하늘에서 떨어지는 게 아니라 반드시 백성의 피와 땀으로 생산되는 것이다. 백성이 부유해지면 나라도 따라서 부유해진다. 그렇다면 위정자가 백성을 다스리는 방법은 백성을 인도하여 가난에서 벗어나 부유해지도록 하는 것뿐이다.

인도하는 방법은 입으로 타이르고 손가락으로 가리키는 것이 아니라, 백성을 해치거나 백성의 재물을 빼앗지 않으며, 백성이 죽음을 피하고 살길을 찾게 하며, 선을 행하고 악을 멀리하게 하는 것에 지나지 않는다. 그렇게 하면 백성도 제각기 지혜와 능력이 있으니 산림과 하천에서 얻을 수 있는 이익을 잃지 않을 것이다. 이는 마치 물을 인도하여 도랑으로 들어가게 하면 그 물이 스스로 웅덩이를 채워 가며 멀리까지 흘러가는 것과 같고, 말을 몰아 목장으로 들어가게 하면 말이 스스로 물을 마시고 풀을 뜯는 것과 같다.

그런데 지금은 농토가 몽땅 권세 있는 사람들의 수중에 들어가거나 지방의 세력가들이 농토를 강제로 차지하여 자기 소유로 삼는다. 그래서 백성이 일 년 내내 부지런히 일해도 소득은 겨우 절반밖에 되지 않는다. 그런데 또 정기적인 부역과 세금 그리고 그밖에 비정기적으로 부과되는 각종 잡다한 부역과 세금이 모두 소득에 포함되어 있다. 이 비용을 내고 나면 실제로 농민이 자기 힘으로 지은 농산물을 차지하는 것은 겨우 4분의 1에 지나지 않는다. 그리고 자투리 땅조차 경작하지 못하는 궁핍한 백성은 또 노력할 곳마저 없다.

내가 예전에 사방을 두루 돌아다녔을 때의 일이다. 하루는 어느 시골의 여염집에 기숙했는데, 그 집 사방의 벽을 살펴보니, 쌀독에는 저장해 놓은 곡식이 없었고 옷걸이에는 걸린 옷이 없었으며, 남녀가 모두들 팔베개를 베고 굶주림을 참아 가며 괴로움을 견디고 있었다. 대저 보잘것없는 거지도 동냥을 주지 않으면 더러 노여움을 품는 법이다. 하물며 자기 힘으로 농사지은 것을 아무 생각 없이 편하게 앉아 있는 무리들에게 맡기는데, 농민의 딱한 처지를 생각하지도 않는다면 그 원망과 저주가 과연 어떻겠는가?

국가에서 관원을 둔 것은 백성을 위해서이다. 그 직책은 백성의 부모가 되는 것인데, 그 행적을 살펴보면 백성의 원수다. 백성은 지혜와 힘을 다해 곡식을 심고 물건을 만드는데도 자기 부모와 처자를 감히 스스로 봉양하지 못하고, 허리를 굽실거리며 그 원수에게 몽땅 바치니, 이것이 논에 벼가 익었는데 참새가 쪼아 먹고 창고에 곡식이 가득한데 쥐가 갉아먹는 것과 무엇이 다르겠는가? 참으로 슬픈 일이다.

우리나라가 비록 구석지고 작긴 하지만 충분히 쓸 수 있을 만큼 물산(物産)이 넉넉하다. 그러므로 중요한 것은 청렴한 사람을 등용하고 탐욕스러운 사람을 제거하는 것에서 벗어나지 않는다. 만약 상을 내려 선을 권장하고 형벌을 내려 악을 징계하지 않는다면 어쩔 도리가 없을 것이다. 사람을 죽인 자는 사형에 처하는 것이 고금의 공통된 의리이다. 법으로 사람을 죽이나 칼과 몽둥이로 죽이나 다르지 않다. 한번 탐욕을 부려 법을 잘못 행하면 억울하게 죽을 사람이 얼마나 많겠는가? 제(齊)나라 위왕(威王)이 부정부패한 태수를 삶아 죽인 것은 잘못된 일이 아니라 당연한 일인데 지금 세상에는 이런 임금이 없으니, 백성이 추위와 굶주림에 시달려도 하소연할 데가 없다.

그래서 나는 사방의 물산을 대략 기록하고, 재산을 늘리는 것에 대해서는 언급하지 않고, 좋은 관리를 등용해야 한다는 데로 모든 내용을 귀결 짓고 이 글을 끝마친다. 이는 곧 말(馬)을 해치는 해충을 제거하면 말은 저절로 잘 자란다는 『장자』의 말과 같은 뜻이다.

---

성호의 실학을 유감없이 보여 주는 글이다. 조선 팔도의 물산·풍속·연혁 등을 정리한 다음, 백성의 삶을 향상시키기 위한 방안을 논했다. 조선 후기로 오면 조선의 인문 지리에 대한 지식이 확대되고 체계화되는데, 이 글은 이중환(李重煥, 1690~1756)의 『택리지』(擇里志)와 더불어 그 서막을 연 것이다. 성호는 사실을 위한 사실을 추구한 것도 아니요 사실을 무시한 채 허황된 논의를 펼친 것도 아니다. 논의가 광범위하면서도 일목요연함을 잃지 않은 점, 조선 각지에 대한 다양한 지식이 단편적으로 나열되는 것에서 그치지 않고 백성과 나라를 위한 고민으로 수렴되었다는 점에서 성호의 학자적 역량과 식견을 확인할 수 있다. "재물은 하늘에서 떨어지는 게 아니라 반드시 백성의 피와 땀으로 생산되는 것이다"라는 말이 여전히 많은 생각을 하게 한다.

# 우리나라의 국호

두 글자를 국호로 삼는 것은 오랑캐 풍속이다. 우리나라의 예의와 문물이 중화(中華)와 거의 같은데도 이것만은 유독 고치지 못하니 어째서인가?

기자(箕子)가 조선에 봉해지자 단군(檀君)의 후손이 당장경(唐莊京)으로 도읍을 옮겼다. 당장경은 문화현(文化縣: 황해도의 고을 이름)에 있는데도 그 후손은 여전히 스스로를 단군이라 칭했다. 그렇다면 '단'(檀)은 국호인 것이다. 『문헌통고』(文獻通考)를 상고해 보니, "단궁(檀弓)은 낙랑(樂浪)에서 생산된다"고 했다. 여기서 '단'(檀)은 활의 재료가 된 나무가 아니라, 국호를 가지고 활에 이름 붙인 것이다.[1]

기자(箕子)가 봉작을 받아 자작(子爵)이 되었으니, 그렇다면 '기'(箕)도 국호다. 아마 성토의 분야[2] 중에 기성(箕星)이 그곳에 해당하기 때문에 그렇게 칭했을 것이다.

조선은 한사군(漢四郡)의 통칭으로, 중국을 '제주'[3]라 하는 것과 같으니, 아마도 역대의 국호가 아닌 듯하다.

---

1_ 여기서~이름 붙인 것이다: 종래에 '단궁'은 '박달나무로 만든 활'로 해석되었는데, 성호는 그와 달리, '단(檀)나라의 활'이라고 해석한 것이다.

2_ 성토(星土)의 분야(分野): 고대에는 산천의 정기가 하늘의 별자리와 감응한다고 생각했다. 그래서 총 28개의 별자리를 나누어 해당 지역의 영토에 배속시켰다. 이렇게 어떤 별자리에 상응하는 영토를 '성토의 분야'라 한다. '기성'(箕星)은 28개 별자리 중 동쪽에 있는 7개 별자리의 하나이다.

3_ 제주(齊州): 원래는 지금의 중국 산동성(山東省) 제남 일대를 가리키지만 '중주'(中州)와 같이 중국의 별칭으로도 쓰인다.

한강 남쪽은 또 다른 지역으로, 당시에 '삼한'이니 '오한'⁴이니 하는 명칭이 있었으니, 그렇다면 '한'(韓)은 국호다. 진한 (辰韓)은 진(秦)나라 사람들이 와서 세운 나라이므로 '한'(韓)에 '진'(辰)을 더하여 구별한 것이다. 변진(弁辰)은 진한(辰韓)에서 또 나뉘었으므로 '변'(弁)을 더하여 진한과 구별한 것이니, 그 실상은 '변진한'(弁辰韓)이다.

주몽(朱蒙)은 성(姓)이 '고'(高)이므로 국호를 고구려라 했다. 고구려가 "산이 높고 물이 깨끗하다"(山高水麗)는 뜻이라고 설명하는 것은 그릇된 해석이다. 후세의 임금이 나라를 세우고 '고려'를 국호로 삼은 것은 어째서일까?

태조 이성계가 천명을 받아 나라를 세운 다음, 국호를 '화령'(和寧)이나 '조선'으로 하겠다고 명(明)나라에 글을 올려 청하자, 명나라 황제가 국호를 조선으로 정했다.

화령이 어떤 뜻인지는 예전에 듣지 못했다. 어떤 사람은 이렇게 말한다. "영락(永樂: 명나라 성조成祖 때의 연호) 연간에 아루크타이(阿魯台: 몽골 타타르부의 추장)를 봉하여 화령왕(和寧王)으로 삼았는데 얼마 뒤에 화령과 우랑카이(兀良哈: 여진족의 부족)가 모두 오이라트⁵에게 병합되었다. 성조(成祖)의 북방 정벌은 실은 아루크타이의 반란 때문이었으니, 화령은 바로 원(元)나라의 옛 땅이다. 원나라 학자 위소(危素)는 그곳이 원나라

---

4_ 오한(五韓): 마한·변한·진한에 신라와 백제를 합친 것.
5_ 오이라트(瓦剌): 지금의 중국 신강성(新疆省) 동부와 감숙성(甘肅省) 서북부에 살았던 종족. 중국에 큰 위협이 되었다.

태조가 창업한 땅이라 하여 『화령지』(和寧誌)를 지었으니, 이것이 그 증거가 될 수 있다." 그러나 우리나라가 북쪽 오랑캐의 지명을 국호로 삼겠다고 명나라에 청했을 리는 없을 듯하다.

우리나라 역사책을 상고해 보니, 고려 신우(辛禑) 9년(1383)에 우리 태조가 변방을 안정시킬 계책을 올렸는데 그 내용 중에 "동쪽 경계인 화령 땅은 도내(道內)에서 땅이 넓고 비옥합니다"라는 말이 있다.

그 다음 해에 원나라에서 사신을 보내어 화령부(和寧府)에 당도하자, 고려는 임언충(任彦忠)을 보내 간곡히 타일러 돌려보냈는데, 길이 막혀 반년을 머물러 있다 갔다. 이렇게 보면 화령은 쌍성(雙城)에서 요동(遼東)의 개원부(開原府)로 직통하는 요충지인 듯하다. 그렇다면 그 땅은 실로 성조(聖祖: 이성계)가 창업한 땅이니 의주(宜州)가 곧 여기이다. 국호를 화령으로 하겠다고 글을 올려 청한 것도 혹시 이런 이유에서가 아니었을까?

또 상고해 보니, 공양왕(恭讓王) 3년(1391)에 화령판관(和寧判官)을 제수했다는 말이 있고, 또 공민왕(恭愍王) 18년(1369)에 동쪽 경계에 있는 화주(和州)가 화령부(和寧府)로 승격되었으니, 이곳은 곧 지금의 영흥(永興: 함경남도 영흥군) 등지로, 임금의 초상화를 모신 선원전(璿源殿)이 여기에 있다.

---

국호에 대한 새로운 설이다. 일반적으로 국호로 인식되어 온 '조선'이 실은 '한사군'의 통칭이며, 단군 조선의 진짜 국호는 '단군'의 '단'이라는 것 등이 성호의 새로운 주장이다. 옛날의 국호가 '단'과 같이 한 글자로 되었던 것은 그만큼 고대 한국이 문명국이었다는 것을 의미한다는 성호의 학설은, 비록 여전히 중국 중심적인 가치관을 탈피하지는 못했지만, 그 한계 내에서 문화적 자존심과 주체 의식을 담고 있다 하겠다. '신우'(辛禑)는 고려의 우왕(禑王)이 실은 고려 왕실의 후손이 아니라 신돈(辛旽)의 아들이라는 뜻에서 '신씨'라고 낮추어 부른 말이다.

# 단군 신화에 대하여

『여지승람』에 다음과 같은 옛날 기록이 인용되어 있다.

하늘의 신 환인(桓因)이 서자(庶子) 웅(雄)으로 하여금 천부
인 3개[1]를 가지고, 무리 3천 명을 거느리고 태백산 꼭대기로
내려오게 했다. 이때 곰이 변하여 여자로 되니, 신[2]이 그와 혼
인하여 단군을 낳았다. 단군은 비서갑(非西岬) 하백(河伯)의
딸과 결혼하여 부루(夫婁)를 낳았다. 부루는 북부여(北扶餘)
의 왕이 되었는데, 늙도록 아들이 없었다. 그래서 아들을 낳게
해 달라고 빌다가 금와(金蛙)를 얻었다. 부루가 죽자 금와가
왕위를 계승했다. 그 뒤 대소(帶素)에 이르러 고구려 대신무
왕(大神武王)에게 멸망 당했다.

그렇다면 단군의 세대는 다만 한 세대만 전하고 끊어진 것이
다. 인용문에서는 "부루가 북부여의 왕이 되었다"고 했는데, 『여
지승람』의 다른 곳에서는 "부루가 가섭원(迦葉原)으로 도읍을
옮겼다"고 했고 『삼국사기』에서는 "부루가 동부여의 왕이 되었
다"고 했다. 그렇다면 옮기기 전의 옛 도읍은 북부여의 도읍이

---

1_ 천부인(天符印) 3개: 신성한 권위를 보장해 주는 세 가지 물건. 그 세 가지가 무엇인지에
    대해 청동 검·청동 거울·청동 방울이라는 설 등 다양한 학설이 제기되었다.
2_ 신(神): 인용문 다음에 이어지는 논조로 보아, 성호는 이 '신'이 환인을 가리킨다고 해석
    한 듯하다.

고, 가섭원은 동부여의 도읍이 된다. 『삼국사기』에 또 "스스로 하늘의 신의 아들이라 주장하는 해모수(解慕漱)란 사람이 북부여의 옛 도읍으로 와서 다시 도읍했다"고 했다. 그렇다면 옛 도읍이란 곧 태백산으로, 해모수가 다시 그곳에 도읍한 것이며 부루는 태백산 동쪽에 있었던 것이 된다. 대소(帶素)에 이르러 나라가 망하자 그 아우가 도망가 압록곡(鴨綠谷)에 이르러 해두왕(海頭王)을 죽이고 거기에 도읍했다. 이 사람이 갈사왕(葛思王)이다. 나중에 그가 또 고구려에 항복했으니, 그렇다면 금와의 세대가 끊어진 것이다.

환인이 곰과 결혼했다면 환웅뿐 아니라 환인도 함께 하늘에서 내려온 것이다. 그리고 단군이 곰과 신의 소생이라면, 곰은 정실부인이 아니니, 환웅뿐 아니라 단군도 서자(庶子)인 것이다. 그렇다면 적자(嫡子)가 있었던 것일까? 혹시 환웅이 죽자 단군이 형을 계승하여 임금이 된 것인가? 단군이 아들에게 왕위를 전했고 부루가 가섭원으로 도읍을 옮겼는데, 해모수가 와서 옛 도읍에서 살았다면 단군은 어디로 간 것인가?

역사책에서는 또 "단군이 아사달산(阿斯達山)에 들어가 신이 되었다"고 했다. '아사'(阿斯)는 한글로 '아홉'이고 '달'(達)은 한글로 '달'(月)이니, 이것은 곧 지금의 구월산³이다. 문화현(文化縣)에 당장경(唐莊京)이 있는데, 기자(箕子)가 조선에 봉해지

---

3_ 구월산(九月山): 황해도 은율군과 안악군의 경계에 있는 산. 금강산·지리산·묘향산과 더불어, 백두산에서 내려온 4개의 명산(名山)으로 꼽힌다.
4_ 삼성사(三聖祠): 단군·환인·환웅을 모신 사당.
5_ 그렇다면 단군이~옮겼단 말인가?: 무왕이 기자를 조선에 봉하자 단군 조선이 도읍을 옮긴 것이 아닌가 추측한 것이다.

자 단군이 마침내 이곳으로 옮겼다고 한다. 구월산에 삼성사4_가 있다. 환인·환웅·단군 세 분의 제사를 여기서 지내는데, 왕실에서 봄과 가을에 정기적으로 이곳에 향(香)을 내려 제사를 올린다.

그렇다면 단군이 오랜 세월을 이곳에 머물러 있다가 주(周)나라 무왕(武王) 때에 이르러 비로소 당장경으로 옮겼단 말인가?5_ 아니면 혹시 단군은 아사달산으로 들어가 신이 되고, 부루가 그곳으로 도읍을 옮겼고, 옛 도읍에 머문 자는 해모수의 후예인가? 해모수가 옛 도읍에서 왕 노릇 하고 있는데 그 아들 주몽(朱蒙)이 동부여에서 난리를 피해 달아났다면, 어찌 자기 아비에게 돌아가지 않고 다른 데로 갔단 말인가? 기자가 조선에 봉해졌다면 이것은 해모수를 대신한 것이지, 단군을 대신한 것은 아니다. 기자는 성인(聖人)인데 어찌 윗사람을 쫓아내고 스스로 왕이 되려 했겠는가? 단군이 하늘의 신의 아들이고 해모수도 하늘의 신의 아들이라면, 하늘의 신이 둘이란 말인가? 단군이 하백의 사위가 되고, 해모수도 하백의 사위가 되었으니 동일한 하백이란 말인가? 황당하여 믿을 수 없는 것이 이와 같다.

대저 우리나라 역사책 중에 김관의(金寬毅)의 『편년통록』(編年通錄) 같은 것은 세상에 떠도는 근거 없는 이야기를 마구잡이로 채집하여 더욱 심히 맹랑하다. 그런데도 역사책을 짓는 사람들이 사료로 채택하니, 그 식견의 고루함이 이와 같다.

---

단군 신화의 불합리한 점들에 대한 문제 제기이다. 단군, 하백, 해모수, 부루의 혈통 관계가 미심쩍다는 것이다. 아사달이 구월산이라는 주장도 새롭다. 성호 이전에는, 아사달은 백악(白岳)이라는 것이 통설이었다. 흔히 단군을 한민족의 조상이라고 한다. 그만큼 단군은 한국사의 주체성을 모색하기 위한 중요한 단초가 될 수 있지만 또 다른 한편으로는 지나치게 신화화됨으로써 오히려 폐단을 초래할 수도 있다. 성호는 이 점을 경계하여, 단군 신화를 합리적으로 이해하고자 했다.

# 발해의 역사

## 건국

허목(許穆)이 「발해열전」[1]-을 지었는데 그 내용이 다소 소략하다. 발해는 본디 속말말갈[2]-로 고구려의 또 다른 종족이다. '속말'이라는 것은 바로 혼동강(混東江: 송화강의 동류東流)의 별칭인데, 백두산 꼭대기에서 발원하여 북쪽으로 흘러 흑룡강(黑龍江)과 합류하여 동쪽으로 흘러 바다로 들어간다. '말갈'에는 두 종류가 있다. 흑수(黑水: 중국 길림성 동북 지역) 근처에 사는 부족을 '생여진'(生女眞)이라 하고, 속말(粟末: 중국 길림성 서남 지역) 부근에 사는 부족을 '숙여진'(熟女眞)이라 한다. 걸걸중상(乞乞仲象: 대중상大仲象)이 그의 무리와 함께 요수(遼水)를 건넌 뒤로부터 대씨(大氏)가 태백산 동쪽을 점거했다. 그렇다면 대씨의 종족은 원래 요수 서쪽에 있었던 것이니, 이들은 곧 요서(遼西)의 씨족으로, 처음에는 속말 지역과 거리가 멀었던 것이다.

걸걸중상의 아들 대조영(大祚榮)이 처음 나라를 세우고 국호를 '진'(震)이라 했다. 영토가 사방으로 5천 리쯤 되었으니, 부

---

1_ 「발해열전」(渤海列傳): 『동사』(東事)에 「말갈」이라는 제목으로 실려 있다. 허목의 문집 『기언』(記言) 권 34에 보인다.

2_ 속말말갈(粟末靺鞨): 『신당서』(新唐書)에 대조영이 속말말갈의 수장이라는 기록이 보인다. 최근 중국 측에서는 이 기록을 근거로 대조영이 고구려인이 아니라 말갈족이라고 주장한 바 있다. 하지만 여기서 '말갈'은 부락을 뜻한다. 따라서 '속말말갈'은 송화강 유역에 사는 부락민을 낮추어 부른 말로, 말갈족과 무관하다.

여(扶餘)·옥저(沃沮)·변한(弁韓)·조선(朝鮮) 등 여러 나라를 모두 얻은 것이라 한다. 그렇다면 그 당시 부여는 압록강 밖에 있었던 것이니, 성천부(成川府: 평안도 성천)에 있었다는 말은 잘못된 것이다.[3] 옥저는 지금의 함경북도 육진(六鎭) 등지이다. 조선으로 말하면, 지금의 요동(遼東)과 요서(遼西)가 모두 그 옛날 경계이다. 변한은 지금의 경상도 일대인 진한(辰韓)의 서남쪽에 있었으니, 그렇다면 발해가 통솔한 지역이 아니다. 아마도 삼한(三韓)은 모두 외부에서 온 사람들이 세운 것인 듯하다. 마한(馬韓)은 조선에서 온 사람들이 세웠고 진한은 진(秦)나라에서 온 사람들이 세웠으니, 변한도 본래 압록강 밖에 있다가 산융(山戎)에게 쫓겨서 온 사람들이 세운 게 아니라고 또 어찌 장담할 수 있겠는가? 그렇지 않으면 틀림없이 기록한 자의 잘못으로 그렇게 되었을 것이다.

당나라 중종(中宗) 때 대조영을 발해군왕(渤海郡王)으로 봉했다. 그의 아들 대무예(大武藝)에 이르러 강토를 더욱 넓히자 동북쪽의 여러 오랑캐가 두려워하며 복종했다. 오랑캐들이란 바로 흑수의 부족 등등을 가리킨다.

---

3_ 그렇다면~잘못된 것이다: 주몽이 건국한 졸본 부여의 위치가 평안도 성천이라는 것이 통설이었는데, 성호는 여기에 반박하여 부여가 압록강 북쪽에 있었다고 주장한 것이다.

## 당나라와의 마찰

개원(開元: 당나라 현종玄宗의 연호) 연간에 흑수말갈(黑水靺鞨)이 당나라에 조회하자, 당나라는 흑수주장사(黑水州長史)를 설치했다. 이 일에 대해 대무예는 이렇게 생각했다. '흑수가 우리에게 길을 빌려 당나라와 서로 통하게 되었는데, 지금 당나라에 속하기를 청하고 우리에게는 한마디 말도 없으니, 이는 필시 당나라와 공모하여 우리를 공격하려는 것이다.' 그래서 그는 마침내 그의 아우 대문예(大門藝)를 파견하여 군사를 일으켜 흑수를 치게 했다. 그러자 대문예가 이렇게 말했다. "흑수가 당나라에 속하기를 청했는데 우리가 그를 공격한다면 이는 당나라를 배반하는 것이 됩니다. 옛날 고구려가 강성했을 때 전사(戰士)가 30만이었지만 당나라 군대가 한 번 쳐들어오자 땅을 쓸어 버린 것처럼 몰살되었습니다. 지금 우리의 군대는 고구려에 비하면 3분의 1밖에 되지 않으니, 이 계획은 그른 게 아니겠습니까?" 그러나 대무예는 억지로 그를 보냈다. 이에 대문예가 당나라로 달아났으니, 당나라에서는 그를 좌효위장군(左驍衛將軍)에 제수했다.

대무예는 당나라로 사신을 보내 대문예의 죄를 폭로하고 그를 사형시키라고 요구했다. 이에 당나라 황제는 대문예를 안서

(安西: 지금의 중국 신강성新疆省)로 보내라는 조서(詔書)를 내리고, 다음과 같은 답변서를 이도수(李道邃)에게 주어 발해로 보냈다. "대문예가 궁지에 몰려 우리나라에 귀의했으니 의리상 죽일 수 없다. 그래서 그를 먼 지역으로 벌써 귀양 보냈다. 아울러 사신도 돌려보내지 않고 여기에 머무르게 한다."

이 답변서를 받은 대무예는 당나라 황제에게 글을 올려 "대국(大國)은 마땅히 남에게 신의(信義)를 보여야 하거늘, 어찌 저희를 속인단 말입니까?"라고 했다. 당나라 황제는 이도수가 기밀을 누설했다 하여 그를 좌천시키고, 대문예를 잠시 영남4_으로 보낸 다음 발해에 회답했다. 지금 대문예의 말을 가지고 상고해 보면, 고구려가 비록 요동과 요서를 모두 차지했다 하더라도 그 영토가 수천 리에 불과했으니, 만약에 발해가 또 그 3분의 1을 차지했다면 또한 천여 리의 땅에 지나지 않았다.

추측컨대, 동북쪽의 여러 오랑캐 중에 두려워하며 복종한 자가 많았다고는 하지만 그가 점거했던 것은 오히려 이 작은 나라인 듯하다. 나중에 대조영의 아우 대야발(大野勃)의 4대손 대인수(大仁秀)가 5경(京)·12부(府)·62주(州)를 두었는데, 숙신(肅愼)의 옛 지역은 상경(上京), 그 남쪽은 중경(中京)으로 만들었고, 예맥(濊貊)의 옛 지역은 동경(東京), 옥저(沃沮)의 옛 지역은 남경(南京), 고구려의 옛 지역은 서경(西京)으로 만들었고, 부여

---

4_ 영남(嶺南): 중국 남부의 최대 산맥인 오령(五嶺)의 남쪽 지역. 지금의 광동성(廣東省)·광서성(廣西省) 전역 및 호남성(湖南省)·강서성(江西省)의 일부 지역에 해당한다.

(扶餘)의 옛 지역은 부여부(扶餘府)로 만들었으며, 또 거란(契丹)을 막기 위해 막힐부(鄚頡府)를 만들었다. 읍루(挹婁)의 옛 지역은 정리부(定理府)와 안변부(安邊府) 2부(府)로 만들었고, 졸빈(卒賓)의 옛 지역은 졸빈부(卒賓府), 불날(拂涅)의 옛 지역은 동평부(東平府)로 만들었으며, 철리(鐵利)의 옛 지역은 철리부(鐵利府), 월희(越喜)의 옛 지역은 회원부(懷遠府)와 안원부(安遠府) 2부(府)로 만들었다. 이때에 이르러서야 발해의 영토가 동서로 5천여 리가 되었던 것이다.

## 발해의 멸망과 유민

당나라 명종(明宗) 천성(天成) 원년(926)은 곧 고려 태조(太祖) 9년이다. 이때 거란의 야율아보기(耶律阿保機)가 강성해지자 동북쪽의 여러 오랑캐가 모두 그에게 투항하여 소속되었지만 발해만큼은 여전히 복종하지 않았다. 거란이 당나라를 침범할 계획을 세웠으나, 뒤에서 버티고 있는 발해를 두려워하여 발해를 먼저 공격하니, 발해의 왕 대인선(大諲譔)이 성 밖으로 나와 항복했다. 이로써 발해는 멸망하고 말았다. 발해는 대조영으로부터 이때에 이르기까지 도합 204년에 걸쳐 10여 대(代)를 이어

왔다.

거란이 발해를 동단국(東丹國)으로 만들고 태자(太子) 야율배(耶律倍)를 책봉하여 인황왕(人皇王)으로 삼아 그곳을 통치하도록 했다. 야율배는 곧 야율돌욕(耶律突欲)이다. 그리고 대인선을 임황(臨潢: 지금의 내몽고 자치구 파림좌기巴林左旗) 서쪽으로 보내고 '오로고'(烏魯古)라는 이름을 하사했다.

발해의 세자(世子) 대광현(大光顯)은 남은 무리를 거느리고 고려에 투항했다. 그러자 고려는 대광현에게 '왕계'(王繼)라는 성명을 하사하여 고려 왕실의 족보에 그의 이름을 올리고 제사를 받들게 했다. 이보다 한 해 앞서 고려의 궁성(宮城)에서 지렁이가 나왔는데 길이가 70척이나 되었으니, 사람들은 이것을 두고 "발해가 와서 투항할 징조다"라고 했다. 고려에 와서 투항한 발해의 벼슬아치와 백성들이 수만 가구나 되었다. 그중 은계종(隱繼宗)이란 자를 고려 임금이 천덕전(天德殿)에서 인견했다. 은계종과 그의 무리가 세 번 절하자 다른 사람들은 실례라고 했으나 송함홍(宋含弘)은 "나라를 잃은 사람은 세 번 절하는 것이 예(禮)이다"라고 했다.

그후 몇 해가 지나 발해 유민의 우두머리 대난하(大鸞河)가 송(宋)나라에 항복하자 송나라는 그를 발해도지휘사(渤海都指揮使)로 삼았다. 그는 대조영의 후예다. 현종(顯宗) 20년(1029)에 이르러 거란의 장수 대연림(大延琳)이 배반하여 국호를 흥료(興遼), 연호를 천흥(天興)이라 하고, 고길덕(高吉德)을 보내어 아뢰고 자신을 도와 달라고 요청했다. 대연림은 대조영의 7대손이다. 그리고 다음 해에는 영주자사(郢州刺使) 이광록(李匡祿)이 와서 전란이 위급하다고 알렸는데, 그런 지 얼마 되지 않아 나라가 망했다는 소식을 듣고는 돌아가지 않고 고려에 머물러 있었다. 이것이 발해의 시말(始末)이다.


## 발해와 고려


신라 말기에 나라가 분열되어 통일을 이룰 수 없었다. 대조영이 이 틈을 타서 요동 전체를 점령했으나 조선과 고구려의 지역 태반을 잃었다. 이때 왕건이 일어났으나 다만 압록강 동쪽만 수복했을 뿐, 나머지는 모두 거란에게로 들어갔다.

애초에 우리나라의 옛 강토가 발해 때에 와서 줄어들었는데, 거란이 또 발해의 영토를 차지했다. 이때는 고려가 새로 일어난 초창기로, 후백제와의 전쟁이 아직 끝나지 않았던 터라 먼 지역을 도모할 겨를이 없었다. 그러다가 후백제가 멸망하고 나서 고려의 위엄과 명예가 더욱 드러났다. 그래서 거란 사신이 고려로 온 것이니, 이는 고려를 두렵게 여긴 것이다. 왕건은 그 사신을 귀양 보내고 그가 선물로 가져온 낙타를 죽였다. 이것은 참으로 발해를 위해 한 일이 아니라 장차 의리에 근거하여 강토를 다투려는 뜻에서 한 일이었으니, 실로 그 말이 바르고 당당했다.[5] 그러나 불행하게도 왕건은 국토를 다 회복하지 못한 채 그 이듬해에 죽었으니, 하늘의 뜻을 어찌겠는가? 그렇지 않다면 발해의 흥망이 우리나라와 무슨 상관이 있기에 이토록 심하게 끊어 버렸겠는가?

이런 이유로 왕건이 남긴 훈계가 간절하여, 거란은 짐승과 다름없으니 그 풍속을 금하라고 하면서[6] 조금도 두려워하거나 꺼리는 기색이 없었다. 하물며 발해의 세자를 비롯하여 발해 왕실의 친척 되는 대화균(大和勻)·대원균(大元勻)·대복모(大福暮)·대심리(大審理) 등이 아직 살아 있고, 남은 무리 수만 명도 자나 깨나 이를 갈며 원수 갚을 생각만 했으며, 요(遼)의 백성도 다만 한 줄기 강물을 사이에 두고 서로 막혀 있을 뿐, 언어와 풍속까지 꼭 다른 종족을 따르려고 하지는 않았을 것이다. 그러니 만약 몇 해 동안 이들이 모여 살도록 하여 한창 강성한 위세를 타, 고국으로 돌아가고 싶어 하는 군사를 풀어 놓고 모두 돌아가라고 명했다면, 그 형세로 보건대 아마도 이들을 막지 못했을 것이다.

---

5_ 왕건은 그 사신을~바르고 당당했다: 942년에 거란이 사신 30명을 보내고 낙타 50마리를 선물로 바치면서 고려에 화친을 청하자 왕건은, 거란이 발해와 동맹을 맺었다가 갑자기 의심을 품고 발해를 멸망시켰으니 화친을 맺을 상대가 못 된다며 단호하게 거절하고, 사신 30명을 섬으로 귀양 보내고 낙타 50마리를 만부교(萬夫橋) 밑에 매어 굶겨 죽였다.

6_ 이러므로~금하라고 하면서: 왕건의 훈요십조 제4조에서 거란은 짐승의 나라이니 그 풍속과 제도를 본받지 말라고 한 것을 가리킨다.

나중에 소손녕(蕭遜寧)이 고려를 침략하러 왔을 때 서희(徐
熙)가 "상국(上國: 거란)의 동경(東京: 요양遼陽)이 모두 우리
강토였는데 어찌 우리가 침식(侵蝕)했다고 할 수 있겠습니까?"
라고 대답하자, 소손녕이 억지로 할 수 없다는 것을 알고 드디어
군대를 철수했다. 하물며 그때는 거란이 그 지역을 새로 얻었을
때이지 않은가? 그런데 이런 기회를 놓치고 물러나 콩알만 한 지
역을 보전하는 천하의 약소국이 되어, 새장 속의 새와 우물 안의
개구리 같은 처지를 면하지 못했으니, 사람들의 기풍이 끝내 이
때문에 좀스럽게 되고 말았다. 아! 이것도 운명인가?

## 걸걸중상에 대하여

세상에 전하는 「규염객전」[7] 끝에 부여국(扶餘國)이 해적에
게 점령되었다고 했다. 만약에 이런 일이 정말로 있었다면, 그렇
게 한 사람은 곧 걸걸중상일 것이다. 걸걸중상이 요(遼)로 건너
간 것이 어느 때인지는 알 수 없으나, 그의 아들 대조영이 개원
원년에 나라를 세웠으니, 그렇다면 걸걸중상은 당나라 초기의
사람이라는 것을 알 수 있다. 바닷가에서 부여를 국호로 삼은 나
라는 오직 이곳뿐이고, 그 지역이 실로 걸걸중상이 들어와 점거

---

7_ 「규염객전」(虯髥客傳): 당나라의 유명한 소설. 이정(李靖)·홍불(紅拂)·규염객(虯髥客)
　의 활약상을 그렸다.

했던 영역 안에 있었으니, 이 두 가지 사실이 신기할 정도로 서로 부합된다.

「규염객전」에서는 부여를 가리켜 동남쪽이라고 했으니, 이는 아마도 동북쪽을 잘못 쓴 것인 듯하다. 중국 동남쪽에 어찌 일찍이 부여라는 이름의 나라가 있었겠는가? 『패해』(稗海)에도 역시 이 말이 기재되어 있는데, "동쪽 오랑캐 지역에 있다"고 했으니 더욱 믿을 만하다.

---

발해사 연구의 중요한 자료이다. 조선 초기에는 발해사가 한국사에서 배제되었다. 그러다가 한백겸(韓百謙, 1552~1615), 허목(許穆, 1595~1682) 등에 이르러 발해는 고구려 영토를 계승한 나라로 재인식되었다. 성호의 이 글은 이런 흐름을 발전적으로 계승한 성과이다. 다만 성호는 아직 발해사를 적극적으로 한국사의 일부로 파악한 것까지는 아니다. 그렇기는 하나, 발해의 유민들이 고려에 투항해 온 것이나 고려 태조가 거란에 대한 반감을 가진 것에 주목하고, 발해가 망한 뒤 고려가 그 영역을 회복하지 못한 것에 안타까워한 것은, 발해사를 한국사의 연장선상에서 파악하는 시각을 반영한 것이라 할 수 있다.

임꺽정과 장길산

# 양만춘, 안시성을 지키다

고려의 김부식이 유공권(柳公權)의 글을 인용하여 이렇게 말했다.

유공권의 글에 이런 말이 있다.

"주필산(駐蹕山) 전투에서 고구려가 말갈(靺鞨)과 연합하여 사방 40리에 뻗쳤으니, 당나라 태종이 이것을 바라보고 두려워하는 기색을 띠었다."

또 이런 말이 있다.

"육군(六軍)이 고구려에 제압되어 매우 위축되었다. 그런데 이때 척후병이 '이적(李勣)의 흑기군(黑旗軍)이 포위되었다'고 아뢰자, 황제가 크게 두려워했다."

태종이 마침내 스스로 포위를 벗어나긴 했지만 위태롭게 여기고 두려워한 것이 이와 같았다. 하지만 『신당서』(新唐書)·『구당서』(舊唐書)와 사마광(司馬光)의 『자치통감』(資治通鑑)에서 이 사실을 말하지 않았으니, 아마도 나라를 위해 숨긴 것 아니겠는가?

김부식은 또 이렇게 말했다.

당나라 태종은 영명(英明)하고 무예가 출중한 불세출의 임금이다. 그런 태종조차도 오랫동안 안시성을 포위하고 온갖 계책을 내어 공격했지만 이기지 못했으니, 그 성주(城主) 또한 비범한 인물이라 할 만하다. 그러나 애석하게도 역사책에 그의 성명이 전하지 않는다.

내가 하맹춘(何孟春: 명나라 학자)의 『여동서록』(餘冬序錄)을 상고해 보니, "안시성(安市城)의 장수는 곧 양만춘(梁萬春)이다"라고 했다.
이색(李穡)의 시에

그 누가 알았으랴 흰 깃털이 검은 꽃을 떨어뜨릴 줄.

이라고 했는데, 세상에서는 "당나라 태종이 유시(流矢: 누가 쏘았는지 모르는 화살)에 맞아 실명(失明)했기 때문에 이렇게 말한 것이다"라고 하니, 여기에서 모두 상고할 수 있다.

---

'안시성 전투'로 잘 알려진 전쟁에서 활약한 안시성주가 양만춘임을 고증한 글이다. 양만춘의 '양'(梁)은 '양'(楊)으로도 쓴다. 성호가 인용한 시는 「당태종의 고사를 읊다. 유림관에서 짓다」(貞觀吟. 楡林關作)로, 『목은시고』(牧隱詩藁)에는 인용 구절이 "검은 꽃이 흰 깃털에 떨어질 줄을 어찌 알았으랴"로 되어 있다. '흰 깃털'은 화살을, '검은 꽃'은 눈〔目〕을 가리킨다. 『자치통감』에 따르면 당나라 태종이 요동(遼東)에서 돌아온 뒤로 악성 종기를 앓았다고 하는데, 이것도 안시성에서 화살에 맞아 실명한 것을 숨긴 것이라는 설이 있다.

# 귀공자에게도 굴하지 않은 장수의 위엄

우리나라에서는 문헌이 잘 유실되어, 아무리 기개 있는 선비와 뛰어난 신하라 할지라도, 문집에 그에 대한 기록이 보이거나 그 자손이 현달한 경우가 아니면 그 행적을 상고할 길이 없다.

전림(田霖)으로 말하면 한 시대의 유명한 장수였다. 연산군 시절에 그는 이점(李坫)과 함께 해랑도(海浪島)로 가서, 그곳으로 도망가 살고 있던 우리나라 백성의 후손들을 찾아내어 우리나라로 돌려보냈다. 그러나 이 일에 대한 믿을 만한 기록을 남긴 사람이 없어서, 그 당시에 군사를 얼마나 썼는지, 계책이 어떠했는지 알 수 없으니 매우 개탄스럽다. 오늘날까지도 해랑도의 해적이 서해에 출몰하여 30~40년간 조정의 깊은 근심거리가 되어 왔는데도 그 섬이 어디 있는지조차 알지 못하니, 옛날과 지금이 이렇게 다르다.

전림이 일찍이 포도부장(捕盜部將)이 되었을 때의 일이다. 그 당시에 홍윤성(洪允成)이 막강한 권세를 누려, 사람을 살리고 죽이기를 자기 마음대로 했다. 그 집의 하인 대여섯 명이 밤이 되자 당돌하게 굴기에 전림은 그들을 포박하여 홍윤성을 찾아갔다. 그러자 홍윤성이 기뻐하며 술과 안주를 최대한 풍성하게 대접하니 전림은 그 자리에서 몽땅 먹어 치웠다. 홍윤성은 임금에게 글을 올려 전림을 발탁하여 선전관(宣傳官)으로 삼았다.

하루는 전림이 홍윤성을 찾아갔는데, 홍윤성이 젊은 계집종을 포박하여 쏘아 죽이려 하는 것이었다. "그 아이를 죽일 바에는 차라리 소인에게 주시지요." 전림이 이렇게 말하자, 홍윤성은 웃으며 허락했다.

훗날 전림이 판윤(判尹)이 되었을 때의 일이다. 하루는 길을 가다가 왕자(王子) 회산군(檜山君)의 집을 지나가게 되었다. 한창 왕자의 집을 짓고 있는 중이었다. 전림이 말〔馬〕을 멈춰 세우고 공사장의 일꾼을 불러 이렇게 말했다. "집의 규모에 대한 기준이 나라의 법으로 정해졌다. 만약 네가 죽기가 두렵다면 그 기준을 넘지 않도록 조심하라." 저물녘에 전림이 다시 오자, 그 일꾼이 찾아와서 이렇게 말했다. "법의 규정보다 많은 것은 벌써 헐어 버렸고 규정보다 긴 것은 벌써 잘라 버렸습죠." 그러자 전림이 천천히 이렇게 말했다. "처음에는 비록 죄를 지었지만 지금은 고쳤으니 일단 관용을 베풀겠다." 전림은 일개 무인(武人)으로 그 위엄이 귀공자의 집에까지 미쳤으니, 여기에서 그 사람됨을 볼 수 있다.

---

일개 포도부장으로, 호가호위한 홍윤성의 하인들을 엄벌하고 홍윤성에게 항의한 것이나, 한성부 판윤으로 왕자의 불법적인 사치 행각에 대해 단호한 조치를 취한 것에서 전림의 사람됨을 상상할 수 있다. 선전관(宣傳官)은 임금을 모시거나 임금의 명령을 전달하는 등의 일을 맡은 관직이다. 판윤(判尹)은 한성부(漢城府)에서 가장 높은 벼슬이다. 회산군(檜山君)은 성종의 왕자이자 연산군의 아우인 이염(李恬)으로, 사치스럽고 탐욕스러웠다고 한다. 전림의 명으로 일꾼이 기둥을 자르고 칸수를 줄인 결과 회산군의 집이 납작하고 홀쭉해져서 세상에서는 그 집을 '납작집'이라 불렀다고 한다.

# 미천한 몸으로 출세한 사람들

문벌을 숭상하는 기풍이 조선 초기에는 심하지 않았으니, 여러 신하가 그런 기풍을 만들었을 뿐만 아니라 임금이 그렇게 되도록 이끈 것이 틀림없다. 우선 한두 가지 사례를 든다.

상진(尙震)이 아무런 집안 배경 없이 신하로서 최고의 지위인 영의정에 올랐다는 것은 모두 익히 들어 아는 바이다.

구종직(丘從直)이 처음 과거에 급제하여 폐쇄된 서원(書院)에서 놀고 있는데, 성종(成宗)이 남루한 옷차림을 하고 남몰래 다니면서 민심을 살피다가 우연히 그를 만났다. 전공이 무엇인지 성종이 묻자, 그는 『춘추』라고 대답했다. 성종이 그를 시험해 보니 과연 막히는 게 없었다. 그래서 성종은 다음 날 바로 그를 홍문관 수찬(弘文館修撰)에 제수했다. 사헌부·사간원·홍문관의 관원들이 모두 그가 미천하다고 논박하자, 성종은 그 관원들을 불러들여 『춘추』를 외도록 했다. 모두 제대로 외지 못했는데, 구종직의 차례가 되자 막힘없이 글을 외고 해석했다. 마침내 성종이 이렇게 말했다. "경서(經書)를 익힌 사람은 경연(經筵)하는 곳에 있지 못하게 하고, 그 대신 경서를 익히지 않은 사람이 독점한단 말인가?" 신하들이 아무 대답을 하지 못했다. 나중에 구종직의 직위는 정경(正卿: 정2품 이상의 벼슬)에 이르렀고, 그의 문하생들 중에도 귀하고 현달해진 사람이 많았다.

반석평(潘碩枰)은 어느 재상 집 종이었다. 재상이 그의 재주와 성품을 아껴 그에게 경서와 역사를 가르치고, 아들 없는 어느 부잣집에 맡겨 그를 아들로 삼게 했다. 그리고 그에게는 자신의 과거를 숨기고 다시는 왕래하지 말고 학문에 힘쓰라고 했다. 그 후 반석평은 과거에 급제하여 지위가 재상의 반열에 이르렀다. 그는 청렴결백하며 겸손하고 공손했으며, 국가에 충성을 다하는 신하였다. 그는 팔도감사(八道監司)를 역임하고 정경에까지 이르렀다.

훗날 주인집 자손이 쇠미해졌다. 그 후손 중에 어떤 사람이 수레를 타지 않고 길을 걸어가고 있었는데[1] 반석평이 우연히 그와 마주쳤다. 이에 반석평은 자신이 타고 있던 수레에서 내려 서둘러 그 앞으로 가서 절했다. 하루는 임금에게 글을 올려 자기의 과거를 실토하고, 자기의 벼슬을 깎아 주인집 자손에게 관직을 내려 달라고 청했다. 조정에서는 그 뜻을 의롭게 여겨 그의 소원대로 주인집 자손에게 관직을 내려 준 것은 물론, 반석평도 자기 직위에 그대로 있도록 했다.

지금까지도 사람들이 이 일을 두고 찬탄해 마지않는다. 반석

---

1_ 수레를~있었는데: 집안이 몰락하여 평민과 다름없는 처지가 되었다는 뜻.
2_ 서경(署經)의 규칙: 임금이 새로 관리를 임명할 때 사헌부와 사간원에서 그에 동의하여 신임 관리의 임명장에 서명하던 것. '서경법'이라고도 한다.
3_ 열두 사람: 본인의 네 조상, 어머니의 네 조상, 아내의 네 조상을 가리킨다.

평처럼 하기도 매우 어렵거니와, 조정에서 그를 그대로 있도록 한 것은 더더욱 쉽지 않다. 이렇게 한다면 사람들이 어찌 분발하지 않겠으며, 재주 있고 덕 있는 사람이 어찌 고무되지 않겠는가? 그런데 지금 제도에는 서경의 규칙[2]이 있다. 무릇 처음으로 임금을 가까이서 모시는 신하나 고을 수령이 된 사람은 반드시 자기의 네 조상, 어머니의 네 조상, 아내의 네 조상을 차례대로 적어 올려야 한다. 그러면 사헌부의 대사헌(大司憲) 이하 지평(持平)까지의 벼슬아치들이 모두 자세히 살펴, 뽑을 사람은 뽑고 뺄 사람은 뺀 다음에 신임 관리를 부임시킨다. '네 조상'이란 증조할아버지, 할아버지, 아버지, 외할아버지이다. 서경의 규칙은 다만 문벌만 볼 뿐이고 당사자의 재주와 덕은 상관하지 않으니, 이런 제도는 하루빨리 없애 버려야 한다. 간혹 열두 사람[3] 가운데 조금 흠이 있다 하더라도, 또 어찌 이것을 가지고 당사자의 훌륭함을 가릴 수 있겠는가? 그 비좁고 꽉 막혀 있는 것이 이와 같다.

또 예를 들면, 유극량(劉克良)과 서기(徐起)도 모두 남의 집 종이었다. 하지만 유극량은 나라를 위해 목숨을 바침으로써 큰 절개를 세워 명신(名臣)이 되었고, 서기는 선비들이 우러러보는 스승이 되어 매년 제사를 받는다. 이렇게 보면, 사람이 어질고 훌륭한 덕이 있는 것은 문벌과 무관한데, 지금은 이런 것을 다시는 볼 수 없게 되었다.

---

상진, 구종직, 반석평 등 미천한 신분으로 현달해진 이들에 대한 기록이다. 문벌을 중시한 조선 후기의 풍조, 아무런 생산적인 일에 종사하지 않고 놀고먹으면서 특권층 행세를 한 유식층(遊食層)의 증가, 사회적 불평등의 심화 등에 대한 문제의식이 역사 인물의 재발견으로 이어진 것이다. 구종직이 폐쇄된 서원에 있었던 것은, 비록 과거에 급제했지만, 신분이 미천하다는 이유로 벼슬을 받지 못해서이다. 다른 기록에는 구종직이 성종을 만난 곳이 경복궁 경회루(慶會樓)로 되어 있다.

# 임꺽정과 장길산

예로부터 황해도와 평안도에 큰 도둑이 많았다. 그중 홍길동(洪吉童)에 대해서는 그 시대가 멀어서 뭐가 어땠는지 알 수 없지만, 지금까지도 시정잡배들이 맹세할 때는 홍길동을 거들먹거린다.

명종 때는 임꺽정이 단연 최고였다. 그는 원래 양주(楊州)의 백성이었다. 경기도에서부터 황해도에 이르기까지 그 일대의 아전들이 모두 그와 은밀히 내통하여, 관아에서 그를 잡아들이려 할 때마다 번번이 정보가 먼저 누설되었다.

조정에서 장연(長淵)·옹진(甕津)·풍천(豊川) 등 네다섯 고을에 명을 내려 군사를 동원하여 임꺽정을 잡아들이도록 했다. 관군(官軍)이 막 서흥(瑞興)에 집결했는데, 반란군의 기병(騎兵) 60여 명이 높은 데 올라 관군을 내려다보며 퍼붓는 비처럼 화살을 쏘아 대니, 관군이 마침내 궤산되었다. 이때부터 수백 리 되는 길이 거의 끊어질 지경이었다.

그러자 조정에서는 남치근(南致勤)에게 도적 떼를 토벌하고 임꺽정을 체포하라는 임무를 내렸다. 그가 군대를 출동하여 재령(載寧)에 주둔시키자, 반란군이 구월산(九月山)에 들어가 지세(地勢)가 험하고 위험한 곳에 분산하여 점거했다. 남치근이 모든 군대를 집결하여 산 아래를 철통같이 지키니, 반란군의 참모 서림(徐霖)이 결국 포위에서 벗어나지 못할 것을 알고 내려와 항복한 다음에 반란군의 실제 상황과 형편이 어떤지 모두 불어 버렸다.

이에 남치근은 군사를 거느리고 소탕전을 벌이는 한편, 서림으로 하여금 반란군 중에 교만한 골수분자 대여섯 명을 유인하여 목을 베게 했다. 임꺽정이 골짜기를 넘어 도망치니, 남치근이 명을 내려, 황주(黃州)에서 해주(海州)에 이르기까지 부역의 의무가 있는 백성을 모두 징발하여, 문화(文化)에서 재령까지 샅샅이 수색했다.

임꺽정이 어느 민가로 숨어 들어가자 관군이 포위했다. 그래서 임꺽정이 한 노파를 위협하여 "도둑이야!"라고 외치면서 앞장서서 나가게 하고, 자신은 활과 화살을 메어 관군 차림을 하고 칼을 뽑아 들고 노파를 뒤따라가면서 "놈이 벌써 달아났다!"라고 외치니, 관군들이 소란스러워졌다. 임꺽정이 이 틈을 타 말한 필을 빼앗아 타고 관군 속에 섞여 있다가 잠시 뒤에 병든 군졸이라 속이고 진영에서 또 빠져나갔다. 그런데 서림이 그를 발견하고 "도둑이야!"라고 외치는 바람에 임꺽정이 사로잡혔다. 임꺽정은 큰 소리로 호통을 치며 이렇게 말했다. "이게 모두 서림의 계책이었구나!" 3년간 여러 도(道)의 군사를 동원하여 겨우 도둑 하나 잡는데 무수히 많은 양민(良民)이 죽었다.

그후 숙종 때 교활한 도둑 장길산(張吉山)이 황해도에 출몰했다. 장길산은 원래 광대로 곤두박질을 잘했으니, 보통 사람들보다 월등히 용맹스럽고 재빨랐기 때문에 마침내 괴수가 되었다.

조정에서 이를 걱정하여 신엽(申㷽)을 발탁하여 관찰사로 삼았으나, 그도 장길산을 체포하지 못했다. 그러던 중 장길산의 부하를 잡았는데 그가 은신처를 불었다. 무사 최형기(崔衡基)가 모집에 응하여 장길산을 체포하러 갔다. 파주(坡州)에 당도하니, 장사꾼 수십 명이 말을 몰고 지나갔다. 장길산을 배신한 자가 "저들 모두 도둑이다"라고 하기에 그들을 모두 포박하여 옥에 가두었다. 말들은 모두 건장한 암컷이었는데, 그 고발자는 "도둑의 말들이 모두 암컷이기 때문에 멋대로 날뛰지 않는 것이다"라고 했다.

여러 고을의 군사를 징발하여 각각 주요 도로를 지키다가 밤을 틈타 쳐들어갔더니, 적들이 염탐하여 미리 알고 나와서 더러운 욕설을 퍼붓고는 마침내 흔적도 없이 도망쳤다. 그후 병자년(1696)에 역적을 취조한 조서에 그의 이름이 또 나오기는 하지만 끝내 그가 어떻게 되었는지는 아무도 모른다.

우리나라에서 몸을 숨기고 도둑질하는 것은 마치 새장 속의 새와 어항 속의 물고기 같은 데 지나지 않는다. 그런데도 온 나라가 근심하여 힘을 기울였건만 끝내 그를 찾아내지 못했다. 우리나라 사람들이 제대로 된 계책을 세우지 못하는 것이 예로부터 이러하니, 더구나 외적의 침략을 막고 이웃 나라에 위력을 떨치는 것이야 어찌 논할 수 있겠는가? 안타까울 따름이다.

---

홍길동과 더불어 조선의 3대 도둑으로 유명한 임꺽정과 장길산에 대한 글이다. 실록이나 그밖의 몇몇 단편적인 기록을 제외하면 보기 드문 것으로 자료적 가치기 높다. 홍명희와 황석영의 소설에서와 같이 후세에 그들은 주로 의적(義賊)으로 부각되었다. 그러나 이와 달리 성호는 그들을 부정적으로 보고 있다. 예를 들어 성호는 임꺽정이 아전들과 내통했다고 말했는데, 이와 달리 관아의 창고를 털어 빈민들에게 나누어 준 임꺽정에게 백성들이 호응하여 관군의 정보를 제공했다고 보기도 한다. 아마도 성호는 기본적으로 유학자로서 도적 떼를 볼온시할 수밖에 없었던 듯하다.

# 임진란 때 활약한 종의 아들 유극량

유극량(劉克良)은 천인(賤人)인데, 무과에 급제하여 벼슬이 부원수(副元帥)에 이르렀다. 임진왜란 때 임진강 전투에서 전사하여 나라의 충신이 되었다.

『하담수기』(荷潭手記)에는 "유극량은 같은 마을 정(鄭) 아무개의 계집종의 아들이다"라 했고, 『명신록』(名臣錄)에는 "홍섬(洪暹)의 집에서 도망간 계집종의 아들이다"라 했다. 어느 쪽이 옳은지는 알 수 없지만, 요컨대 천한 노비 신분이었던 것만은 분명하다. 그가 자신의 출신을 숨기지 않은 것은 더욱더 훌륭하다.

당시에 임금의 명령으로 인재를 추천하였는데, 성혼(成渾)이 큰 명성이 있어 조정 신하들이 모두 그를 촉망했다. 그래서 그를 천거한 사람이 4명이나 됐는데 유극량을 천거한 사람이 이보다 더 많았으니, 그 당시 여론이 그에게로 돌아갔다는 것을 알 수 있다.

우리나라는 오로지 문벌만을 숭상한다. 그래서 지체 높은 집안의 자제가 아니면 아무리 학문이 정자(程子)·주자(朱子)와 같고, 무예가 곽자의(郭子儀)·이광필(李光弼)과 같더라도 대번에 천시되어 버림받는다. 성혼이 비록 어질다고는 하나 성수침(成守琛)의 아들이 아니었더라면 세상에서 꼭 그렇게까지 존경 받지는 않았을 것이다. 유극량으로 말하면, 종의 아들로 지위가 부원수에까지 올랐고, 감히 그의 훌륭한 점을 숨긴 사람이 없었으니, 그 사람됨을 알 수 있다. 이 어찌 약삭빠른 계책과 자잘한 재주로 이룰 수 있는 것이겠는가? 위급한 상황에 처하여 끝끝내 목숨을 바쳐 영원히 아름다운 명성을 이루었으니, 이 어찌 특출한 대장부가 아니겠는가?

이로부터 또 백여 년이 지난 오늘날에는 백성의 풍속이 계속 나빠질 뿐이어서, 아무리 유극량같이 훌륭한 인재가 있더라도 마구간에서 늙어 죽을 뿐이다.

---

「미천한 몸으로 출세한 사람들」과 같은 문제의식을 담은 글이다. 이제는 아무리 유극량 같은 인재가 있더라도 마구간에서 늙어 죽을 것이라는 개탄으로 성호는 글을 맺었다. 유극량은 신분의 벽을 뛰어넘은 유능한 장수로 추앙 받는다. 1591년에 전라도 수군절도사가 되었으나, 미천한 출생이 문제 되어 조방장(助防將: 병마절도사의 보좌관)으로 면직되었다. 유극량의 후임이 바로 이순신이다. 유극량은 죽령(竹嶺)을 지키면서 조령에 진을 치라고 신립(申砬)에게 건의했으나 신립은 그의 말을 듣지 않다가 크게 패배했다. 이에 유극량은 임진강으로 후퇴하여 방어선을 지키다 전사했다.

# 나라를 빛낸 역관 홍순언

역관(譯官) 홍순언(洪純彦)은 종계변무1_에 공이 있어 광국공신(光國功臣)으로 책훈(策勳)되고, 당릉군(唐陵君)에 봉해졌다.

세간에 이런 이야기가 전한다. 홍순언이 앞서 연경(燕京 : 북경)에 갔을 적에, 양한적(養漢的)에게 값을 후하게 쳐주고 아름다운 창녀를 샀다. '양한적'이란 창녀를 길러 돈을 받고 파는 사람을 말한다. 사연을 물어보니 그 창녀는 본시 양갓집 딸로, 부모님이 돌아가셨는데 집이 가난하여 장례를 지낼 수 없어서 자기 몸을 팔아 이 지경에 이르렀지만, 실은 아예 남자를 섬겨 본 적이 없는 처녀라는 것이었다. 홍순언은 이 말을 듣고 측은하게 여겨 그녀에게 돈을 주고 관계는 갖지 않았다.

후에 그녀는 석성2_의 총애를 받았는데, 홍순언이 종계변무 일로 명나라에 갔을 때 그녀의 도움을 받았다. 임진왜란 때 명나라 조정에서 군대를 보내어 우리나라를 다시 일으킨 것도 석성이 주도했는데, 이 일 역시 그녀의 도움이 있었다고 한다.

『설부』의 「갑을잉언」3_에 이런 말이 있다.

---

1_ 종계변무(宗系辨誣): 명나라의 『태조실록』과 『대명회전』(大明會典) 등에 조선 태조 이성계가 이인임(李仁任)의 아들이라고 잘못 기록된 것을 고쳐 달라고 요구한 것을 말한다. 이인임은 고려 때 이성계의 정적(政敵)이었다. 이 문제는 줄곧 해결을 보지 못하다가 1584년(선조 17)에 종계변무주청사 황정욱(黃廷彧) 등이 중국에 가서 정정하기로 최종 합의를 보고, 1588년에 유홍(兪泓)이 『대명회전』 수정본을 가지고 돌아옴으로써 일단락 지어졌다.

2_ 석성(石星): ?~1597. 명나라의 정치가. 병부상서를 지냈다. 임진왜란 때 조선에 지원군을 파견했으며, 일본과의 강화 회담을 추진했다. 그러나 조선을 지원하느라 명나라의 재정이 파탄 났다는 이유로 투옥되어 결국 감옥에서 죽었다.

심유경(沈惟敬)이 불우한 몸으로 연경에서 객지 생활을 하는데, 머물던 집 옆에 방 한 칸이 있어 물장수 심가왕(沈嘉旺)더러 거기서 살라고 했다.

심가왕은 본시 조상길(趙常吉) 집의 종이었다. 왜적에게 잡혀 갔다가 18년 만에 연경으로 달아나 조상길 집에 의탁하려 했지만 조상길은 그를 쓸 데가 없었다. 그래서 그는 물장수를 해서 스스로 먹고사는 처지가 되었다. 심유경은 때때로 그와 어울리면서 일본 일에 대해 이야기했는데, 그는 모르는 것 없이 모두 훤하게 알고 있었다.

그때 마침 대사마(大司馬) 석성이 조선에 대한 지원 및 일본과의 강화 회담을 맡았는데, 석성의 총애를 받은 여인의 아비 원(袁) 아무개가 항상 심유경과 어울렸다. 심유경이 그와 일본 일을 이야기하는데, 마치 몸소 그곳에 갔다 온 사람 같았다. 그래서 원 아무개가 석성에게 고하니, 석성은 심유경을 불러들여 함께 이야기해 보고는 대단히 기뻐하여 임금에게 아뢰어 유격장군(遊擊將軍)에 제수했다. 그후 심유경이 황제의 명을 받들어 일본에 사신으로 가자, 도요토미 히데요시를 일본의 왕으로 책봉하고, 명나라에 조공을 바치는 것을 허락한다는 말4_이 나왔다.

---

3_ 『설부』(說郛)의 「갑을잉언」(甲乙剩言): 『설부』는 명나라의 도종의(陶宗儀)가 편집한 총서이며, 「갑을잉언」은 거기에 수록된 명나라 문학가 호응린(胡應麟)의 글이다.

4_ 도요토미 히데요시(豊臣秀吉)를~허락한다는 말: 임진왜란 당시 명나라와 일본 사이에 5년간 강화 회의가 계속되었는데, 그중 1596년 9월 일본 오오사카 성(大阪城) 회담에서 명나라 측이 내놓은 안이다. 그러나 도요토미는 다른 무리한 요구 사항을 내걸어 이 회담을 결렬시키고, 1597년에 정유재란을 일으켰다. 회담에 나선 명나라 측 사신이 곧 심유경인데, 그는 도요토미가 무리한 요구를 한 사실을 숨기고 거짓으로 명나라 조정에 보고했다가, 결국 그 사실이 발각되어 도망갔으나 결국 살해되었다.

대저 나라를 빛낸 공훈에 홍순언이 역관으로서 참여할 수 있었던 것은 반드시 그 까닭이 있을 것이다. 그리고 임진왜란 때의 명나라 지원군이 석성의 총애를 받은 여인 덕분에 파견되었다는 것 역시 완전히 거짓말은 아닌 듯하다. 혹시 원 아무개의 아내가 죽자 장사 지낼 방법이 없어서 마침내 그 딸을 팔아 밑천을 댄 것이었을까? 『통문관지』(通文館志)에 "그 여인은 석 시랑(石侍郎)의 두 번째 아내이다"라고 했는데, 이는 잘못된 것이다. 더구나 석성은 시랑이 아니었다.

석성이 조선에 대한 지원 및 일본과의 강화 회담에 전념하자 원 아무개가 마침내 심유경을 천거했고, 심유경은 우리나라에 대하여 실로 정성을 다했다. 그가 조선으로 올 적에 심가왕을 데리고 와서 그가 순안(順安)으로 갈 적에 먼저 심가왕으로 하여금 곧장 적의 진영에 들어가 고니시 유키나가(小西行長)를 타일러서 약 50일 동안 서로 침략하지 말 것을 약속하게 했다. 심가왕이 예전에 일본에 머물렀던 경험이 있어 일본에 대해 익히 알았기 때문이다.

세간에 또 이런 이야기가 전한다. 홍순언이 연경에 두 번째 갔을 때 석성의 총애를 받은 여인이 금과 비단을 싣고 와서 은혜에 매우 후하게 보답하려 하자, 홍순언이 "만약 그대가 이렇게 한다면 내가 이익을 노린 것이 되니, 이는 애초의 내 뜻이 아니오"라고 하면서 일체 받지 않았다. 그녀가 손수 짠 채색 비단이 1백 필이었는데 거기에 모두 '보은단'(報恩緞: 은혜에 보답하는 비단) 세 글자가 수놓여 있었다. 그녀가 이 비단을 받들고 슬프게 하소연하니 홍순언은 차마 전부 물리치지는 못하고 결국 그것을 가지고 돌아왔다. 지금 서울 서쪽에 '보은단골'5_이 있는데, 여기가 홍순언이 살았던 곳이기 때문에 이 이야기에 따라 이런 이름을 붙인 것이라 한다.

『하담수기』(荷潭手記)에 이런 글이 보인다.

광해군(光海君)이 즉위하자 명나라에서는 그가 첫째 아들이 아니라는 이유로 엄일괴(嚴一魁)와 만애민(萬愛民) 등을 보내어 임해군6_의 신병 여부를 조사하게 하니, 광해군이 엄일괴와 만애민에게 뇌물로 은자(銀子)와 인삼을 많이 주었다. 이때부터 뇌물을 주고받는 관행이 생겼으니, 역관이 그 사이에서 농간을 부려, 뇌물이 아니면 일을 성사시키지 못했다.
종계변무를 할 때에도 조선의 사신이 명나라에 여러 차례 갔으나 명나라가 조선의 요청을 받아 주지 않자, 중국의 일은 뇌물이 아니면 이루기 어렵다는 쪽으로 조정 신하들의 여론이 형성되었다. 그러나 홍순언은 "중국 바깥(조선을 말함—역자)의 상황이 중국과 다르니, 일단 뇌물을 쓰기 시작하면 그

---

5_ 보은단골: 서울 서대문 근처의 고운담골, 곧 미장동(美墻洞). 지금의 태평로 1가 롯데호텔 동남쪽 일대.
6_ 임해군(臨海君): 선조(宣祖)의 첫째 서자(庶子). 명나라가 그를 왕위에 오르게 하라고 주장하자 위협을 느낀 광해군은 그를 역모죄로 엮어 사형시켰다.

폐단이 반드시 국가가 피폐해지는 지경에 이를 것입니다. 이 일이 몇 해 더 차질을 빚고 지연된들 무슨 손해가 있겠습니까?"라고 하고 끝끝내 억지로 무리하여 일을 추진하지는 않았다. 임진년과 정유년에 명나라에 구원병을 요청한 것으로 말하면, 대단히 큰일이긴 했지만 뇌물을 쓴 적이 전혀 없었다. 그런데 광해군 이래로 뇌물이 국가의 고질병이 되어 치료할 수 없게 되었으니, 사람들이 홍순언의 선견지명에 감복했다.

---

홍순언은 일개 역관으로 종계변무의 공을 세운 인물이다. 그 공으로 그가 책봉된 것은 당시로서는 대단히 파격적인 일이었다. 이런 이유에서 그는 세간의 비상한 관심을 끌었다. 세간에 떠돈 다양한 이야기가 그 증거로, 최근까지도 그 이야기들은 TV 다큐멘터리와 사극의 소재가 된 바 있다. 그런데 성호는 홍순언의 이야기를 그저 흥밋거리로 취급한 것이 아니다. 홍순언의 긴 안목을 보여 주는 글을 소개한 대목에서 성호의 식견을 엿볼 수 있다.

# 변방의 꿋꿋한 선비 최진첨

내가 들으니, 서쪽 변방 삭주(朔州)에 최진첨(崔震瞻)이라는 사람이 있다고 한다. 그의 집안이 3대가 한집에 산다 하여 어사(御史)가 임금에게 포상을 내려 줄 것을 아뢰었다. 이에 그는 침랑(寢郎)에 제수되었다.

그 당시는 당론(黨論)이 한창 격렬할 때였다. 하루는 여러 동료가 한데 모여 저마다 이 얘기 저 얘기를 하고 있었는데 최진첨 홀로 아무 말이 없었다. 그래서 그가 어느 당파에 속하는지 물어보았더니 그는 이렇게 대답했다. "저는 변방 사람이니, 어찌 동인(東人)이니 서인(西人)이니 하고 소속 당파를 가리켜 말할 수 있겠습니까? 평소에 다만 목 대부1_께서 어지시다는 것만 알 뿐입니다."

이 '목 대부'라는 사람은 바로 그 당시의 집권 세력으로부터 죄를 얻어 삭주로 귀양 갔던 인물이었기 때문에 사람들이 모두 깜짝 놀랐다. 그런데 그가 또 "목 대부께서 삭주에서 돌아가시자, 그 부인의 아우가 와서 상례를 도와주었습니다. 그분이 누구인지는 모르겠지만 늠름하고 거룩한 대인군자(大人君子)였습니다"라고 했다 하니, 이는 곧 우리 집의 형님2_을 가리킨 것이다.

---

1_ 목 대부(睦大夫): 숙종 때의 문신 목창명(睦昌明, 1645~1695). 호는 취원(翠園), 소속 당파는 남인(南人). 기사환국 이후로 형조판서를 거쳐 병조판서가 되었으나, 1694년 갑술옥사(甲戌獄事)로 서인(西人)이 집권하자 탄핵을 받아 삭주에 안치되어 그곳에서 죽었다.

사람들이 더욱 놀라서 또 그의 거취를 물으니, 그가 이렇게 대답했다. "미천한 제가 이만한 벼슬을 얻은 것이 어찌 만에 하나 있을까 말까 한 요행이 아니겠습니까? 다만 집안에 숙부(叔父)가 계신데 앞으로 사실 날이 얼마 남지 않았습니다. 숙부께서 언제 돌아가실지 알 수 없는 상황인데, 만약에 제가 벼슬에 얽매여 미적거린다면 저의 도리를 다할 수 없으니, 고향으로 돌아가는 것이 도리일 것입니다." 이렇게 말한 지 얼마 되지 않아 그는 과연 벼슬을 그만두고 떠났다고 한다.

나의 벗 홍(洪) 아무개가 그때 그와 한자리에 있으면서 이런 말을 듣고 나에게 이야기해 주었다. 나는 이 사람이 어진 선비라고 생각한다. 일반적으로 먼 지방 출신은 반드시 집권층의 당론에 아부하게 마련이다. 그런데 이 사람은 홀로 여러 사람이 중구난방 떠드는 가운데 집권층의 당론에 맞서는 논의를 펼쳐 남에게 굽히지 않은 뜻이 있었으니, 이것이 바로 그가 애초에 가졌던 마음을 저버리지 않은 것이다. 벼슬을 얻고 나서 그가 부지런히 벼슬살이를 해서 고을 수령이라도 되려고 마음먹었더라면 영광과 은총이 대단했을 것이다. 그런데 그는 조금도 돌아보고 연연해하지 않고, 아비가 죽었으니 숙부라도 잘 봉양해야겠다며 심지어는 고향에 돌아가는 것을 귀한 벼슬과 바꾸기까지 했으니, 효성이 지극한 것이다.

---

2_ 우리 집의 형님: 성호의 둘째 형 이잠(李潛, 1660~1706)이다. 부친이 당쟁에 의해 희생되자 과거 시험을 완전히 포기하고 은거했는데, 1706년에 올린 상소가 그 당시 집권 세력이었던 노론의 강한 반발을 불러일으켰다. 그 결과 역적으로 몰려 열여덟 차례 신문 끝에 장살(杖殺) 당했다. 목창명은 이잠의 매부로, 그에게 적지 않은 영향을 주었으며, 이잠은 목창명이 정치적으로 위험에 빠지지 않을까 늘 걱정했다고 한다.

그렇다면 3대가 한집에 산 것은 명예를 얻기 위해서가 아니라, 가족 간에 화목한 것이 타고난 천성이었기 때문이니, 어찌 사람들로 하여금 감동하여 착한 마음을 일으키게 하지 않겠는가? 마음가짐이 이렇다면, 그 사람이 재주가 있는지 없는지 따질 필요가 있겠는가? 나는 그가 다시 벼슬아치로 선발되었다는 말을 듣지 못했으니, 개탄스럽다.

---

한창 번성하던 성호의 집안은 당쟁의 소용돌이에 휩쓸려 몰락하고 말았다. 부친 이하진(李夏鎭, 1628~1682)은 1680년 경신대출척 때 파직되었다가 평안도 운산군(雲山郡)으로 유배 가서 그곳에서 죽었으며, 둘째 형 이잠(李潛)은 1706년에 억울하게 장살(杖殺) 당했다. 이런 상황에서 최진첨 같은 인물이 성호에게 얼마나 각별하게 느껴졌을지 짐작할 수 있을 것이다. 원래 이 글의 원문은 탐욕스러운 사람의 해로움과 겸손한 사람의 미덕을 대비하는 논의로 시작되는데, 본서에서는 그 부분을 생략했다.

나라의 좀벌레들

# 젖먹이도 군적에 오르는 세상

우리나라 법에, 군역(軍役)의 의무가 있는 모든 백성은 16세에 군적(軍籍)에 편입시켰다가 60세가 되어 늙으면 군적에서 빼도록 되어 있다. 그러나 수령들이 정해진 인원수를 채우지 못하면 젖먹이까지 나이를 올려, 모자란 숫자를 채운다.

남양(南陽)의 어떤 군졸이 아직 늙지도 않았는데 군적에서 빼 달라고 했다. 고을 원이 "네 어찌 나라를 속이려 드느냐?"라고 하자, 그가 이렇게 대답했다. "소민(小民)이 어찌 감히 나라를 속이겠습니까? 나라가 소민을 속이고 있습죠. 저는 태어나면서부터 군적에 편입되어 이제 45년이 되었습니다요." 군적을 살펴보니 과연 그랬다. 그래서 고을 원이 감히 따지지 못했다.

이 한 가지 일에서도 민생의 괴로움과 피폐함을 알 수 있기에 기록해 두는 바이다.

---

나라가 소민(小民)을 속이고 있다는 말이 여전히 통렬하다. 죽은 사람에게 군포를 매긴 '백골징포'(白骨徵布)와 더불어 백성에게 고통을 안겨 주었던 '황구첨정'(黃口簽丁), 즉 어린아이에게 군포를 매긴 일에 대한 기록이다. '황구'는 5세 미만의 유아를 가리킨다. 원래 14세 이하를 군적에 등록하는 것은 불법으로 금지되었다. 그러나 군정(軍政)의 문란, 신분제의 동요 등의 이유로 군포를 감당하지 못하는 사람들이 속출하자, 고을 수령이 정해진 수량을 충당하기 위해 이런 짓을 자행했던 것이다.

# 여섯 좀벌레

간사하고 참람한 사람이 없다면 천하가 어찌 잘 다스려지지 않겠는가? 간사하고 참람한 짓은 재물이 모자란 데서 생기고, 모자람은 농사에 힘쓰지 않는 데서 생긴다.

농사에 힘쓰지 않는 좀벌레가 여섯 마리 있는데, 장사꾼은 여기에 들지 않는다. 첫째는 노비 제도, 둘째는 과거 시험, 셋째는 벌열(閥閱: 문벌), 넷째는 교묘한 기술로 남을 홀리는 사람, 다섯째는 승려, 여섯째는 빈둥빈둥 먹고 노는 사람들이다.

대저 장사꾼은 원래 사민(四民: 사士·농農·공工·상商)의 하나로, 그래도 재화(財貨)를 유통하는 보탬이 있다. 예를 들어 소금·철물·삼베·비단 같은 것은 장사꾼이 아니면 운반할 수 없다. 그 반면 여섯 좀벌레의 해로움은 도적보다 심하다.

대대로 노비가 되도록 하는 것은 고금을 통틀어 없는 일이고, 온 세상을 둘러봐도 없는 일이다. 애초에 노비가 되었던 사람은 덕이 없고 자질이 부족하여 좋은 계책을 생각하지 못하다가 나쁜 일에 연루되어 남의 집 종이 된 것인데, 이리저리 달아나면 사방으로 찾아내어 위협하고 겁을 주어 끝끝내 그들로 하여금 재산을 탕진하고 살 곳을 잃게 하고 나서야 그만둔다.

세상을 다스리고 몸과 마음을 수양하는 데 도움이 되지 않는 글공부는 모두 해롭다. 과거 시험을 준비하는 유생(儒生)들은 효도와 공손함을 실천하는 데는 관심이 없고, 생업을 내팽개쳐 둔 채 하루 종일 일 년 내내 붓끝이나 빨고 종이만 낭비한다. 이런 것은 결국 마음을 망치는 재주에 지나지 않는다. 그들이 요행으로 벼슬을 얻으면 곧 스스로 뽐내어 사치 부리고 교만한 게 끝이 없고, 백성을 수탈하여 자기 욕심을 채우려 한다. 게다가 그 사이에 요행으로 자리를 차지하는 경우가 많기 때문에, 이렇게 되기를 바라고 이런 행태를 본받아 모두 거기에 휩쓸려, 농사는 내팽개쳐 둔 채 높은 사람에게 청탁하기 위해 분주하게 쫓아다닌다.

　　'벌열'이란 원래 자기 자신이 공로가 있다는 말인데, 지금 세속에서는 조정의 벼슬아치 집안의 자손에 대해서도 뒤섞어 벌열이라 불러 서민층과 구별한다. 조상의 공로와 업적이 다 없어지고 자신의 재능과 기예가 부족하더라도 이치에 맞지 않게 살려고 할 뿐, 호미와 쟁기 잡는 것을 부끄러워하여, 차라리 굶어 죽을지언정 천한 일은 하려 들지 않는다. 한 번이라도 쟁기를 잡고 밭을 갈기라도 하면 대번에 농부로 지목되어 혼인이 끊기고, 교제를 할 때에도 늘 무시당하니, 혹시라도 스스로의 힘으로 먹고 살아야겠다고 마음 먹은 사람이 있더라도 어쩔 수 없다.

　　'교묘한 기술로 남을 홀리는 사람'이란 진기한 노리개와 기물뿐 아니라, 올바르지 못한 술수와 미신으로 남을 홀리는 사람이면 누구나 그 부류에 속한다. 그중에서도 특히 광대와 무당은 더욱 해롭다.

승려는 부처를 숭배하기 위해서가 아니라 다만 부역을 피하기 위해, 밭이 없는 깊은 산속으로 숨어 매일 곡식을 축낸다.

농사의 이익은 겨우 두어 배에 지나지 않고, 여름철 밭고랑에서 겪는 고통은 그보다 훨씬 심하다. 그렇기 때문에 사람들이 자식을 낳으면 그중 가장 어리석은 애를 가리켜 '농사나 지을 놈'이라 하니, 이것은 다름 아니라 우리나라의 풍속이 원래 먹고 살 길이 여러 갈래가 있어서 농사가 아니더라도 잘살 수 있기 때문이다.

내 생각으로는 선비도 농사 짓고 농사꾼도 벼슬할 수 있도록 법으로 인도하여 사람들이 그것을 당연하게 받아들이게 하는 것이 바람직하다. 아무리 농사꾼이라도 재주 있고 덕 있는 사람이면 즉시 발탁해야 한다. 이렇게 하면, 백성은 농사를 자기 본분이라 여겨, 눈으로 익히고 손으로 익히면서 각각 자기의 일을 불만없이 할 것이다.

그런데 지금은 어려서부터 빈둥거리다가 다 커서는 놀고먹는 습관이 굳어져, 놀음이나 하면서 희희낙락하다가 입을 것과 먹을 것이 떨어지면 사기 치고 남의 것을 빼앗으며, 벽에 구멍을 뚫고 담을 넘어 도둑질까지 하면서도 꺼리지 않는다. 이러고서야 아무리 행실을 고쳐먹고 농사를 지으려 한들 어쩔 수 없을 것이다.

이상의 여섯 좀벌레를 제거하지 않으면, 아무리 세상을 다스리려 해도 어려울 것이다.

---

예나 지금이나 노동이 문제다. 노동에 대한 부당한 대가, 그리고 노동을 기피하는 풍조가 문제를 악화시킨다. '여섯 좀벌레'란 아무런 생산적인 일을 하지 않고 사회에 기생하는 사람들 내지 그런 부류의 사람들을 위한 부조리한 제도이다. 이 중에서 광대와 무당 같은 부류나 승려를 제외한 네 가지는 모두 사대부 계층과 직접·간접적으로 연관된다. 사대부가 가장 큰 좀벌레인 셈이다. 그래서 성호는 선비도 생산적인 일에 종사해야 하며, 농민 중에서도 벼슬아치를 선발해야 한다고 주장했다. 이를 두고 '사농합일'(士農合一)이라 한다.

# 조선의 여덟 가지 병폐

우리나라를 좀먹는 폐단을 논한 사람이 이렇게 말했다.

비변사가 국정을 독단하니, 의정부(議政府)는 한가한 기관이
되었다.[1]

승정원(承政院)이 왕명(王命)의 출납을 맡고 있으니, 승지(承
旨)는 해당 아전이 되고 말았다.

일이 생길 때마다 별도의 도감[2]을 두니, 원래 그 일을 맡아야
할 해당 관아는 도리어 불필요한 기관이 되었다.

관원을 자주 옮기니, 관아는 잠시 거처 가는 여관 같은 곳이
되어 버렸다.

문서를 관리하지 않으니, 아전들이 법을 농간할 수 있게 되
었다.

겸임시키는 관직이 많으니, 책임을 전담하는 실상이 없어졌다.

가장 말단에 있는 관원에게 일이 몰리니, 직책을 분담하는 의
미가 없어졌다.

책임 소재가 불분명하니, 자리를 비우는 것이 습관이 되었다.

---

1_ 비변사(備邊司)가~기관이 되었다: 원래 의정부는 최고 의결 기관이었던 반면, 비변사는
변방에 문제가 생길 때만 활동하던 임시 기관이었다. 그러나 임진왜란을 거치면서 비변
사의 기능이 대폭 강화되어 국내의 일반 행정도 모두 비변사에서 결정하게 된 반면, 의정
부는 유명무실해졌다.

2_ 도감(都監): 국가의 혼례와 장례 및 궁궐 축조 등 국가의 중대사를 관장하기 위해 임시로
설치한 관청.

3_ 거행조건(擧行條件): 조정에서 통용된 문서의 한 종류. 신하가 임금에게 아뢴 사항 중 시
행하기로 결정된 것을 기록해 둔 것이다.

이 여덟 가지 조항은 모두 세상의 시급한 문제가 무엇인지 아는 사람의 말이다. 그러나 예로부터 "고려(高麗)의 공사(公事)는 사흘밖에 못 간다"고 했으니, 이는 나흘을 넘기지 못한다는 뜻이다. 아무리 법이 좋고 취지가 훌륭한들 실행하지 않는데 어쩌겠는가?

내 생각에는, 관료들이 거행조건3_대로 시행했는지 감독하는 직책을 맡은 벼슬 하나를 별도로 만드는 것이 좋을 듯하다. 법령이 있는데도 집행하지 않은 자가 있으면 그 잘못을 낱낱이 따져, 죄를 범한 사람에게는 사면령(赦免令)을 일체 적용하지 말고, 그가 처벌 기간을 채우고 나서야 다시 벼슬을 할 수 있게 해야 한다. 그리고 조사 대상이 너무 높은 사람이어서 잘못을 제대로 따지기 힘들 경우, 누구나 그의 잘못을 말할 수 있게 하여, 그 역시 사면령을 일체 적용하지 말고 10년간 벼슬을 못하게 금지해야 한다. 그 앞뒤의 거행조건을 관원들이 모두 1통씩 갖추어 각각 그 내용을 살펴볼 수 있게 한다면, 따끔한 경계가 될 것이다. 자세한 내용은 『곽우록』(藿憂錄)에 있다.

---

조선 시대의 정치 기구와 관료 조직의 병폐를 조목조목 논했다. 문제점을 지적한 다음에 성호는 공직자에 대한 감사를 제도화할 것을 제안하고 있다. 법과 제도가 정비된다 해도 그것을 운영하는 사람이 무능하거나 태만하면 아무 소용이 없다는 생각에서였을 것이다. 『곽우록』은 '콩죽 먹는 초야의 지식인이 세상에 대해 근심하여 지은 글'이라는 뜻으로, 성호의 개혁 사상을 담은 중요한 저술이다. 그중 「입법」(立法)이 이 글과 연관된다. "고려(高麗)의 공사(公事)는 사흘밖에 못 간다"고 할 때의 '고려'는 '조선'까지 통칭한다.

# 과거 시험의 폐단

## 현행 제도의 문제점

『서경』에 "천명을 받아 왕위에 오른 것이 끝없이 아름다운 일이기도 하지만 끝없이 근심스러운 일이기도 합니다"라고 했다. 임금이 왕위를 계승하면 정치와 교화가 시작되니, 증광시와 생원시[1]를 보이는 것이 사리에 가까운 듯하다. 이때 정치·사회의 현안을 시험 문제로 내서 정치의 방도를 두루 물어 어질고 훌륭한 인재를 등용하는 것이 옳을 것인데, 시부(詩賦)만 가지고 재주를 비교하는 것이 무슨 타당한 바가 있기에 이런 관행이 그대로 이어져 굳어졌단 말인가?

무릇 나라에 경사가 있을 때마다 번번이 과거 시험을 베풀어, '나라와 경사를 함께 나눈다'는 뜻에서 그 시험을 '동경과'(同慶科)라 하고, 증광시는 비용이 너무 많이 들어 치르지 않는다고 한다. 매번 대궐 안에서 과거 시험을 보일 때면 합격자가 천만 명 중에 한 사람뿐이고, 나머지는 모두 눈물을 머금고 돌아간다. 먼 지방 사람이 천 리 길을 오느라 발바닥이 부르트고 온갖 고생을 하지만 전혀 합격하지 못하니, 이것을 두고 어찌 그들

---

1_ 증광시(增廣試)와 생원시(生員試): '증광시'는 나라에 경사가 있을 때마다 실시한 시험이다. '생원시'는 성균관 입학 자격과 하급 관리 임용 자격을 부여하는 시험으로, 그 합격자를 '생원'이라 한다.

의 마음을 위로하고 기쁘게 하는 것이라 할 수 있겠는가? 이것이
옳지 않다는 것은 아녀자와 어린아이도 다 안다. 하지만 문벌 있
는 집안 자제들은 글 읽기는 원하지 않고 요행을 바라는 것이 습
관이 되었다. 그래서 그들은 떼 지어 다니면서 부화뇌동하는데,
정승이 여기에 편승하여 거들어 주니, 먼 지방 사람들을 괴롭히
는 것 중에 이보다 더 심한 것은 없다.

　　해마다 과거 시험이 있고 달마다 향교(鄕校)의 시험이 있기
때문에 사람들은 책 읽을 겨를도 없이 미친 듯이 시험장으로 몰
려갈 뿐 배운 것을 실천하는 것은 도외시하니, 교화를 해치고 사
람을 해침이 더욱 심하다. 심지어는 3년에 한 번씩 정기적으로
보는 과거 시험에서도 오로지 글을 읽고 외우는 것만 숭상하여,
졸렬한 선비에게 시험을 주관하도록 맡기니, 그 시험의 합격자
가 벼슬길에 나간들 어리석고 용렬한 것은 말할 것도 없고, 경전
에 대한 기초적인 독해력도 부족한데 경전의 깊은 뜻을 어찌 논
할 수 있겠는가?

　　이 따위 시험일랑 어서 빨리 몽땅 없애 버려야 한다. 의심의
여지가 없다. 그러나 누구를 선발할 것인지는 정승에게 달려 있
는데, 정승은 자제들에게 얽매이고 친구들에게 흔들리니, 이 폐
단은 결코 없어질 리 없다. "쓸데없는 말을 버리면 실정에 부합
한다"고 공손홍(公孫弘 : 한漢나라의 정치가)이 말했으니, 이 한

마디 말이 오늘날 따끔한 경계가 될 만하다. 사람을 등용하는 것이 이미 시험 과목에서 벗어나지 않는데, 답안지의 내용은 모두 심히 쓸데없는 말이다. 기량이 좁은 테두리를 벗어나지 못하여, 조정에서 논의를 하거나 가정에서 가르치고 배울 때 모두 비열한 것만 좇으니 이 세상이 어떻게 되겠는가?

## 개혁안

지금 한 가지 방안이 있으니, 이 세상의 풍조를 부지런히 따르는 것도 되고 여러 사람의 눈에 거슬리지 않는 것도 된다. 별도로 시험 과목을 하나 더 만들어 이렇게 한다. 즉, 천재지변이나 적의 침입과 같은 비상사태가 발생해서 잘 대처해야 하면, 임금이 명을 내려 논변하게 하는 것을, 지금 과거 시험장에서 정치·사회의 현안에 대한 의견을 널리 묻는 것과 똑같이 한다. 사방의 선비들이 각각 자기 의견을 개진하면 각 지역의 관찰사들이 그 글들을 모아 봉해서 임금에게 올린다. 그러면 임금은 학식이 높은 사람에게 명하여 그중 쓸 만한 글들을 충분히 뽑도록 하고, 관찰사로 하여금 그 글을 지은 선비들을 극진히 대접하고 공손하게 전송하여 서울로 와서 모이게 한다.

임금은 그들을 궁궐의 뜰로 불러들여, 서로 떨어져 앉도록 자리를 배열한다. 담당자가 종이·붓·먹·벼루를 준 다음, 모두 한(漢)나라의 『염철론』[2]의 예에 따라 이리저리 질문한다. 여러 가지 문제를 뒤섞어 내기도 하고, 별도로 새로운 문제를 내기도 해서, 일일이 대답하도록 시킨 다음, 쓸모없는 허황된 말은 몽땅 버린다. 그 다음 날에도 이렇게 하고 또 그 다음 날에도 이렇게 해서, 모두 세 번 묻고 세 번 대답한다. 그중에서 쓸 만한 것을 가려내되, 몇 개인지는 미리 정하지 말고 경우에 따라 많이 뽑기도 하고 적게 뽑기도 한다. 그중에 문장이 제대로 되지 않은 것, 대답이 어리석고 수준 낮아 처음 대답했던 것과 너무 다른 것은 남의 손을 빌려서 나라를 속인 것이 됨을 알 수 있다. 이런 자는 내쫓을 뿐만 아니라 유생(儒生) 명단에서 삭제해 버려 영영 선비 행세를 하지 못하게 하여 부끄러운 줄 알게 해야 한다.

옛날에 반용이 글을 올려 서역교위(西域校尉)를 설치할 것을 청하자, 여러 신하를 시켜 세 번 질문하게 했는데 반용이 세 번 모두 대답을 잘했으니,[3] 한나라의 법에도 이런 게 있었던 것이다. 이렇게 하면 식견이 없고 재주가 부족한 사람은 애초에 감히 과거 시험을 보려는 마음을 가질 수 없을 것이고, 그중에 뽑힌 사람은 반드시 쓸 만한 사람이 많을 것이다. 그리고 임금의 특명으로 과거 급제자와 똑같은 자격을 부여 받은 사람이나 일

---

2_ 『염철론』(鹽鐵論): 한나라 소제(昭帝) 때 소금과 철의 전매 제도를 존속시킬 것인지에 대하여 현직 관리들과 전국에서 소집된 선비들이 조정에서 토론한 것을 환관(桓寬)이 정리하여 엮은 책이다.
3_ 옛날에 반용(班勇)이~대답을 잘했으니: 반용은 중국과 서역의 교통이 끊어지지 않도록 큰 공헌을 한 인물이다. 그가 서역교위를 둘 것을 조정에 건의하자, 여러 고위 관리가 세 차례에 걸쳐 그 이해득실을 물었는데, 반용이 모두 조리 있게 대답을 잘했다고 한다. 서역교위는 서역 지방의 군사 업무 일체를 맡은 벼슬이다.

반적인 과거 급제자도, 문벌이 좋은 사람에게만 시키는 명예로운 요직에 나아갈 수 있게 한다면, 사람들이 모두 스스로 힘쓸 것이고, 또 옛날의 훌륭한 임금이 남긴 뜻에도 맞을 것이다.

---

과거 시험은 유교적 교양을 갖춘 인재를 관리로 선발하기 위한 것이었으나, 조선 후기로 오면서 본래의 취지를 잃고 유명무실해졌다. 이 따위 시험은 즉시 없애야 한다는 성호의 극언은 문제의 시급성을 실감하게 한다. 성호는 사회 현안에 관심을 갖고 세상에 도움이 되는 공부를 한 선비들이 진출할 수 있도록 개혁안을 구상했다. 요컨대 성호의 과거제 개혁론은 정치적 쇄신, 사회적 쇄신, 제도적 쇄신, 인적 쇄신, 학문적 쇄신을 동반한 복합적인 것이다. '옛날의 훌륭한 임금이 남긴 뜻'이란, 훌륭한 인재를 널리 구하여 등용하는 것을 말한다.

# 나라를 망친 당쟁

윤국형(尹國馨)이 이렇게 말했다.

동인(東人)과 서인(西人)이 붕당을 나누어, 어느 한쪽의 세력이 커지면 나머지 한쪽의 세력이 줄어들어, 대대로 원수 진 것처럼 되어 버렸고 협력하는 미덕은 없었다. 그래서 나라의 형세가 기울고 풍속이 야박해져서, 끝내 외적이 그 틈을 타 침범하여 종묘사직이 폐허가 되는 지경에 이르고 말았다. (…)

이 말이 일리가 있는 듯하다.

대저 나무가 썩으면 좀이 생기고, 사람이 피곤하면 병이 공격한다. 우리나라가 병란을 불러들인 것이 어찌 이와 다르겠는가? 만약에 신하들이 협력하여 정치를 잘하고 빈틈 없이 계획하여 시행하고자 힘썼더라면, 임진왜란이 꼭 일어나지는 않았을 것이다. 외적이 우리나라의 형편을 엿보지 않고 갑자기 침범한 것은 아니니 말이다.

붕당을 세우는 악습이 고질화되면서 자기 당이기만 하면 아무리 어리석은 사람이라도 관중(管仲)과 제갈량(諸葛亮)처럼 여기고, 아무리 백성들에게 가렴주구하는 사람이라도 공수(龔遂)와 황패(黃霸) 같은 훌륭한 관리로 여기지만, 자기 당이 아닌 사람에 대해서는 모두 이와 반대로 했다. 벼슬에 있을 때건 물러날 때건 오로지 붕당을 세우는 데에만 마음을 쓰고 정치는 도외시했으니 백성이 어떻게 살 수 있었겠으며, 나라가 어떻게 다스려져서 안정될 수 있었겠는가? 쓰시마(對馬島)는 조선과 일본 사이에 끼어 있어서 모든 실정을 잘 알고 있었기 때문에 실로 화(禍)를 키워 왔던 것이니, 저들이 기회를 틈타 군대를 일으킨 것은 하루아침에 일어난 일이 아니었다. (…)

무릇 남의 나라를 치려는 뜻을 가졌으면 반드시 먼저 그 형편을 정탐한 다음에야 비로소 자신의 힘을 헤아려서 침략에 착수하는 법이다. 임진년의 왜구가 바로 그렇다. 지금의 세상 풍조와 민심을 보면 그때에 비해 한참 떨어졌으니, 장차 어떻게 끝을 맺을지 모르겠다. 아! 어쩌면 좋을까?

---

당쟁으로 인해 조선이 망했다는 설은 일본의 식민사관에 의한 것이라며 그와 반대로 당쟁을 민주적 토론 정치로 미화한 때가 있었다. 그러나 이 글을 보면 당쟁이 얼마나 나라를 병들게 했는지, 그리고 거기에 대해 성호 같은 지식인이 얼마나 통렬하게 반성하고 또 걱정했는지 알 수 있다. 성호 자신도 당쟁의 피해자였다. 공수(龔遂)와 황패(黃霸)는 모두 한(漢)나라 때의 유능한 수령으로 명망이 높았다.

# 붕당을 없애려면

옛날 당(唐)나라 문종(文宗)이 "황하 이북의 적은 없애기 쉽지만 조정의 붕당은 없애기 어렵다"고 말했다. 생살여탈권을 쥐고 있는 임금조차도, 살기를 탐하고 높은 지위에 오르기를 좋아하는 신하들의 마음을 바꾸지 못한 것이다. 그렇다면 이는 붕당을 반드시 제거해야 한다는 것만 알았을 뿐 어떻게 제거해야 하는지는 몰랐던 것이니, 만약 그 요령에 어두우면 없앤다는 것이 도리어 증가시키는 격이 되고 만다.

붕당의 반대는 '탕평'(蕩平)이다. 탕평을 정치 구호로 내걸면 붕당이 빨리 제거될 듯도 한데, 요즘 또 이른바 '탕평당'(蕩平黨)이란 게 있다. 이것도 아니고 저것도 아니고 어중간한 입장에 서서 또 하나의 붕당을 세운 것이다. 탕평당은 사람을 천거할 때면 양쪽 모두 찬성하고, 발언할 때면 양쪽 모두 그르다고 하여 마치 송(宋)나라 때 삭당(朔黨)이 낙당(洛黨)과 촉당(蜀黨) 사이에 있었던 것과 같이 한다. 이것은 암암리에 세상의 환심을 사려는 것이지, 요컨대 치우침이 없고 기울어짐이 없는 도는 아니다.

나는 예전에 「붕당론」(朋黨論) 한 편을 지어, 사람들이 무엇을 추구하다가 붕당이 생기게 되었는지를 밝히고, 끝에 가서는 이익이 생기는 구멍을 막고 백성의 뜻을 안정시킨 다음에 상을 주어 권장하고 벌을 내려 두렵게 하면 충분하다는 것으로 글을 맺었다. 상은 꼭 금은보화일 필요는 없고 녹봉과 작위를 더해 주면 되며, 벌은 꼭 형벌일 필요는 없고 계급을 강등시켜 다시는 승진하지 못하게 하면 된다. 부귀영달을 꾀하고 높은 벼슬에 발탁될 길이 모두 사라진다면 아무리 붕당을 만들라고 다그쳐도 그렇게 하지 않을 것이다.

옛날에 장현광(張顯光) 선생의 상소(上疏)에

우주 사이에 하나의 이치가 있을 뿐이니, 선한 것과 악한 것이 각각 다른 부류이고, 바른 것과 바르지 않은 것이 각각 다른 부류이고, 옳은 것과 그른 것이 각각 다른 부류입니다. 선한 것과 악한 것, 바른 것과 바르지 않은 것, 옳은 것과 그른 것이 동시에 성립하고 동시에 작용하고 동시에 행해진다는 말은 듣지 못했으니, 이 이치만큼은 틀림없습니다.

라고 했고, 또 정원석(鄭元奭)의 상소에

군자라면 아무리 백 사람이 붕당을 해도 나라에 유익하지만, 소인이라면 비록 한두 사람이 붕당을 한다 해도 틀림없이 정치에 해롭습니다.

라고 했으니, 만약에 훌륭한 신하와 사악한 신하가 함께 조정에 있다면 평화롭게 공존하기는 불가능하다.

하지만 만약 상대방을 잘 헤아릴 수 있는 척도가 나에게 없다면, 군자와 소인을 또 어떻게 구별할 수 있겠는가? 명철한 임금이 세상을 다스리고, 어질고 훌륭한 정승이 사람을 능수능란하게 다루어 지난날의 잘못을 흔적도 없이 변화시킨다면, 어찌 소인으로 하여금 그 마음을 고쳐먹어 군자가 되게 하지 못하겠는가? 만약에 임금이 단지 어진 사람을 등용하고 간사한 사람을 물리치려는 마음만 갖는다면, 어진 사람을 소인이라 하고 간사한 사람을 군자라 하지 않을 사람이 드물 것이다. 그러므로 법을 세우는 것이 상책이 된다는 것이니, 위에서 법이 확립되면 아래에서 기풍이 바뀔 것이다.

「붕당론」에 있는 내용은 굳이 거론하지 않는다.

---

붕당은 조선의 고질적인 병폐였다. 붕당이 어째서 생겼는가, 어째서 사라지기는커녕 더 강화되는가가 성호 같은 지식인에게 절실한 물음이 아닐 수 없다. 성호는 이익을 다투는 것이 붕당의 근원이라고 파악했다. 따라서 이익이 걸려 있는 한, 당쟁도 결코 끊이지 않을 것이라고 성호는 진단한다. 심지어는 '탕평'도 또 하나의 당파가 되는 것이 현실이다. 성호의 이런 시각은 대단히 예리하고 현실적이라고 평가된다. 다만 성호는 선한 편이 군자의 당이고 악한 편이 소인의 당이라는 구분만큼은 여전히 유지하고 있는데, 이 점은 그의 한계라고 지적될 수 있다. 현실 세계에서는 선과 악의 구분이 필요에 따라 전도되거나 악용될 수도 있기 때문이다. 「붕당론」은 『성호선생전집』과 『곽우록』에 실려 있다. 삭당(朔黨), 낙당(洛黨), 촉당(蜀黨)은 모두 송나라 철종(哲宗) 때의 이른바 '원우삼당'(元祐三黨)이다. 낙당의 영수는 정이(程頤), 촉당의 영수는 소식(蘇軾), 삭당의 영수는 유지(劉摯)·유안세(劉安世) 등이었다.

# 조세 감면의 허점

조세를 감면해 주어 백성을 구휼하는 것은 정치의 요령을 깊이 안 것이 아니다. 논밭이 있고 나서야 조세가 있는 법이니, 조세를 감면해 주면 논밭을 가진 자만 혜택을 입는다.

백성에게 토지를 고르게 나누어 준 하(夏)·은(殷)·주(周) 시대의 제도가 폐지된 뒤로 토지를 소유한 백성은 열에 하나둘밖에 없다. 상황이 이렇다 보니 위에서 아무리 넓은 은택을 베풀어 주어도 아래에서는 굶주려 얼굴이 누렇게 뜨는 고통을 받게 되었으니, 무슨 도움이 되겠는가? 토지를 소유했으면 부자인 것이다. 부자들이야 조세를 감해 주지 않은들 무슨 해가 되겠는가? 그러므로 순열(荀悅: 후한後漢의 학자)은 "관가의 혜택이 하·은·주 시대보다 낫고, 지방 세력가들의 포악함이 진(秦)나라보다 혹독하다"고 했다.

산에 불을 지르고 물을 막아 자기 혼자만 이익을 차지하는 데 급급한 자들이 오히려 논밭에 대한 조세가 반으로 줄어들기를 은근히 날마다 바라고 있다. 그런데 높은 지위에 있는 자들이 그 소원을 들어주는 데 힘쓰느라 공연히 나라 살림에 피해를 끼치고 있으니, 이 일을 어찌해야 할 것인가?

---

백성을 위한다는 명목으로 실시된 조세 감면의 허점을 공박한 글이다. 성호 당시에는 권세가의 대토지겸병으로 인해 다수의 농민이 자신의 경제적 기반을 상실하기에 이르렀다. 이런 상황에서 조세 경감에 치우쳐진 당시 조정의 정책은 중대한 오류를 범한 것이 된다. 이렇게 기층민의 현실을 외면한 탁상공론에 대해 성호는 비판을 아끼지 않았다. 전통적으로 하(夏)·은(殷)·주(周) 시대는 중국 고대의 태평성대로 생각되었다.

# 사면(赦免)의 문제점

임금은 하늘을 본받으니, 봄에 만물이 태어나 성장하는 것과 가을에 초목이 시들어 죽는 것 어느 한 가지도 빠뜨릴 수 없다. 그래서 "봄에 하나라도 말라 죽으면 이것이 곧 재앙이 되고, 가을에 하나라도 번영하면 이것이 곧 재앙이 된다"고 하는 것이다.

상(賞)을 줄 때는 미덥게 하지 않으면 안 되고, 형벌을 내리고 나면 끝까지 벌을 받게 하지 않으면 안 된다. 그런데 후대의 임금들은 사람들이 기뻐하는 것을 따르는 데 힘써, 나라에 경사가 있을 때마다 번번이 대사령(大赦令)을 내린다. 이렇게 사면령이 내릴 때면, 굽실거리면서 청탁하지 않는 사람이 없다. 더러는 권세 있는 사람과 연줄이 닿아 은밀하게 뇌물을 써서 요행으로 모면하기를 바라기도 하니, 그래서 그 죄를 다시는 징계하지 못한다. 이렇게 되면 간사한 소인배에게는 다행이지만 무고한 사람은 더욱 원통해지니, 어찌 나라의 경사를 백성과 함께한다 할 수 있겠는가?

사면은 처음에는 하기 쉽지만 나중에 가면 사면 때문에 오히려 백성의 잘못을 바로잡기 어려워지니, 오래되면 그 화를 이루 다 말할 수 없다. 법은 처음에는 집행하기 어렵지만 나중에 가면 법 덕분에 백성의 잘못을 바로잡기 쉬워지니, 오래되면 그 복을 이루 다 말할 수 없다. 그러므로 은혜는 사람의 원수이고 법은 사람의 부모이다. 도적을 제재하지 못하면 선량한 사람이 위험해지고, 법이 서지 않으면 간사한 사람이 많아진다. 사면해 주는 것은 말이 달리고 있는데 고삐를 놓아 버리는 것과 같고, 사면해 주지 않는 것은 종기에 침을 놓는 것과 같다.

관중(管仲)이 이렇게 말했으니, 이 말이 더욱 경계가 될 수 있다.

장차 나라에 대사령이 있으려 하면, 속으로 은근히 기뻐하면서 '은혜를 입었다'고 말하는 사람은 대부분 간악한 짓을 하다가 죄를 범하고는 형벌과 사형을 교묘하게 벗어난 부류이다. 이런 자들이 착한 백성과 무슨 상관이란 말인가?

혹시 어진 사대부가 과실로 인해 처벌을 받아 파직되거나 귀양 간 경우라면, 다만 지난 잘못을 반성하고 개선할 길을 도모하여 삼가 처벌 기간을 다 채우기를 기다리는 것이 마땅하다. 혹시라도 자기 죄가 아니어서 억울한 경우라면, 그가 신문고(申聞鼓)

를 치고 하소연하거든 정승이 시시비비를 가리면 된다. 만약에 과실을 저지른 어진 사대부들이 끝끝내 참회할 줄 모르는 교활한 범죄자들과 뒤섞여 사면의 은혜를 입게 된다면, 그 마음에 다행으로 여기겠는가 아니면 수치로 여기겠는가? 조정에서 사대부를 대우할 때 이렇게 경박하게 해서는 안 된다.

내 생각에는, 비록 사면이 없을 수는 없지만 그 범위를 일반 서민으로 한정하고 벼슬아치는 제외하여, 청렴하고 강직한 사람을 격려하고 기강을 세운다면, 정치에 도움이 될 것이다. 『자치통감강목』(資治通鑑綱目)에서 대사령만큼은 반드시 특별히 기재했으니, 이는 경계하기 위해서이다. 만약에 매년 대사령이 있어서 1년에 두세 차례 사면해 주었다면 아무리 그 사실을 일일이 기록하려 한들 그럴 수 있겠는가? 나라에 경사가 많은 것은 틀림없이 말세의 일이다. 정치가 잘된 시대에는 대사령이 없었으니, 어찌 소소한 경사가 없어서 그런 것이겠는가?

---

시대를 뛰어넘어, 사면을 남용하고 악용하는 지금의 현실을 돌아보게 한다. 사면령을 없앨 수 없다면 그 범위를 일반 서민으로 제한하자는 제안도 여전히 공감이 된다. 법률은 제도적이고 절차적인 것이므로 자칫하다가는 오히려 '현실적 불평등'을 초래할 수 있다. 성호의 사면령 비판에는 가진 자에게 더 엄격하고 가지지 못한 자에게 더 관대한 것이 '실질적 평등'을 구현하는 길이라는 생각이 깔려 있다. 사대부에게 사면을 내리는 것은 오히려 사대부를 모욕하는 조치라는 지적도 의미심장하다. 경사가 많은 것은 말세의 일이라는 지적은 선심성 정책의 폐단을 경계한 말이다. 서두에서 봄에 만물이 태어난다는 것은 임금이 포상을 내리는 것을 뜻하고, 가을에 초목이 시든다는 것은 형벌을 내리는 것을 뜻한다.

# 거지의 하소연

# 거지의 하소연

흉년이 들어 길에 거지가 가득하다. 표주박을 들고 자루를 메고 터벅터벅 와서, 한 번 구걸해서 주지 않으면 세 번 네 번 더욱 공손히 말한다. 눈살을 찌푸리고 주면 몸을 구부려 받으니, 이것은 대장부가 도저히 할 짓이 못 된다. 혀를 차며 주는 것도 수치로 여겨 받지 않는 법인데, 더구나 호통치면서 발로 툭툭 쳐서 주는 모욕을 견디는 신세가 어떻겠는가?

내가 가만히 생각해 보니, 사람이 되어 이런 신세를 면한 것만 해도 다행이다. 내 이미 실 한 올, 쌀 한 톨도 직접 생산하지 못하니, 먹고살 밑천이 어디서 생기겠는가? 만약 불행하게도 집이 망해서 떠돌아다니며 구걸해야 하고 재산이라곤 한 푼도 없는 형편이라면, 한갓 알량한 기백과 의지를 갖고 가만히 앉아 죽기를 기다린들, 사소한 일에 고집을 부리다 죽는 것에 가깝지 않겠는가? 여기저기 다니면서 구걸하다가 곤욕을 당하는 것은 덜 중요하고 죽느냐 사느냐 하는 문제는 더 중요하니, 차라리 모욕을 무릅쓰고 중요한 것을 구해야 할 것이다.

30년 전의 일이다. 저물녘에 서울을 지날 때였다. 날씨가 매우 추웠는데, 어느 눈먼 거지가 옷은 해지고 배는 고픈데 남의 집에 빌붙지 못해서 대문 밖에 앉아 통곡하며 "죽고 싶다, 죽고 싶어"라고 하늘에 하소연했다. 그 뜻이 정말로 죽고 싶었지만 그렇게 안 된 것이었다. 지금도 이 일을 잊을 수 없다. 생각만 해도 눈물이 쏟아지려 한다.

흉년의 참상을 목도하고 쓴 글이다. 성호는 모욕을 받고 구차하게 연명하느니 차라리 품위를 지키다 죽어야 한다는 관념을 거부하고, 구차하게라도 살아남는 것이 중요하다고 말한다. 인간이 육체를 갖는 한 벗어날 수 없는 '인간적인 나약함'에 각별히 유의한 것이다. 그리하여 성호는 "죽고 싶다"는 거지의 절규를 당사자의 입장에서 체험하여, 살지도 못하고 죽지도 못하는 거지의 절망에 깊이 공감하고 연민을 갖는다. 눈물이 난다는 말이 감상적인 과장으로 느껴지지 않는 것은 이 때문일 것이다.

# 유랑민의 고통

맹자가 훌륭한 정치의 방법을 논한 것은 '백성을 보호한다'는 한 구절에 지나지 않는다. '백성을 보호한다'는 것은 곧 자기가 좋아하는 것을 백성에게도 주어 백성이 모이게 하며, 자기가 싫어하는 것을 백성에게도 강요하지 말라는 뜻이지, 집집마다 돌아다니면서 날마다 재물을 보태어 주라는 뜻이 아니다.

사람은 저마다 자기 나름의 지혜와 역량이 있으니 자기 힘으로 밭 갈아 먹고 우물을 파서 마신다면 생계를 꾀하기에 충분할 것이다. 비록 2~3년 동안 홍수와 가뭄이 있더라도 저들 스스로 평소에 저축을 많이 해 둔다면 반드시 스스로 먹고살 수 있을 것이니, 어찌 구걸하며 떠돌아다니다 죽어서 그 시체가 골짜기를 메우는 지경에까지야 이르겠는가?

맹자는 또 "왕께서 흉년을 탓하지 않으시면 천하의 백성이 왕에게 올 것입니다"라고 했다. 먹고 입을 것이 넉넉한 시골 사람들을 보니, 그들은 농사를 지을 때 농사철을 놓치지 않고 계획을 세울 때 이익을 주도면밀하게 따지기 때문에 흉년이 들어도 그 피해를 입지 않았다. 이것이 이른바 "민생은 근면함에 달려 있으니 근면하면 궁핍하지 않다"는 것이다.

근면한데도 죽음을 면치 못하는 것은 모두 포학한 정치에 시달려 도저히 살아갈 수 없는 형편이 되었기 때문이다. 설령 홍수와 가뭄이 있더라도, 국가가 창고를 열어 백성에게 곡식을 나누어 주고 풍년 든 지역의 곡식을 흉년 든 지역으로 운반해 구제하면 된다. 떠돌아다니며 구걸하는 것은 결국 흉년 탓이 아니니, 어찌 백성이 불쌍하지 않겠는가?

하루는 문을 나섰더니 거지 네다섯이 모여 있었다. 어떤 이는 나이가 어렸고, 어떤 이는 장성했다. "봄이 되어 한창 밭 갈고 씨 뿌릴 때인데, 너희들은 어째서 고향으로 돌아가 농사짓지 않고 아직까지 타향을 떠돌아다니며 구걸하고 있느냐?" 내가 이랬더니, 내 말을 들은 거지가 나를 뚫어지게 쳐다보다가 마침내 이렇게 말했다. "농사를 어떻게 지으란 말입니까? 종자도 없고 식량도 없으니 돌아간들 무슨 소용이란 말입니까?" 그는 내가 물정에 어두워 세상일을 잘 모른다고 여기는 듯했다. 생각해 보니 과연 그랬다. 일을 몸소 겪어 보지 않으면 어떻게 깊이 알 수 있겠는가?

작년에 이런 일이 있었다. 돌림병에 걸린 어떤 사람이 감히 마을 근처로 오지 못하고 길가에 있었는데, 신열은 내렸지만 먹을 게 없어 곧 죽게 되었다. 그러자 그는 거적으로 자기 몸을 싸고 새끼줄로 허리 아래를 칭칭 묶은 다음 죽었다. 개가 뜯어 먹을까 염려한 것이었다.

　나는 이 이야기를 듣고 이렇게 생각했다. '이 사람은 필시 군자였을 것이다. 스스로 몸을 칭칭 묶었으니 지각이 어둡지 않았던 것이고, 마을에 들어오지 않았으니 남들이 자기를 미워하고 꺼리는 것을 피한 것이다. 곧 죽으리라는 걸 알고 있었는데도 오히려 이렇게 자신을 잘 다스렸으니, 어진 사람이 아니고 무엇이겠는가? 하지만 불행한 시대를 만나 길거리에서 굶어 죽었으니 어느 누가 알아주겠는가?' 이런 생각이 들어 나는 밥을 먹지 못했다.

　요즘 들은 얘기다. 강원도 일대에 거지들이 떼 지어 모이자 임금께서 명하시어 옷과 쌀을 주게 하고 임금의 측근을 시켜 그들을 통솔하여 고향으로 돌려보내게 했다고 한다. 그런데 성문을 막 나서서 한 사람이 주창하자 여럿이 호응하여 일제히 소리 지르며 뿔뿔이 흩어지는 것을 막을 수 없었다고 한다. 이는 고향에 돌아가는 것이 떠돌아다니면서 구걸하느니만 못하기 때문이다.

　또 들으니, 몇몇 고을이 텅 비자 그중 가장 심한 곳을 가려 임금의 측근에게 명하여 은자(銀子)를 가지고 가서 민생을 안정시키려 했으나, 파견된 신하는 아무런 손도 쓰지 못하고 돌아와서 임금에게 보고했다고 한다. 그러나 도시에서는 쌀값이 대단히 싸니, 그렇다면 아직도 쌓여 있는 곡식이 많다는 것을 알 수 있다. 흉년을 탓하는 것이 실상에 맞지 않다는 것을 더욱 분명히 깨닫게 된다. 가난한 사람들 말로는 "쌀값이 싼 게 도리어 원수다"라고 한다. 쌀값이 싸면 돈을 얻기가 더욱 어려워 굶주림이 더욱 심해지기 때문이다. 재물은 부자에게 몰리고 백성의 재산은 이미 바닥났으니, 설령 풍년이 든다 한들 근심은 여전할 것이다. 국가에서 진휼하느라 애쓴 것이 지극하다 할 수 있지만, 상황이 이 지경에 이르렀으니 장차 어쩔 것인가?

사방으로 흩어져 굶주림과 추위에 쓰러져 살아남은 사람이 얼마 되지 않는데, 이들도 그나마 품팔이로 빌붙어서 겨우 연명할 뿐 고향 생각은 이미 사라졌다. 일가친척도 다 죽었고 이웃도 모두 떠났으니, 무슨 마음으로 구차하게 돌아가려 하겠는가? 내 생각으로는, 그들이 뿔뿔이 흩어진 것이 하루아침의 연고가 아니니 그들이 다시 모이게 되기까지는 또한 마땅히 10년의 세월이 필요할 것이고, 그들이 흩어질 적에 틀림없이 슬프게 울부짖으며 떠났을 것이니 그들이 다시 모일 때에는 또한 반드시 즐거운 마음이 생겨야 돌아올 것이다. 즐거운 마음이 들도록 해 주지 않으면 백성더러 고향에 돌아가라고 타이를 수 없다. 옛날 태산

---

1_ 태산(泰山)의 범과 영주(永州)의 뱀: '태산의 범'은 가혹한 정치가 범보다 사납다는 『공자가어』(孔子家語)의 이야기에 보인다. '영주의 뱀'은 가렴주구를 피하기 위해 목숨 걸고 뱀을 잡는다는 「포사자설」(捕蛇者說)의 이야기에 보인다. 모두 가혹한 정치의 폐단을 강조하는 사례로 흔히 인용된다.

의 범과 영주의 뱀[1]에게 삼대(三代)가 물려 죽었더라도 그곳을 떠나지 않았으니, 백성이 미워하는 것 중에 가혹한 정치보다 더 심한 건 없다. 만약에 이런 근심이 없었다면 몇 해 동안의 재해로 어찌 온 고을이 텅 비기까지야 하겠는가?

그러므로 관리들의 횡포를 금지하는 것을 급선무로 삼아야 한다. 관리들의 횡포를 금지하려면 마땅히 백성의 재물을 빼앗는 것을 엄벌에 처해야 한다. 관리들이 재물을 빼앗는 실태를 조사하여 밝히는 방법은 다른 데 있지 않다. 관찰사, 도사(都事), 어사(御史)를 감독하여, 백성의 재물을 빼앗은 죄를, 잘못을 뻔히 알고도 고의로 놓아준 죄에 상응하게 처결하고, 백성에게서 빼앗은 재물을 적발한 데 대한 포상을 전쟁에서 공을 세운 것과 똑같이 해 주면 된다. 그런 뒤에 10년간 조세를 면제해 주고 별도로 임금의 측근을 수령으로 삼아, 일이 있으면 역마(驛馬)를 달려 조정으로 들어와 왕에게 직접 아뢰게 하여 그 말을 많이 따른다면, 굳이 대단한 일을 하지 않더라도 유랑민이 저절로 고향으로 돌아와 모여 살 것이다.

---

대규모의 유랑민 발생은 조선 후기의 심각한 문제였다. 사람들은 누구나 잘살기를 원하고 자기 나름의 능력을 갖고 있다. 그런데도 유랑민이 속출하는 것은 어째서인가 고민한 끝에 성호는, 백성이 스스로 잘살 수 있도록 해 주어야 한다는 명쾌한 진단을 내린다. 하지만 이 진단은 명쾌할지언정 단순하지는 않아서, 관료의 비리·정부의 부적절한 개입 등 사회 부조리 전반에 대한 비판으로 이어진다. 또한 이 글에서는 성호가 기층민과 직접 대화를 나누면서 그들의 현실에 새롭게 눈뜨는 대목이 있어 흥미롭다. 당사자의 처지를 구체적으로 파악하는 것이 얼마나 어려운지 절감하게 된다. 흔히 동정이나 멸시의 대상으로 취급되는 거지에게서 고귀함과 존엄함을 발견하고 그 미덕을 높이 평가한 것도 주목된다.

# 부모의 마음으로 정치를 한다면

어린아이가 위험한 때를 당하면, 부모는 아이를 구하기에 급급하여 어떠한 수단과 방법도 가리지 않는다. 아무리 물에 빠지고 불에 타는 위험이 뒤따르더라도 아이를 살리기 위해 온갖 방법을 강구할 뿐이요, 어찌해 볼 방법이 없다며 가만히 앉아 죽는 것을 뻔히 지켜보고 있지는 않을 것이 틀림없다.

어떤 사람이 어딘가를 꼭 가려 한다면, 수레가 있으면 수레를 타고 갈 것이요, 수레가 없으면 말을 타고 갈 것이요, 말이 없으면 걸어갈 것이요, 앉은뱅이라면 기어서라도 기어이 갈 것이다. 일단 가겠다고 마음먹었다면 어찌 끝내 못 갈 리가 있겠는가?

지금 백성이 한창 곤궁하여 어린아이가 우물에 빠지려는 것보다 더 위태로운 형편인데, 정치를 한다는 사람들은 방법이 없다고 핑계를 대면서 모른 척하니, 이래서야 되겠는가? 그들이 하는 짓이라고는 지엽적인 것에 불과하다. 그래서 근본적인 것은 바뀌지 않는다. 그들이 하는 짓은 또한 쇠붙이를 주조하는 것과 같다. 시원찮은 불꽃으로 겉만 스친다면 쇳덩어리가 여전히 단단할 것이니, 어떻게 둥글거나 평평하게 만들 수 있겠는가? 모름지기 쇳덩어리를 큰 불 속에 집어넣어 벌겋게 달군 뒤 두드리거나 쇠를 녹여 거푸집에 부어야 물건을 만들 수 있다.

모든 생명이 살게끔 하는 이치를 가지고 하늘과 땅이 만물을 만들어 냈으니, 순리대로 살게 하는 것이 곧 하늘과 땅의 마음이다. 그런데도 나쁜 폐단이 쌓이는 것은 곧 사람이 올바른 방법을 쓰지 않았기 때문이다. 나쁜 폐단이 사람에게서 생겼으니 그 폐단을 고치는 계책도 반드시 사람에게 있을 것이다.

닭을 기르는데 닭이 잘 번식하지 않는다면, 그 이유는 기왓장이나 돌멩이에 맞아 닭이 다친다든지, 쥐와 너구리가 덮쳐서 잡아먹는다든지, 모이를 정성껏 주지 않았기 때문이다. 닭을 잘 기르는 사람을 찾아가 보면 그렇지 않다. 닭에게 모이를 주는 것이나 다른 짐승들로부터 보호하는 데에는 모두 적절한 방법이 있다. 이 방법대로만 한다면 어째서 닭이 잘 자라지 않겠는가?

정치도 마찬가지다. 세금을 각박하게 거두는 것은 닭이 기왓장이나 돌멩이에 맞아 다쳤는데도 돌보지 않는 것과 같다. 탐관오리를 징계하지 않는 것은 쥐와 너구리가 닭을 마음대로 잡아먹게 내버려 두는 것과 같다. 홍수와 가뭄에도 백성을 구휼하지 않는 것은 사료를 아껴 닭에게 주지 않는 것과 같다. 그러니 어찌 방법이 없다 하는가?

공자(孔子)가 한 번도 편안하게 쉬지 못하고 정처 없이 천하를 돌아다녔던 것은, 자신의 도(道)를 행하는 데 뜻이 있었기 때문이다. 그 도란 무엇인가? 그 요체는 온 천하에 곤궁한 백성이 없도록 하는 것이다. 그래서 한 사람이라도 제 살 자리를 얻지 못하면, 옛 성현(聖賢)들은 마치 자신이 저잣거리에서 매를 맞는 것처럼 부끄럽게 여겼던 것이다. 그런데 이제는 한 구역 내의 백성 모두가 피해를 입고 있으니, 개탄스럽다.

어느 시대가 되었든 정치의 기본은 사회 구성원이 인간다운 삶과 행복을 누리도록 하는 데 있다. 진정한 정치가라면 응당 그런 사회를 만들기 위해 노력하고 자신을 희생할 수 있어야 할 것이다. 성호가 그리고 있는 정치가상은 어쩌 보면 당연한 것이지만, 그것이 현실 세계에서, 특히 한국 사회에서 제대로 구현된 적이 별로 없었기 때문에 더더욱 신선하고 절실하게 받아들여질 수 있지 않은가 한다. 정치를 입신양명의 도구로만 생각하고 정치에 달려드는 이들이 유독 많은 한국의 현실을 되돌아보면서, 성호가 말한 진정한 정치가가 언제쯤 나올지 되묻게 된다.

# 죽은 노비를 위한 제문

우리나라의 노비와 주인의 의리는 임금과 신하의 의리와 비교하면 똑같다. 하지만 임금은 신하에게 벼슬을 주어 귀하게 해 주고 녹봉을 주어 먹고살게 해 주니 은혜가 이미 크다. 그러니 신하가 그 은혜에 보답하려고 생각하지 않는 것은 잘못이다. 그 반면 주인은 노비에게 추위와 굶주림을 벗어나게 해 주지도 않으면서 온갖 힘든 일을 다 시킨다. 그런데도 주인이 성날 때는 형벌이 있어도 기쁠 때는 상이 없으며, 노비가 조금만 잘못해도 충성스럽지 않다고 꾸짖는다. 왜 그럴까?

신하 된 사람은 벼슬하고 싶다고 마음속으로 간절히 바라서, 어깨를 비집고 경쟁자들 사이를 뚫고 나가 구차하게 영예와 이익을 도모한다. 하지만 노비는 그렇지 않다. 도망갈 땅마저 없어서 어쩔 수 없이 매어 있는 신세이다. 그리고 신하가 임금을 섬기는 것은 명령에 따라 분주히 일하면서 계획을 짜는 데 지나지 않지만, 노비가 주인을 섬길 때에는 곤경에 빠져 허우적거리며 매를 맞거나 욕을 당하는 것이 다반사이니, 주인은 사실상 원수다.

그러나 임금이 죽으면 신하는 머리를 풀어 헤치지 않는 반면, 주인이 죽으면 노비는 그 처자식과 똑같이 머리를 풀어 헤친다. 그리고 신하가 죽으면 임금이 그 빈소에 가서 조문을 하고 제문을 보내어 제사 지내는 예가 있는 반면, 노비가 죽으면 주인이 한 번도 슬퍼하지 않고 술 한 잔도 부어 주지 않는다. 왜 그럴까?

나의 논밭을 관리하던 노비가 있었는데 그가 죽은 지 몇 년이 됐다. 우연히 그곳을 지나다가 물어보니, 그 무덤에 제사를 지내지 않은 지 오래되었다고 한다. 이에 나는 다음과 같이 제문을 지어 제사를 지내 주었다.

> 몇 월 며칠에 성호일인(星湖逸人 : 성호 자신을 가리킨 말—역자)은 죽은 노비 아무개의 무덤에 제사를 지낸다.
>
> 아! 나라에 옛 풍속 있어 노비와 주인의 의리를 임금과 신하에 비긴다. 그러나 신하는 반드시 임금의 은혜를 갚아야 하는 것이 당연하지만, 주인은 야박하면서 노비더러 충성하라 꾸짖는 게 어찌 이치에 맞겠는가?
>
> 너는 한평생 수고스럽게 상전을 받들었다. 내가 실로 너에게 많은 도움을 받았으니 어찌 차마 잊겠느냐? 네 자식이 불초하여 내가 예전에 타이른 적이 있었는데, 이제 과연 먹고살 길을 잃고 정처없이 떠돌아다니는 신세가 되었다. 그래서 네가 죽고 무덤에 풀이 우거졌는데도 벌초해 주는 이가 없구나. 살아

생전에 그렇게 고생하더니 귀신이 되어서도 항상 굶주리니 어찌 슬프지 않겠느냐?

내가 우연히 이곳을 지나다가 이 때문에 측달(惻怛)한 마음이 들어, 떡과 과일을 대충 갖추어 놓고 네 외손자더러 가지고 가서 제사 지내게 하고, 변변치 못하나마 몇 마디 글을 지어 주어 묘소 앞에서 불사르고 고하게 한다.

네가 비록 글을 모르지만, 귀신의 이치는 감통하여, 정성이 있으면 반드시 알아차리는 법이니, 너는 이 제사를 받아먹으라.

남들이 이 일을 보면 틀림없이 비웃을 것이다. 그러나 꼭 이렇게 하고 싶은 마음이 들었다.

---

보기 드문 작품이다. 성호의 말대로, 노비를 위해 제문을 지어 주고 제사를 지내 주는 것은 극히 이례적인 일이었던 듯하다. 이 글 전체를 관통하고 있는 것은 '측달한 마음'이다. 그것은 지극히 슬픈 마음이다. 존재의 밑바닥을 더듬었기 때문에 슬픈 것이다. 노비에 대한 성호의 인식과 태도는 이런 '측달한 마음'에서 비롯된 것이며, 그렇기 때문에 추상성을 탈피하여 구체성과 절실함을 획득할 수 있었던 것으로 생각된다. 다음 글 「노비 제도의 부조리함」과 함께 읽으면 더 좋을 것이다.

# 노비 제도의 부조리함

우리나라의 노비법은 천하 고금에 없는 것이다. 한번 노비가 되면 백세(百世)토록 고생해야 하는 것만으로도 불쌍한 노릇인데, 더구나 법에는 반드시 어미의 신분을 따르도록 규정되어 있으니, 그렇다면 어미의 어미와 그 어미의 어미의 어미로부터 멀리 10대·100대까지 소급하여 어느 대의 누구인지도 모르는데 그의 막연하게 먼 외손으로 하여금 하늘과 땅처럼 끝없는 고뇌를 받아서 벗어날 수 없게 하는 것이다. 만약에 이런 처지가 된다면, 안회와 백기[1]도 훌륭한 행실을 보일 수 없을 것이고, 관중과 안영[2]도 지혜를 쓸 수 없을 것이며, 맹분과 하육[3]도 용맹을 쓸 수 없어서 마침내 노둔하고 천한 부류가 되고 말 것인데, 더구나 남의 집에 붙어살면서 온갖 일을 해 주는 사람을 혹사하고 괴롭혀 살아갈 수 없게 하니, 아무리 천하의 곤궁한 백성이라도 이런 경우는 없다.

내가 예전에 여염집에 기숙한 적이 있는데, 벽 뒤에 노비들이 모여서 서로 원통함을 하소연하기에 자세히 들어 보니, 그 말이 모두 조리가 있었다. 그런데도 사람들은 다만 주인의 말만 듣고 못돼먹은 종놈이라느니 성질 사나운 계집종이라느니 하고 지

---

1_ 안회(顔回)와 백기(伯奇): 모두 효성스럽기로 유명했다.
2_ 관중(管仲)과 안영(晏嬰): 모두 춘추시대 제(齊)나라의 명재상으로, 부국강병을 이루었다.
3_ 맹분(孟賁)과 하육(夏育): 모두 중국 고대의 힘센 용사였다.

목하니 모두 잘못되었다. 송사(訟事)는 반드시 쌍방의 말을 모두 들어 본 다음에 시비를 판결해야 하는 것인데, 어째서 노비의 말은 유독 듣지 않는단 말인가? 노비의 말이 도리어 옳을 수도 있지 않은가?

　도연명(陶淵明)은 "노비도 똑같은 사람이니 잘 대하는 것이 옳다"고 했다. 사람을 인격적으로 대우하면서 그에게 일을 시킨다면 그 사람도 최선을 다할 것이라는 말이다. 또 옛날에 원(元) 아무개가 자녀에게 "자기 일에는 부지런하고 남의 일에는 게으른 것이 인지상정이다. 노비는 젊어서부터 늙을 때까지 매일 하는 일이 남의 일 아닌 게 없으니 어찌 일마다 최선을 다할 수 있겠느냐? 노여워하지 말고 다만 그들의 처지를 너그럽게 헤아려 주어야 한다"고 훈계했으니, 이 말이 참으로 옳다.

　옛날 사람은 노비의 모습을 두고 높은 탁자 위의 물건 같고, 가득 따른 물 같고, 길가에 둔 물건 같다고 했다. 탁자가 높으면 물건이 떨어지고, 물이 가득 차면 넘치고, 길가에 있는 물건은 잘 망가지니, 모두 남의 물건이기 때문이다. 노비가 마른 밥을 씹는 것은 늘 굶주려서 체하지 않기 때문이고, 빨리 잠이 드는 것은 피로가 심하기 때문이고, 옷을 거꾸로 입는 것은 용모를 꾸밀 겨를이 없기 때문이다. 이런 사정을 미루어 생각해 보면, 불쌍하지 않은 게 없다.

---

노비 제도와 관련된 중요한 글로 손꼽힌다. 서두에서부터 "우리나라의 노비법은 천하 고금에 없는 것이다"라는 선명하고 단호한 명제로 시작하는 이 글은 당시로서는 매우 혁신적인 사고를 담고 있다. 노비 제도의 부조리함을 밝힌 대목은 통렬하고, 노비의 고단한 처지를 언급한 대목에는 연민이 배어 있다. 참고로, 다른 글에서 성호는 노비에게도 벼슬을 시켜야 한다고 주장한 바 있으며, 천민 출신인 상진·반석평·유극량 같은 인물에 주목하기도 했다.

# 서얼 차별의 문제

근래에 이무(李袤)가 임금에게 글을 올려, 서얼이 벼슬하지 못하도록 금지한 것의 잘못을 논했다. 그 대략은 다음과 같다.

임금이 왕위에 오르면 나라 안에 왕의 신하 아닌 사람이 없으니, 비천한 사람 가운데서 또 어찌 귀천을 따질 필요가 있겠습니까? 벼슬을 내리는 권한을 임금께서 총괄하셔야지, 벼슬아치들에게 빌려 주어서는 정말로 안 됩니다. 그런데 지금 임금께서 총괄하지 않으실 뿐만 아니라, 도리어 벼슬아치들과 함께 문벌을 논하시니, 마치 명문가끼리 혼인을 의논하는 것 같습니다. 문벌은 그 집안이 높은 벼슬을 했다는 말입니다. 이 벼슬을 시키는 권한이 누구 손에 있기에, 이렇게 임금의 권한을 축소시키면서까지 문벌을 중시한단 말입니까? 우리 선조 대왕(宣祖大王)의 교서(敎書)에 "해바라기가 해를 향하는 것은 곁가지도 다름이 없다. 신하가 충성하고자 하는 마음이 어찌 정실부인의 적자(嫡子)뿐이겠느냐?"라고 하셨으니, 이 얼마나 훌륭한 말씀입니까? (…)

선유(先儒)가 말하기를 "사람이 정신과 마음을 바른 데 쓰지 않으면 사악한 데 쓰게 된다"고 했습니다. 지금 서얼들이 사람 축에 끼지 못하고 일개의 죄인이 되어, 어깨를 으쓱거리며 아양을 떨고 종처럼 비굴하게 굴면서 욕을 면하고 동정을 받습니다. 집안의 재산이 흩어져 자기 몸 하나도 건사할 겨를이 없으므로, 편협하고 울분을 품은 무리가 더러 슬프게 탄식하면서 세상에서 숨거나, 칼을 어루만지며 패거리 지어 저잣거리에서 행패를 부리거나 개백정질을 하는 것으로 호방한 기운을 쏟아 냅니다. 그중 타고난 자질이 중간 이하인 자들은 가난하여 먹고살 길이 없어서, 모두 선한 본성을 잃어버리고 온갖 수단을 강구하여 이익을 꾀하는 데로 들어갑니다. 사정이 이런데도 서얼치고 착한 사람이 많지 않다고 나무라는 것은, 사람을 똥구덩이에 밀어 넣고 더럽다고 침을 뱉는 격입니다.

임금은 백성을 똑같이 사랑해야 합니다. 백성 중에 어린아이처럼 돌봐야 할 사람 아닌 자가 없습니다. 비유하면 부모가 여러 자식을 기르는 것과 같습니다. 아이들이 모두 한 이불 밑에 있는데 힘센 아이가 약한 아이를 깨물고 발로 차는데도 부모가 이것을 금하지 않을 뿐만 아니라, 도리어 힘센 아이를 두둔하고 약한 아이를 나무라면 어떻게 되겠습니까? 『시경』(詩經)에서 말한바 뻐꾸기가 여러 마리의 새끼를 고루 사랑하듯이 임금도 백성을 두루 사랑해야 한다는 게 과연 이렇단 말입니까? 문벌 좋은 집안인지 보잘것없는 집안인지를 막론하고 다 같은 백성인데, 백성으로 백성을 제재한다면 거의 약육강식에 가깝지 않겠습니까?

어떤 사람은 서얼을 차별하는 것이 선대(先代)의 왕조로부터 이어진 옛 제도라고 핑계를 댑니다. 그러나 2백 년 내내 금지 했다가 선조(宣祖) 때에 이르러 서얼도 벼슬할 수 있도록 허용했으며, 또 인조(仁祖) 때에 이르러 서얼이 호조(戶曹)·형조(刑曹)·공조(工曹)의 벼슬도 할 수 있도록 허용했으니, 이 또한 그르단 말입니까?

『주역』에 "궁하면 변하고 변하면 통한다"고 했습니다. 궁하면 곧 극도에 달한 것이니, 바로 이때가 변해야 할 때입니다.

이 글은 명백하고 절실하여 사람으로 하여금 눈물을 흘리게 하니, 어느 누가 그르다 하겠는가? 그런데도 이 글대로 시행하지 않는 것은 어째서인가?

서얼에게 벼슬을 금지한 법은 서선(徐選)에게서 시작되었고, 강희맹(姜希孟)과 안위(安瑋)가 『경국대전』(經國大典)을 편찬할 때 더 심해졌다. 선조 초에 이르러 신유(申濡) 등 1,600여 명이 임금에게 글을 올려 억울함을 호소했더니, "해바라기가 해를 향하는 것은 겉가지도 다름이 없다"는 임금의 대답이 있었다. 변방에 반란이 일어나자 율곡(栗谷 : 이이)이, 서얼도 곡식을 바치면 과거 시험에 응할 수 있도록 허용하는 규정을 마련하여 시행했으나, 과거에 합격한 뒤에도 서얼에게는 으레 봉상시(奉常寺)나 교서관(校書館)에 서너 자리를 줄 뿐이었다.

인조 때에 이르러 부제학(副提學) 최명길(崔鳴吉) 이하 심지원(沈之源)·김남중(金南重)·이성신(李省身)·이경용(李景容)이 임금의 분부에 응하여 자세하게 논하고, 이조판서 김상용(金尙容)이 임금의 물음에 대답하자, 임금이 대신에게 신하들의 의견을 수렴하도록 명했다. 그 당시 이원익(李元翼)·윤방(尹昉)·오윤겸(吳允謙)의 의견에 모두들 이의가 없었다. 그제야 비로소 서얼에게도 요직을 허용하되, 문벌이 좋은 사람에게만 시킨 명예로운 벼슬은 허용하지 않았으니, 허용한 요직은 곧 호조·형조·공조의 낭관(郎官) 및 각사(各司)의 관원이다. 김수홍(金壽弘)도 임금에게 글을 올려 허용할 것을 청했으나 끝내 행해지지 않았다.

숙종 을해년(1695)에 영남 사람 남극정(南極井) 등 988명이 또 임금에게 글을 올려 억울함을 호소했으나 승정원에 의해 저지되었다. 이듬해 병자년에 이조판서 최석정(崔錫鼎)이 임금에게 글을 올려 이렇게 논했다. "서얼에게 요직을 허용한 뒤로 서너 사람을 후보자로 올린 것에 불과했으며, 그 뒤로 또 서얼에게 요직을 허용한 법이 시행되지 않았습니다. 비록 예전의 폐단을 갑자기 고치지는 못한다 하더라도 정해진 제도에 따라 그에 상당한 직책으로 처리하소서."

남극정이 임금에게 올린 글에 이런 말이 보인다. "『경국대전』을 반포한 뒤로 일 년 내내 크게 가물어, 굶어 죽은 사람이 줄줄이 생기니, 신하들은 이 일을 서얼에게 벼슬을 금지한 탓으로 돌렸습니다. 성종(成宗)께서 서얼을 불쌍히 여기시어 개혁하려 하시다가 미처 못하고 승하하셨습니다." 어느 책에 나오는 이야기인지 모르겠는데, 어떤 여자가 원한을 품고 죽자 3년 동안 지독하게 가물었다고 한다. 하물며 천 사람 만 사람이 백 년 천 년의 억울함을 품었으니 어떻겠는가?

그 뒤로 임금에게 의견을 아뢴 사람 또한 많았으니, 국정(國政)을 맡은 이가 만일 나랏일을 자기 집안일처럼 여기고 백성의 억울함을 자기의 억울함처럼 본다면 어찌 끝내 행하지 못할 리가 있겠는가? 재능에 따라 임용한다고 이미 말해 놓고, 서얼이 진출할 수 있는 벼슬을 다만 호조·형조·공조의 낭관으로 제한했으니, 이것이 곧 막힌 것이다. 그리고 율곡 때 서얼도 곡식을 바치면 과거 시험에 응할 수 있도록 허용한 것으로 말하면 구차할 뿐이다. 서얼 차별은 실로 고금 천하에 없는 것인데, 끝끝내 변함없이 이렇게 시행되고 있으므로 여기에 자세히 기록하는 바이다.

---

1_ 유자광(柳子光) 때문에~잘못된 말이다: 유자광(1439~1512)은 서얼로서 세조 13년 (1467)에 이시애(李施愛)의 난을 진압한 공으로 출세한 인물이다. 후에 그는 무오사화(戊午士禍)를 일으켜 수많은 선비들을 죽였다. 이에 사대부들은 이 일을 구실로 삼아 서얼의 벼슬길을 더욱 엄중히 막고자 했다고 보는 설이 있는데, 성호는 서얼 차별이 그보다 훨씬 전부터 있었던 뿌리 깊은 것이라고 강조하는 것이다.

또 상고하건대, 조선에서 서얼에게 현달한 관직을 허용하지 않은 것을 두고 사람들은 유자광 때문에 그런 법을 제정한 것이라고 하지만 이것은 매우 잘못된 말이다.[1] 유자광이 권력을 잡은 것은 광묘(光廟: 세조) 때였고, 태종 15년 을미(1415)에 임금이 서선의 말을 따라서, 서얼의 자손은 현달한 관직에 등용되지 못하게 했다. 『경국대전』은 성화(成化: 명나라 헌종憲宗의 연호) 5년 예종(睿宗) 기축년(1469)에 완성되었는데, 거기에서도 "재혼했거나 도의에 어긋난 행동을 한 부녀자의 아들 및 손자, 서얼의 자손은 문과(文科)·생원(生員)·진사(進士) 시험에 응하는 것을 금지한다"고 했고, 또 "도의에 어긋난 행동을 한 부녀자 및 재혼한 여자의 자식은 문관(文官)과 무관(武官)으로 등용하지 않고 증손에 이르러서야 비로소 허가한다"고 했다. 그러나 재혼한 여자의 자식에 대한 금지는 손자에서 그치는데, 서얼은 백대토록 허락하지 않으니 너무 심하지 않은가? 만력(萬曆: 명나라 신종神宗의 연호) 연간에 일어난 일곱 서얼의 반란[2]도 여기에서 촉발된 것이다.

근래에 홍만종(洪萬宗)의 『역대총목』(歷代總目)에 『경국대전』은 성화(成化) 7년 신묘(1471)에 완성되었고, 그 뒤 기사년(1509)에 이르러 비로소 '재혼한 여자의 자손은 문관과 무관으로 등용하지 않는다'라고 고치게 하고 '증손에 이르러서야 비로

---

2_ 일곱 서얼의 반란: 일곱 서얼은 곧 박응서(朴應犀)·서양갑(徐羊甲)·심우영(沈友英)·허홍인(許弘仁)·박치의(朴致毅)·이경준(李耕俊)·김경손(金慶孫)이다. 서얼 차별에 불만을 품은 이들 7인은 광해군 4년(1612)에 조령(鳥嶺)에서 은상인(銀商人)을 죽이고 은을 약탈했다. 이 중 박응서를 제외하고는 모두 사형 당했다.

소 허가한다'는 문구를 빼어 버렸다"고 했으니, 이것은 잘못된
말이다.

중국이나 일본과 달리 조선에서는 서얼 차별이 유독 심했다. 서얼은 사람 축에 끼지 못
한다는 말까지 있을 정도였다. 처첩 제도가 용인된 조선 사회에서 서얼의 수는 계속 증
가했지만, 기득권층은 관직을 독점하기 위해 서얼의 벼슬길을 막아 왔다. 결국 서얼 차
별은 사대부 계층의 자기 모순이 빚어낸 병리적 현상인 셈이다. 이 글에서 성호는, 이런
병폐를 해결하기 위한 여러 세대에 걸친 노력들을 기록하면서, 서얼 차별이 얼마나 뿌
리 깊고 고질적인 것인지 보여주고 있다. 나중에 서얼 출신인 이덕무(李德懋, 1741~
1793)가 정조(正祖)에게 서얼 차별의 부당함을 논할 때, 성호의 이 글을 인용한 바 있다.

# 환곡 제도의 폐단

서민은 가난하고 비천한 사람이다. 백성의 고통은 오직 가난하고 비천한 생활을 해 본 사람만이 알 수 있으니, 부귀한 사람들이 어찌 알 수 있겠는가? 하물며 깊은 궁궐에서 자란 임금이야 더 말할 필요가 있겠는가?

지금 상평법[1]을 없애고 환곡 제도만 시행한다. 하지만 환곡 제도란 것은 백성이 빚을 지게 하는 방법이다. 봄이 되어 식량이 떨어졌을 때 값도 정하지 않고 곡식을 내어 주니, 어느 누가 가서 받아 오지 않겠는가? 하지만 가을이 되어 곡식이 쌀 때, 관아에 쌓아 둘 동안 곡식이 축 날 것을 미리 셈하여 곡식을 더 받아 관아에서 최대한 많이 거두어들이다 보니, 잘사는 집도 재산이 거덜 나는 판인데 더구나 가난한 백성이야 어떻겠는가?

내 경험으로는 가난한 사람들은 죽음을 면할 수 있으면 그걸로 만족한다. 일단 죽음을 면했으면 배부른 것과 마찬가지로 여긴다. 부유해졌다가 가난해지고, 가난한 나머지 굶주려서 더러 죽기까지 하는 것은 모두 빚을 졌기 때문이다. 국가가 백성을 어루만지고 구휼한다고 하면서, 빚을 지게 하는 길로 백성을 꾀고 인도해서야 되겠는가?

---

1_ 상평법(常平法): 쌀과 면포 등을 값이 쌀 때 다소 비싸게 사들였다가 나중에 값이 오르면 다시 싼 값에 팔아서 물가를 조정한 방법. 선조(宣祖) 때 폐지되었다.

그뿐만이 아니다. 아무리 무이자로 빌려 준다 해도 그 역시 매우 해로울 뿐이다. 봄에 빌리고 가을에 갚으니 기간이 너무 촉박한데, 집안에 원래 있었던 재산을 계산해 보면 줄어들었으니, 작년에는 줄어들지 않았는데도 빌렸거늘 하물며 올해 이미 줄어들었다면 어떻겠는가? 작년에 한 섬이 줄었으면 올해는 두 섬이 줄 것이다. 가난한 백성은 밥이 없으면 죽을 끓여 먹고, 죽이 없으면 나물만 쪄서 먹으면 구차하게나마 연명할 수 있다. 이렇게 하면 고생스럽기는 하지만 재물은 절약할 수 있다. 하지만 일단 빌리고 나면 재물이 넉넉해지고, 재물이 넉넉해지면 절약하기 어렵다. 그러므로 굶주림을 참고 남에게 빌리지 않는 사람은 항상 살 수 있지만, 굶주림과 고생을 참지 못하여 남에게 빌리고 빚을 내는 사람은 틀림없이 재산을 지키지 못한다. 빌리는 것도 오히려 경계해야 하는데, 하물며 갑절로 갚아야 하는 환곡 제도는 어떻겠는가?

섭적(葉適: 송나라의 정치가)은 이렇게 말했다. "몇 대 동안 부유한 집안은 식구와 하인이 많고 씀씀이가 사치스럽다. 그러다가 논밭이 예전보다 늘어나지 않으면, 그들이 하루아침에 한탄하며 스스로 소비를 줄여 부유해지기 전의 생활로 돌아갈 수 있겠는가? 그럴 수 있는 사람은 아마 없을 것이다. 그래서 논밭도 팔고 값비싼 물건도 팔아서 충당하다가 재산이 거덜 날 때까지 그치지 않는 것이다." 이 말이 훌륭한 교훈이 된다. 사람이면 누구나 검소한 것을 싫어하고 사치를 좋아한다. 싫어하면 모면하려 하고, 좋아하면 쉽게 순응하는 법이다. 가난한 사람은 검소하게 살고 부지런히 일해도 넉넉하지 않은데, 곡식을 빌려 줘서 넉넉하게 해 준다면 무슨 짓인들 하지 않겠는가? 이 때문에 눈앞의 이익만 생각하고 훗날의 곤란은 잊어버리는 것이다.

　내가 직접 본 것만 해도 그렇다. 시골의 망한 집 열에 여덟아홉이 관아에서 곡식을 빌리고 사채(私債)를 썼기 때문에 그 지경에 이른 것이었다. 『시경』에 이르기를

저 넓고 큰 밭에서
해마다 많은 수확을 거둔다네.
내가 그 묵은 곡식을 가져다
우리 농부들에게 먹이니
예로부터 풍년이 들었다네.

라 했으니, 그렇다면 먼 옛날의 부세는, 해마다 수확의 4분의 1을 저축하여 3년이 되면 1년 생산에 해당하는 저축을 남겨 두었다가, 백성이 굶주리게 되면 나누어 준 것이니, 어찌 도로 갚게 하는 일이 있었겠는가? 지금은 사채를 금하고 국가가 그 이익을

독점하여, 심지어 백성에게 강제로 준 다음 도로 갚으라고 독촉하면서 군량미라고 핑계를 대서, 집안 살림을 몽땅 털어도 부족하면 먼 이웃과 소원한 친척에게까지 꼭 충당시킨다.

　내 생각은 이렇다. 지금 세상에 백성을 보호하려면 차라리 백성을 구제하는 방법을 시행하지 말고 백성 스스로 제 살 길을 찾도록 맡겨 둔다면 꼭 모두 죽지는 않을 것이고, 산 사람은 자기 집을 보전할 수 있어서 민심이 안정될 것이다. 큰 흉년이 들어 많은 백성이 굶주리는 지경에 이른다면 창고를 열어 진휼하면 될 것이다.

----

조선 후기의 심각한 사회 문제였던 '삼정(三政)의 문란' 중에서 폐단이 가장 심했던 것이 바로 환곡 제도이다. 환곡 제도는 춘궁기에 곡식을 빌려 주고 가을에 이자를 쳐서 돌려받는 구휼 제도이다. 그러나 이 제도는 오히려 백성을 더욱 고통스럽게 만들고 말았다. 성호는 그렇게 된 이유를 백성이 처한 현실에 입각하여 소상하게 분석한다. 그런 다음 성호는, 나라에서 어설픈 정책을 시행할 바에는 차라리 백성이 자기 살 길을 찾게 내버려 두는 편이 더 낫다고 주장한다. 겉으로는 '친서민'을 표방하면서 실은 백성의 현실을 외면한 탁상공론에 대한 비판이다. 국가는 결국 빚쟁이와 다를 바 없다는 성호의 지적이 여전히 통렬하게 느껴진다.

# 토지의 균등 분배를 위하여

훌륭한 정치라는 것은 결국 토지의 경계를 바르게 하는 데로 귀결된다. 그러지 않으면 구차할 뿐이다. 백성 간에 빈부격차가 나 불평등하다면 어떻게 나라를 잘 다스릴 수 있겠는가? 부유한 사람에게서 토지를 빼앗아 가난한 사람에게 줄 수 없는 것은, 다만 각자 자기가 차지한 토지를 자기 소유라고 여기기 때문이다. 사람들이 이런 관념에 이미 길들여졌기 때문에, 임금이 토지 제도를 한번 바꾸려 하면 깜짝 놀라 호들갑을 떨기만 할 뿐, 임금이 천하를 안정시키기 위해 그런다는 것은 도무지 모른다.

무릇 천하의 토지는 임금의 땅 아닌 게 없다. 백성들이 각각 논밭을 자기 이름으로 소유한 것은 임금의 땅 중 일부를 일시적으로 차지하고 있는 것에 지나지 않으니, 백성이 그 땅의 원래 주인인 것은 아니다. 비유하자면, 아버지의 집기를 자식들이 나누어 가진 것과 같다. 누구는 많이 갖고 누구는 조금 가져서 아버지가 그러지 말고 골고루 나누라고 명하면, 많이 가진 사람이 감히 그대로 차지하지 못하는 법이다. (…)

내가 예전에 「토지의 균등 분배를 논한 글」을 지었는데, 그

대략적인 내용은 다음과 같다.

농경지의 소유를 일정 면적 내로 제한하여 한 가구의 영업전1_
으로 삼는다. 소유한 농경지가 아무리 많아도 빼앗지 않고, 소
유한 농경지가 없어도 어서 사라고 재촉하지 않는다. 법으로
정한 면적의 땅 외에는 마음대로 사고팔게 하되, 많이 가진 자
가 그중 다른 사람의 영업전까지 차지하면 그 땅문서를 불살
라 버리고, 오직 관아에서만 그 땅문서를 보관하여 가난한 사
람이 농경지를 헐값으로 팔지 못하게 한다. 이렇게 한다면 가
진 땅이 없는 자들이 혹 조금이나마 농경지를 얻을 수 있을 것
이다.

영업전에 속하는 것은 위와 같이 하고 나머지는 따지지 않으
니, 이렇게 할 따름이다. 무릇 농경지를 팔려는 사람은 반드시
가난한 집일 것이다. 따라서 아무리 가난해도 땅을 팔 수 없게
한다면 부유한 사람이 차지할 수 없을 것이다. 그리고 아무리
가난한 집이라 해도 영업전을 경작하여 수입을 올리고 지출을
없앤다면 재산을 탕진하는 일은 없을 것이다. 농경지를 많이
소유한 부자가 농경지를 파는 것은 허락한다면, 자식들이 나
누어 가지고 있다가 더러 못난 자식들이 파산하다 보면 차츰
차츰 농경지가 고루 나누어질 것이다.

---

1_ 영업전(永業田): 한 집안에서 대대로 경작하는 땅.

별도의 논설이 있으므로 그 대략만 기록한다.

나중에 송(宋)나라 임훈(林勳)의 『본정서』(本政書)를 보니 내 생각과 대략 부합했다. 이 책은 선대의 훌륭한 학자(주희朱熹를 가리킴—역자)가 인정한 바이다. 이것은 부유하고 세력이 강한 자들의 마음을 크게 거스르는 것은 아니니, 오늘 실행하면 내일 반드시 그 혜택을 받을 것이다. 북위(北魏) 효문제(孝文帝) 때 조서(詔書)를 내려, 모든 백성에게 토지를 균등하게 나누어 주고, 뽕나무 50그루를 심어 대대로 먹고살 수 있는 생업의 기반으로 삼되, 모자란 사람은 종목(種木: 종자를 채취하는 어미나무)을 법대로 받게 하고, 여유 있는 사람은 남은 것을 팔 수 있게 했으니, 그 뜻이 대개 이와 같다.

그런데 어떤 사람이 이런 반론을 제기했다. "영업전을 팔지 못한다면, 상례(喪禮)나 장례(葬禮)와 같이 대단히 부득이한 경우에는 어떻게 대처할 수 있겠는가? 이는 반드시 시행되지 못할 것이다." 내 생각에 이 말은 토지를 균등하게 나누어 주는 제도를 제대로 이해하지 못한 데서 비롯된 잘못이다. "천하의 모든 제도에 완전히 이롭기만 하고 아무런 해가 없을 리 없다. 그러니 다만 그 이익은 어느 정도이고 그 해로움은 또 어느 정도인지를 살펴볼 따름이다. 만약 해로운 점만 거론하여 이로움까지 버린다면, 아무 일도 하지 않고 가만히 앉아 있어야 할 것이다"라고 주자(朱子: 주희)가 말한 바 있다. 먼 옛날에는 백성이 모두 농경지를 받았고, 사사로이 땅을 팔지 않았다. 이런 때라면 상례와 장례를 어떻게 했을까? 지금 매우 가난하여 농경지가 없는 사람이 상례와 장례를 치러야 한다면 또 어떻게 해야 할까? 이미 영업전을 만들었다면 이것은 곧 먼 옛날에 모든 백성이 국가로부터 농경지를 받은 것과 같은 것이니 어찌 마음대로 팔 수 있겠는가? 영업전은 공전(公田)에 준하여 만든 것이니, 그 외에는 곧 농경지가 없는 집이라는 것을 미루어 알 수 있다.

『본정서』에는 해당 농경지 아래에 주인의 성명을 적어 놓았다. 이는 농경지가 어미가 되고 사람이 자식이 되는 것이니, 이것이 매우 좋다고 주자가 칭찬했다. 이것이 곧 오늘날 시행되고 있는 것인데, 여기에 농경지의 등급을 추가하고 또 위치와 주인의 이름까지 기록했으니, 더욱 치밀하다. 다만 위치와 주인의 이름에 대한 기록이 더러 불분명하여 또 명나라의 어린도(魚鱗圖)만 못하니, 토지를 측량하는 자는 마땅히 알아야 할 것이다.

---

토지 소유의 불평등 문제를 다루었다. 일정 규모의 토지를 '영업전'으로 정하여 매매를 금하자고 한 것은 농민의 최소한의 생산 기반을 보장하기 위해서이다. 국가의 개입과 감독을 중시한 것은 지주 세력의 전횡과 편법을 막기 위해서이다. 대토지 소유자에게 그대로 소유권을 인정해 준 것은, 강제 몰수에 따른 반발을 고려한 현실적인 대안이다. 「토지의 균등 분배를 논한 글」의 원제는 「균전론」(均田論)으로, 『곽우록』과 『성호선생 전집』에 실려 있다. 공전(公田)에 대한 설명은 「조선 팔도의 물산」의 주석에 보인다. 어린도(魚鱗圖)는 일종의 토지 대장으로, 토지의 모양을 그림으로 나타내어 면적, 세액, 소유자 이름을 적은 것이다.

썩은 선비가 되지 않으려면

# 무엇을 위해 공부할 것인가

송나라 인종(仁宗) 때 정이천(程伊川 : 정이程頤)이 18세의 나이로 임금에게 글을 올려 스스로를 천거하면서 자신을 제갈량(諸葛亮)에 비견하고 임금 앞에 나아가 자신이 배운 것을 아뢰기를 원했다. 만약 그때 인종이 그를 불러서 어전(御前 : 임금 앞)에 오게 했다면, 그는 평소 마음속에 생각했던 것들을 틀림없이 자세히 말했을 것이다. 그의 학문이 실질적인 것에 힘쓴 것이 이와 같았다.

글 읽는 선비들은 일반적으로 모두 책에 쓰어 있는 대로 글을 욀 뿐, 절실하게 자기 몸에 체험하고 실천하여 세상에 기여할 생각은 하지 않는다. 그래서 유교의 경전과 현실의 시급한 문제가 판이하게 갈라져 별개의 물건이 되고 만 것이다.

지금 과거 시험을 준비하는 사람들은 성현의 말을 이리저리 인용하여 그럴싸하게 꾸며 글을 짓기는 하지만, 실은 말만 그럴듯하고 행동과 합치되지 않는다. 지금 떡이 앞에 있다고 치면, 그걸 본 사람이, 그 떡을 어떻게 만들고 모양은 어떤지 말할 수 있을지는 몰라도 당초에 먹어 본 적이 없어서 그 맛을 모르는 것과 같다.

『대학』(大學)의 도는 천하를 잘 다스리는 데 이를 정도로 크다. 비록 아직 벼슬을 하지 못한 낮은 지위의 유생(儒生)일지라도 이미 그 글을 외우고 익혔다면, 나라는 어떻게 다스려야 하는지, 천하는 어떻게 다스려야 하는지를 잘 이해해서 자기 몸에 갖추고 있다가, 만약에 질문하는 사람이 있으면 반드시 자기 가슴속에 쌓아 둔 것들을 조금의 머뭇거림도 없이 말할 수 있어야 비로소 올바른 학문이 된다.

옛날에 조정암(趙靜庵 : 조광조) 선생이 여러 유생을 이끌고 임금 앞에 나갔는데, 임금이 그 당시의 시급한 문제에 대해 묻자 한 사람도 제대로 대답하지 못했다. 선생이 옆에서 아무리 재촉해도 마침내 입을 여는 자가 없자 선생이 탄식을 그치지 않았다.

아! 이것은 유생만 책망할 일이 아니다. 세도(世道)가 잘못되어 그런 것이다. 만약 성인(聖人)의 시대에 살면서 성인의 옷을 자기도 입고, 성인의 말을 자기도 말하고, 성인의 행동을 자기도 해서, 조정에서도 이렇게 하고 시골에서도 이렇게 한다면 일과 이치가 합치될 것이고, 마음과 행동이 일치될 것이다. 그렇게 해서 사람마다 본받고 집집마다 익혀서 익숙해지면, 어진 사람은 반드시 벼슬에 나아갈 것이고, 어질지 못한 사람은 반드시 벼슬에서 물러날 것이다. 이렇게 된다면 어찌 그 유생들과 같은 병통이 있겠는가?

그 원인을 따져 보면, 오직 과거 시험 공부를 하느라 마음이 병들었기 때문이다. 과거 시험이라는 것은 출세를 탐하는 무리들을 사방에서 모아 놓고 오직 한 가닥 요행의 길을 터놓은 다음 사람들더러 뚫고 들어가게 하는 것이니, 세상에 실질적으로 쓸모있는 것과는 이미 정반대인 것이다. 이렇게 되면 유교의 경전은 다만 허황되고 화려한 글을 짓는 것을 돕는 데에나 사용될 뿐이다. 그래서 그들이 지은 글은 대체로 그럴 듯해 보이지만 막상 그들에게 물어보면 제대로 대답하지 못하는 것도 이상할 게 없다.

---

공허한 관념에서 탈피하여 실질적으로 세상에 도움이 되는 학문, 세상과 함께 호흡하고 세상에 대응하는 학문을 해야 한다는 것이다.

# 선비가 촌사람만 못하다니

## 1

내가 보니 시골의 무식한 백성들도 자기보다 나이 어린 사람의 말씨가 혹 무례하고 거만하면 반드시 "내가 네 큰형의 벗이다"라며 나무란다. 나중에 곰곰이 생각해 보니, 세상에서 흔히 하는 모든 말에는 필시 옛날의 풍속이 남아 있을 것이다.

친구 사이에는 형제의 의리가 있다. 따라서 자기의 큰형이 벗이라고 인정한 사람에게도 반드시 아우로 자처해야 할 것이다. 「왕제」(王制)를 상고해 보니, 동행자가 아버지 연배이면 내가 뒤에서 따라가고, 형님 연배이면 약간 뒤처져 따라가고, 친구끼리는 나란히 간다고 했다. 이렇게 친구 사이가 평등하다면, 형의 친구에게 자신을 낮추는 것이 분명하다. 아비를 섬기는 것에 준하여 아비의 친구에게까지 미쳤으니, 형을 섬기는 것에 준하여 형의 친구에게까지 미치는 것 또한 당연하며 지극히 충후(忠厚)한 일이다.

예전의 사대부의 아름다운 풍속이 필시 이러했을 것인데, 무식한 백성들 사이에서 아직까지도 없어지지 않은 것이다. 사대

192

부는 간사한 지능을 쓰고 위선적인 행동을 하는 게 습관이 되었다. 그래서 예전의 이런 좋은 풍속이 대번에 자취도 없이 모두 사라져 버려, 도리어 무식하고 어리석은 백성들에 못 미치는 경우가 왕왕 있는 것이다. 중국이 자신의 문화를 잃어버렸으면 그 주변의 오랑캐에게 배워야 한다는 것과 같은 이치다.

또 일상생활에서 살펴보면, 농사꾼이나 장사꾼은 남의 자리를 지나게 되면, 비록 평소에 서로 알지 못하는 사이더라도 반드시 몸을 구부려 인사하면서 "인사드립니다"라고 한다. 시전(市廛)의 사람들도 길에서 만나면 바빠서 서로 안부를 물을 겨를은 없지만 쌍방이 모두 허리를 굽혀 인사하고 지나간다. 절간의 중들도 다른 방을 지나가게 되면 열 번 지나면 반드시 열 번 합장을 하고 고개를 숙인다.

지금의 사대부들은 남의 자리를 지나거나 남을 만나더라도 절이나 읍(揖)을 하지 않는다. 그나마 조금 예의를 차리는 사람은 '공좌'(空坐)라 하니, '공좌'란 '실례지만 절하지 않고 앉겠습니다'라는 뜻이다. 또한 부모님께 아침저녁으로 문안 인사를 올릴 때에도 절을 하지 않으며, 하루 이상 외박할 게 아니면 다녀오겠다거나 다녀왔다고 부모님께 인사 드릴 때에도 절을 하지 않으니, 이상한 일이다.

## 2

　한번은 촌사람이 술자리에서 집으로 돌아가는데 술에 취해 제대로 걷지도 못했다. 그런데도 친지를 만나면 몸을 굽혀 절하는 것이었다. 도회지에서 예의범절이 사라지면 시골에서 찾는다더니, 이 말이 참으로 옳다. 이것을 보고 감흥이 일어나, 선비의 기풍이 그만 못한 것을 개탄했다. 이 일을 적어서 글방의 자제들에게 경계하는 바이다.

---

모두 당시 사대부의 기풍을 개탄하고, 배웠다는 사람에게서 좀처럼 찾아볼 수 없는 덕목을 오히려 농사꾼이나 장사치 등에게서 발견하여 높이 평가한 글들이다. 사대부의 자기반성이 서민과 하층민에 대한 재인식으로 이어진 것이다. 「왕제」는 『예기』(禮記)의 한 편이다.

# 시골 선비, 서울 선비

이항복(李恒福)은 늘 이렇게 말했다. "마소의 새끼는 시골로
내려가야 하고, 사람의 자식은 서울로 올라가야 한다." 마소는
살찌고 건강한 것이 으뜸이니 꼴과 콩이 많은 데로 가야 하고,
사람은 행실이 훌륭하고 일을 잘하는 것이 으뜸이니 예의가 있
는 데로 가야 한다. 궁벽한 시골에서 태어나 늙으면, 아무리 빼
어난 재주를 가졌더라도, 조정에서 벼슬하게 되면 어쩔 줄 모를
것이다. 그래서 "3대 동안 벼슬하지 못한 집안의 사람은 옷 입고
밥 먹는 예절도 모른다"고 하는데, 이 말이 그럴듯하다.

내 생각은 이렇다. 이미 세상에 사람으로 태어났으면 마땅히
사람의 일을 알아야 한다. 서울에는 온갖 일이 모여 있으니, 여
기서 일을 잘 익히지 못한다면 다시 무슨 일을 할 수 있겠는가?
하지만 일이 모이면 이익이 몰려들고, 이익이 몰려들면 마음이
동요되고, 마음이 동요되면 심성이 타락한다. 뛰어난 지혜를 타
고난 사람은 본디 어딜 가나 중심을 잡지만, 중간 이하의 사람은
혹 타락하지 않는 경우가 드물다.

옛날에는 예절을 도탑게 하고 교화를 숭상하여 비루한 것을
부끄럽게 여겼으나, 근래에는 온 세상이 이익과 욕심을 추구하

는 난장판이 되었다. 사람이 많으면 이익이 불어나고, 일이 모이면 욕심이 늘어난다. 그래서 서울의 부잣집 자제들이 모두 용모를 아름답게 꾸며 남의 호감을 사려고만 할 뿐 근본은 소홀히 하여, 입으로는 인간의 본성과 천명(天命)을 말하지만 마음속으로는 순박함과 진실함을 저버린다. 이렇게 하는 것은 겨우 세상 풍조나 따르는 재목을 만들 수 있는 방법일 뿐, 고매한 그릇을 기를 수 있는 방법은 아니다.

　　군자는 세상에 두루 용납되는 것을 천박하게 여기고 도(道)를 지키는 것을 귀중하게 여겨, 반드시 시골에서 경서를 연구하고 행실을 가다듬는다. 이는 고상한 척하려고 애쓰는 게 아니라, 성인이 마음속에 간직한 것을 연구하고 정치가 잘되었던 과거의 역사를 잘 알기 위해서는 이렇게 하지 않으면 안 되기 때문이다. 만약에 미적거리면서 임시변통이나 하고자 한다면 시골이 서울만 못하고, 세상이 난리를 당하여 어지러울 때에는 서울이 시골만 못하다. 그래서 『서경』(書經)에서는 훌륭한 인재가 궁벽한 곳에 숨어 있을 것이라 말했고, 『시경』(詩經)에서는 어진 사람이 빈 골짜기로 떠나간다고 말했으니, 이렇게 하면 거의 세상사를 꿰뚫어보고 어수선한 것을 피할 수 있을 것이다. 그렇다면 이항복의 말은 훈계투로 해 본 것에 지나지 않는다.

내가 예전에 나라 안을 두루 돌아다녔는데, 깊은 산골짜기에 있는 외딴 마을의 풍속은 매우 아름다웠지만, 사대부가 사는 곳에 이르니 그만 못했고, 고을 수령이 있는 군읍(郡邑)에 이르니 또 그만 못했고, 관찰사가 있는 감영(監營)에 이르니 또 그만 못했고, 서울에 이르니 또 그만 못했다. 지위가 높을수록 교화는 더 천박하고, 지역이 서울과 가까울수록 풍속은 더 안 좋아지니, 도읍이 결국 인재를 기를 곳이 아니라는 것을 이로써 알 수 있다.

---

서울이 시골만 못하다는 것이다. 조선 후기에는 서울의 도시적 성장과 번영을 배경으로 하여 도시적 문화가 활력을 띠었다. 그런데 성호는 그 이면을 문제 삼고 있다. 경우에 따라서는 '도시적인 것'에 대한 성호의 반감이 보수적이거나 퇴행적인 것으로 받아들여질 수도 있다. 그러나 그렇게 비판하기에 앞서 성호의 주안점이 그저 농촌 사회에 대한 향수 같은 것이 아니라 인간과 사회 전반의 '건강성'에 있다는 점에 유의할 필요가 있다. 이런 견지에서 '도시적인 것'이야말로 어떤 근본적인 결여를 안고 있는 것, 즉 가장 '빈곤한 것'이 될 수도 있다.

# 선비는 늘 가난한 법이다

선비는 늘 가난한 법이다. 선비란 벼슬 없는 사람을 일컫는 말이다. 그러니 선비가 어찌 가난하지 않을 수 있겠는가?

대저 재산이 없는 것을 가난이라 한다. 선비는 농사꾼이 아니니 여름에 농사짓는 괴로움을 감당할 수 없다. 하물며 농사에서 얻는 이익은 몇 갑절에 지나지 않으니, 만약에 본인 소유의 논밭이 없어서 남의 땅을 경작한다면 입에 풀칠하기에도 늘 부족할 것이다. 그렇게 되면 가난할 뿐만이 아니다.

선비가 재물이 있는 경우는 세 가지이니, 혹은 선조가 재산을 모아 후손에게 물려주었거나, 혹은 경영을 잘하여 이익을 남겼거나, 혹은 부당하게 남의 재물을 약탈한 것이다. 그러나 아무리 선조가 물려준 재산이 있더라도 자녀들에게 나누어 주고 결혼식이나 장례식 비용으로 모두 쓰게 되니, 재산이 줄어들지언정 늘어나지는 않는다. 이익을 도모하는 경우에는 마음가짐이 잘못된 데로 빠질 뿐만 아니라, 또 글 읽는 사람으로서 병행할 수 있는 것도 아니다. 마음은 두 군데로 쓸 수 없는지라 이쪽으로 들어가면 저쪽으로 나가 버린다. 글을 읽지 않을 수 없다면,

이익은 반드시 온 마음을 기울이는 사람에게로 돌아가는 법이고, 아무 곳에나 버려진 채로 내가 와서 가져가기를 결코 기다리지 않을 것이다. 이는 유백룡(劉伯龍)이 늘그막에 1할의 이익을 도모했다가 귀신의 비웃음거리가 된 것과 같다. 부당하게 얻은 재물로 말하면, 내 마음에 부끄러운 바가 있을 뿐만 아니라 그런 재물을 가졌다가는 반드시 재앙이 뒤따르니, 이것이 이른바 '간부'(姦富), 즉 '부정한 방법으로 부자가 된 사람'이다. 그러니 선비가 어찌 가난하지 않을 수 있겠는가?

가난하면 친구들과 멀어질 뿐 아니라 자기 아내가 먼저 나무라며, 다른 사람들이 천시하고 싫어할 뿐 아니라 자기 마음이 먼저 옹졸해진다. 그래서 가난하면 반드시 처음에 다짐했던 뜻을 잃게 되니, 이는 가난이 선비에게 늘 있는 일임을 알지 못한 데서 오는 병통이다. 그래서 "소견(所見)이 깊으면 근심이 얕고, 식견이 원대하면 환란이 적다"는 말이 있는 것이다. 선비는 늘 가난한 법인데 그렇다고 자기 뜻을 버린다면 무슨 짓인들 하지 못하겠는가? 옛날에 중유(仲由)는 낡은 옷을 입고도 부끄러워하지 않았고, 증자(曾子)는 해진 신을 신고 다니며 상송(商頌)을 노래했으니, 이것은 늘 가난한 상황에서 자기 뜻을 잘 지킨 것이다.

---

자신의 뜻을 지키는 것은 원래 어렵지만, 어려운 상황에서 꿋꿋하게 지키는 것은 더더욱 어렵다. 그런데 따지고 보면 결국은 선비가 원래 가난한 법이라는 사실을 의연하게 받아들이지 못하기 때문에 그런 것이다. 지금도 공부하는 사람은 이런저런 어려움을 겪는다. 하지만 옛날 사람들이 겪은 것에 비하면 과분하다. 그러니 이런 글을 대하고 나면, 나약해지는 생각을 가다듬지 않을 수 없다. 유백룡은 남조(南朝) 송(宋)나라의 인물이다. 그가 너무나 가난하여 장사를 할 계획을 세웠더니, 귀신이 곁에서 손뼉을 치며 껄껄 웃었다. 그러자 유백룡이 "가난한 것도 본디 운명인데, 공연히 귀신에게 비웃음만 받았구나"라고 탄식하며 그 계획을 포기했다고 한다. 중유와 증자는 모두 공자의 제자이다.

# 선비가 참아야 할 여섯 가지 일

　세간에서 "착한 사람은 복이 없다"고들 한다. 이것은 곤궁하고 가난한 것, 그리고 자손이 적거나 끊어진 것을 두고 한 말이다. 착하지 않은 사람은 이와 반대다.

　내가 생각해 보니, 하늘이 군자를 특별하게 대우해 주지는 못한다 하더라도, 무슨 마음으로 구태여 재앙을 입힌단 말인가? 매번 그 자취를 찾아 살펴보면 모두 '가난' 두 글자가 빌미가 된다. 착한 사람은 벼슬을 구차하게 구하지 않고 재물을 구차하게 얻지 않으며, 남과 경쟁하는 것을 수치로 여기고 남에게 베푸는 데 힘쓰니, 어찌 부유해질 수 있겠는가? 지키는 것은 도(道)이고, 일삼는 것은 글공부에서 벗어나지 않아, 세속에서 숭상하는 것과 사사건건 반대가 된다. 그러니 착한 사람이 가난하고 궁핍한 것이 진실로 당연하다. 또 이 시대에는 덕(德)을 숭상하는 풍속이 없다. 그러니 겸손하게 뒤로 물러나는 사람들이 곤궁하고 궁핍한 것이 당연하다.

　사정이 이렇다 보니 자제들은 학업에 힘쓸 수 없고, 고향에서는 덕행을 표창하려 하지 않고, 뜻밖의 불행에서 벗어날 수 없으며, 병이 들어도 치료할 수 없다. 얼굴이 초췌해질 뿐 아니라

풍류가 싹 사라지고, 남들이 조롱하고 나무랄 뿐 아니라 자신의 몸가짐 또한 잡스러움을 면치 못하며, 침체되어 기를 펴지 못하고 정처 없이 굴러다니며 방황하기까지 하니, 이 어찌 가난이 그렇게 만든 게 아니겠는가? 이른바 "착한 사람은 복을 받고 악한 사람은 재앙을 입는다"는 것이 다시는 그 흔적조차 찾을 수 없다. 아아! 이것도 운명인가?

하지만 선비가 힘써야 할 것은 여섯 가지를 참는 데에 있다. 굶주림을 참아야 하고, 추위를 참아야 하고, 수고로움을 참아야 하고, 곤궁함을 참아야 하고, 노여움을 참아야 하고, 부러움을 참아야 한다. 이것을 참아서 편안하게 여기는 경지에 이른다면 위로는 하늘에 부끄럽지 않고 속으로는 양심에 부끄럽지 않을 것이다.

----

착잡한 현실이다. 그렇다고 불평만 하며 살 수도 없다. 이런 현실을 직시하여 의연하게 버티면서 자기 갈 길을 가야 하는 것이다. 가난으로 인한 고통, 선비가 참아야 할 여섯 가지 일에 대한 언급 등에서, 이런 일을 몸소 겪어 온 당사자 특유의 절실함을 느낄 수 있다. 이 글이 실존적인 울림을 울리는 것은 이런 이유에서일 것이다.

# 내 어찌 좀벌레가 아니랴

나는 가난한 사람이다. 가난이란 재물이 없다는 말이다. 재물은 부지런히 힘쓰는 데서 생기는데, 부지런히 힘쓰려면 어릴 적부터 그 일을 익히지 않으면 안 된다. 그러니 내가 어찌 가난하지 않을 수 있겠는가? 오직 절약하는 수밖에 없다. 일상생활의 모든 일에 대해 십분 요량하여, 줄여서는 안 되는 것 외에는 일체 하지 말아야 한다. 가볍게 여겨 소비해도 괜찮겠거니 하는 생각이 조금이라도 있으면 안 된다. 아무리 지푸라기처럼 하찮은 물건이라도 쓸모가 있으면 모두 재물인 것이니, 무슨 물건인들 아까운 게 아니겠는가? 지금 물건 하나가 있는데 쓰지도 않고 내버린다면, 이는 그 물건을 난폭하게 해치는 것이다. 어진 사람은 이를 부끄럽게 여긴다.

재물 중에 곡식보다 더 중요한 건 없다. 하루 두 그릇 밥은 입 있는 사람이면 누구나 다 먹지만, 그렇다고 해서 꼭 모두 자기 힘으로 노력해서 곡식을 생산하는 것은 아니다. 그래서 재물은 모자라거나 없어지는 게 늘 걱정이다. 손으로 부지런히 일하지 않으면서 입으로 실컷 먹으려고만 한다면 벌레나 짐승과 무엇이 다르겠는가? 옛날의 군자는, 앉아서는 도(道)를 논하고 일어나서는 그 도를 실천했다. 그 공로는 부지런히 힘써서 곡식을 생산하는 것과 같으니, 이런 사람은 아무리 곡식을 많이 먹더라도 무방하다. 하지만 만약에 아무 생각 없이 편안히 앉아서 남이 애써 생산한 것만 빼앗는다면 그래도 되겠는가?

나는 천성이 글을 좋아하지만, 아무리 하루 종일 글공부하느라 끙끙거려도, 실 한 올 쌀 한 톨도 모두 내 힘으로 마련한 것이 아니다. 그러니 내가 어찌 천지 사이의 한 마리 좀벌레가 아니겠는가? 오직 다행인 것은 조상으로부터 물려받은 재산이 있어 몇 섬 몇 말이나마 받고 있다는 것이다. 그 가운데서 식량을 절약하여 많이 먹지 않는 것이, 나라를 위한 가장 좋은 계책이 된다.

대저 한 그릇에서 쌀 한 홉을 절약한다면 남들은 소용없다 하겠지만, 하루에 두 그릇이면 두 홉이 되고, 한 집에 열 식구라면 두 되가 되며, 한 고을에 만 가구라면 2천 말이나 되는 많은 식량을 저축할 수 있다. 하물며 한 식구가 소비하는 것이 겨우 한 홉에 그치는 게 아니지 않은가? 또, 한 사람이 1년 동안 먹는 게 허다하게 많지 않은가? 그 허비되는 것은 한 푼 한 홉도 모두 아까운 것이다.

우리나라 사람들은 많이 먹기에 힘쓰기로 천하에서 으뜸이다. 근래에 표류하여 유구(琉球)까지 간 사람이 있었는데, 그곳 사람이 비웃으면서 이렇게 말했다고 한다. "너희의 풍속이 항상 큰 사발에 쇠숟가락으로 밥을 떠서 실컷 먹으니, 어찌 가난하지 않겠는가?" 그 유구 사람도 예전에 우리나라에 표류해 온 적이 있는 터라 우리의 풍속을 익히 알고 있었던 것이다.

내가 예전에 보니, 해변 사람들은 세 사람이 나누어 먹어도 배고프지 않을 정도의 양을 한 사람이 먹고 있었다. 그러니 나라가 어찌 곤궁하지 않을 수 있겠는가? 어려서부터 배불리 먹는 것이 습관이 되면 창자가 점점 커져, 창자를 꽉 채우지 않으면 배고픔을 느끼게 된다. 습관이 들면 들수록 배고픔을 느낄 것이고, 그러다 보면 굶어 죽는 사람도 있을 것이다.

그런데 습관이 되어 창자가 커진다면 습관이 되어 작아질 수도 있을 것이다. 그래서 곡식을 끊고 먹지 않는 사람도 있는 것이다. 산과 들의 짐승이 아무리 얼음 얼고 눈이 쌓여도 죽지 않는 것은 그런 환경에 익숙해진 결과이니, 비록 늘 굶을 수는 없다 하더라도 너무 지나친 것을 어찌 줄일 수 없겠는가? 배고파서 참기 어려운 것은 마음 때문이지, 다만 배[腹] 때문에 그런 것만은 아니다. 중은 채소만 먹는데도 수척하지 않다. 혹 부모상을 당해 고기를 먹지 않으면 병에 걸리는 사람이 많은 것은, 육식에 길들여진 입맛 때문이다.

이로 말미암아 본다면, 지금 사람들이 배고픔을 참지 못하는 것은 마음이 안정되지 않았기 때문이다. 그 이유는 무엇인가? 전쟁이 이미 멀어지자 안일하게 지내는 게 습관이 되었기 때문이다. 삼국(三國) 이전에 전쟁이 끊이지 않았던 때에는 안일하게 지낼 수도 없었거니와, 굶주렸다고 해서 꼭 모두 죽은 것도 아니었다. 농사지을 틈이 없어서 곳간이 텅 비었으니, 늘 배부르게 먹고자 한들 어찌 그럴 수 있었겠는가?

지금 사람들은 아침 일찍 일어나서 흰 죽을 먹는 것을 '조반'(早飯)이라 하고, 한낮에 한 끼 먹는 것을 '점심'이라 한다. 부귀한 집에서는 혹 하루에 일곱 끼를 먹기도 하는데, 술과 고기가 남아돌고 진귀한 음식이 높이 쌓여 있어, 하루 동안 소비하는 것으로 백 명을 먹일 수 있을 정도이다. 이렇게 집집마다 모두 교만하고 사치스러우니, 민생이 어찌 곤궁하지 않을 수 있겠는가? 개탄스러운 일이다.

내 생각으로는, 일의 효과를 빨리 볼 수 있는 방법으로 배고픔을 참고 먹지 않는 것만 한 게 없다. 한 번 굶고 두 번 굶는다고 해서 반드시 병이 생기는 것도 아니고, 굶을 때마다 쌀이 한 되 두 되 불어나니, 약간의 굶주림도 참지 못하거나 쌀이 떨어지자마자 먼저 병이 드는 사람과 비교한다면, 어느 쪽이 더 어리석고 더 지혜로운가?

---

성호는 스스로를 '좀벌레'라 부르고 있다. 아무런 생산적인 일도 하지 않고, 그렇다고 세상에 달리 기여하는 것도 없는 지식인의 자괴감과 자기반성이 이 말에 담겨 있다. 성호라는 양심적인 지식인이 하층민의 참상에 직면하여 정직하게 대응한 결과 스스로를 '좀벌레'라 부르면서, 미안한 마음에 밥이라도 줄이려는 것이다.

# 콩죽을 먹으며

## 1

『사기』(史記)에 "병졸이 반숙(半菽)을 먹었다"라고 했으니, 이는 콩과 쌀을 절반씩 섞었다는 말이다. 나는 가난에 잘 대처한다. 좋은 콩을 구하던 중 붉은 것을 얻었는데, 씨알이 굵고 껍질이 부드러웠다. 쌀에 섞어 밥을 지었더니 맛이 달아 도리어 쌀밥보다 나았다. 그래서 나는 마침내 「콩밥 노래」(半菽歌)를 지어 가난한 집에 돌려 보게 했다. 나중에는 검은 점이 박힌 것, 푸른 것, 희면서 약간 노란 것을 얻었는데, 모두 씨알이 굵어서 보통 콩과는 다르고 붉은 콩과 비슷했다. 그중 흰 것이 특히 좋았는데, 껍질이 얇아서 익으면 쩍쩍 벌어졌다. 콩 덕분에 항아리의 곡식이 많이 절약되었다.

나는 그 붉은 것에 '불콩'(火菽)이라 이름 붙였고, 점이 박힌 것은 '얼룩콩', 푸른 것은 '파랑콩', 흰 것은 '점콩'(黵菽)이라 했다. '점'(黵)은 '밀갈색'(蜜褐色)이다. 나는 또 이렇게 말했다. "콩으로 죽을 쑤는 것은 공자(孔子)가 일찍이 말씀하셨던 것이다. 공자가 자로(子路)에게 "콩을 마시고 물을 마시더라도 그 즐

206

거움을 극진히 하는 것을 효(孝)라 한다"고 하셨다. '마신다'는 것은 "죽을 후루룩 마신다"고 할 때의 '마신다'와 같다. 묽은 죽이 아니라면 어떻게 마실 수 있겠는가? 선비는 늘 가난한 법이다. 그래서 공자가 가난에 대처하는 요령을 가르쳐 주신 것이다. 대저 벼와 보리 외에는 오직 콩이 소중하다. 그래서 『춘추』(春秋)에 콩에 대한 기록이 실린 것이다. 농가(農家)에 징험해도 콩의 소중함을 알 수 있으니, 사람의 풍속이 예나 지금이나 어찌 다르겠는가?"


## 2


문언박(文彦博)과 범순인(范純仁)이 '소박한 술자리'라는 뜻의 '진솔회'(眞率會)를 열었을 적에, 거친 쌀로 지은 밥 한 그릇에 술을 몇 순배 돌렸을 뿐이었다.

이때 문언박이 이런 시를 지었다.


콩죽을 마시니 안자(顔子)의 가난도 달고
생선을 먹으니 유랑(庾郞)의 가난도 아니 부끄럽구려.

그러자 범순인이 이렇게 화답했다.

모임이 잦아 간소함을 따라야 하니
마련한 게 간소해도 가난이 부끄럽지 않구려.

이는 사마광(司馬光)에 비해 더욱 검소한 것이다.

내가 근자에 '세 가지 콩을 먹는 모임'이라는 뜻의 '삼두회'(三豆會)를 만들었다. 누렁콩으로 쑨 죽, 콩나물 김치, 콩장, 이것이 '세 가지 콩'이다. 친척을 모아 즐겁게 담소를 나누다가 나는 장난삼아 이렇게 말했다.

"제군은 이것이 공자 집안의 법도임을 아는가? 공자님 말씀에 '콩을 마시고 물을 마신다'고 했는데, 콩은 마실 수 있는 물건이 아니니 죽이 아니고 무엇이겠는가? 문언박과 범순인은 아무리 벼슬이 높아도 오히려 그렇게 했는데, 하물며 우리같이 초가집에 살면서 논밭이 없어 먹고살 길이 없는 사람은 어떻게 해야겠는가?"

이 모임을 또 늘 이어 갈 수는 없다. 그래서 글을 지어 자손에게 경계를 남긴다.

---

모두 콩죽에 대한 글이다. 선비는 늘 가난한 법이며 밥이라도 줄여야 한다고 말한 성호의 구체적인 생활상을 보여 준다. 「콩밥 노래」는 『성호선생전집』권 5에 실려 있다. '불콩'·'일룩콩'·'파랑콩'·'섬콩' 등이나 콩죽에 대한 언급을 통해, 성호의 생각이 얼마나 구체적인지, 얼마나 일상생활과 밀착되었는지 알 수 있다. 안자(顏子)는 공자의 제자 안회(顏回)로, 지극히 가난한 가운데도 학문의 즐거움을 변치 않았다고 한다. 유랑(庾郞)은 남제(南齊)의 유고지(庾杲之)로, 너무 가난하여 오직 부추 겉절이·부추 데침·생부추 세 가지만 반찬으로 먹었다고 한다. 문언박(文彦博), 범순인(范純仁), 사마광(司馬光)은 모두 같은 시기에 활동한 송나라의 정치가로 두루 존경 받았으며, 검소한 생활을 하여 그와 관련된 많은 일화가 전한다.

중국과 일본 사이에서

# 이민족에 대한 중국의 편견

북위(北魏)의 효문제(孝文帝)가 낙양(洛陽)으로 도읍을 옮기고 절실히 중화(中華)를 사모한 것은 중원의 제왕이 견줄 수 있는 게 아니었다. 그래서 왕통(王通: 수나라의 학자)이 "중국의 도(道)가 땅에 떨어지지 않은 것은 효문제 덕분이다"라고 한 것이다.

당시에 왕숙(王肅)과 이안세(李安世) 등이 먼저 오랑캐 옷을 벗고 북방의 풍속을 끊고서 글공부를 열심히 했다. 그 일이 기특하니 마땅히 표창하여 드러내야 할 것인데, 지금 『자치통감강목』에는 생략되었다. 대저 중국의 역사책 가운데는 오랑캐라 하여 소홀하게 다룬 곳이 많으니, 또한 안타깝다. 사실은 요(遼)·금(金)·원(元) 세 나라에도 예악(禮樂)이 일찍이 구비되지 않았던 것이 아니다. "아무리 중국 사람이라도 중화의 문명을 지키지 못했으면 내쫓고, 아무리 오랑캐라도 중화의 문명을 지켰으면 끌어들인다"고 양웅(揚雄)이 말했으니 그 뜻이 매우 좋다.

---

성호는 이민족 국가에 대한 중국의 뿌리 깊은 편견을 지적하면서, 중국으로부터 오랑캐라 무시 당한 나라들이 실은 그 나름의 높은 문명을 이룩했다고 강조한다. 전근대 동아시아에서는 중국 중심의 문명관이 보편적으로 받아들여지다가 여러 요인에 의해 동요되었다. 성호의 이 글은 이런 동향을 보여 준다. 효문제(孝文帝)는 북위(北魏)를 중흥시킨 군주로 일컬어지며, 그의 대대적인 개혁 정책에 대해 성호는 여러 차례 높이 평가했다. 왕숙(王肅)과 이안세(李安世)는 모두 북위의 정치가로, 효문제의 개혁 정책에 협력한 인물들이다. 「토지의 균등 분배를 위하여」에서 성호는 효문제의 토지 제도 개혁을 모범적인 사례로 들었는데, 그 개혁안을 건의한 사람이 바로 이안세이다.

# 국제 정세와 생존 전략 1

## 원나라와 명나라의 지원

고려 원종(元宗)은 원(元)나라 세조(世祖)에게 큰 공로가 있어, 은총을 받은 것이 보통이 아니었다. 충렬왕(忠烈王)에 이르러서는 원나라의 부마(駙馬)가 되어 비할 데 없는 총애를 받아, 말만 하면 들어주지 않은 게 없었다. 이때는 원나라의 위엄이 사방에 떨쳐져 복종하지 않은 나라가 없었다. 그래서 순제(順帝) 이전에는 왜(倭)가 감히 고려를 건드리지 못했고 해구(海寇)도 감히 침략하지 못했으며, 대진국(大眞國)을 세운 포선만노(蒲鮮萬奴)는 금(金)나라의 후예로서 큰소리만 칠 뿐 감히 깊이 침입하지는 못했으니, 이것은 모두 원나라가 부지해 준 덕분이다. 그 뒤 원나라의 운수가 쇠하자 왜의 침략이 마치 불이 번지고 바람이 휘몰아치듯 맹렬해져서 동서남북으로 침입하지 않은 곳이 없었으니, 이는 모두 역사에서 확인할 수 있다.

대진국은 한때 황제라 칭한 것에 지나지 않았고 나중에 결국 세력이 약해져서 떨치지 못했으므로, 우리나라는 온 마음을 다해 명나라만을 섬겼다. 그래서 임진왜란 때 왜인(倭人)들이 모두

"조선은 명나라의 속국이다. 명나라가 반드시 군사를 일으켜 구원할 것이니, 조선을 쳐서는 안 된다"고 했던 것인데, 히데요시(秀吉)가 그 말을 듣지 않고 끝내 전쟁을 일으키고 말았다. 그러나 그때 우리나라가 잘 대처했기 때문에 일본에 대한 걱정이 영원히 없어졌다.


## 청나라의 등장

지금 중국이 파저강(婆猪江) 일대에서 일어나 천하를 소유하여,1_ 비록 재화(財貨)를 실어 날라 그 근거지를 풍요롭게 만들어 놓긴 했지만, 땅이 척박하여 비축할 곡식이 없기 때문에 그곳 백성은 오직 사냥을 해서 먹고산다. 동쪽으로 오라(烏喇)·영고(靈古)와 금나라의 옛 지역이 더욱 심하다. 이 지역에는 소금과 철이 희귀하며, 말[馬]은 잘되지만 소는 되지 않는다. 그래서 지금 회령(會寧)에서 그들과 무역할 때면, 그들은 반드시 토산품을 가지고 와서 농기구와 소를 다투어 사 가니, 그 풍속을 알 수 있다. 지금 듣건대 요하(遼河)로부터 곡식을 운반해 가는데, 북쪽으로 거슬러 올라 몽고의 책문(柵門) 밖까지 가서, 배에 실었던 곡식을 내려 수레에 싣고, 재를 넘어 역둔하(易屯河)에 이르

---

1_ 지금 중국이~소유하여: 청나라가 중원을 차지한 것을 말한다. 파저강 일대는 청나라의 발상지 허투알라(興京)를 가리킨다. 청나라 태조 누르하치(奴兒哈赤)는 허투알라에 있던 건주여진(建州女眞)의 추장이었으며, 파저강은 허투알라 일대를 흐른다.

러 다시 남쪽으로 오라와 영고까지 간다 하니, 그들이 본래부터 저축한 곡식이 없다는 것을 또 알 수 있다.

그들이 중국을 차지한 뒤로 모든 것이 풍부하고 사치스러워져 궁궐과 건물, 옷과 음식이 극도로 아름다워졌다. 이런 습관이 든 지 오래되었지만, 그러다가 하루아침에 나라가 망하면 그들은 결국 예전의 근거지로 돌아갈 것이다. 그렇게 되면 예전의 생활을 어떻게 견딜 수 있겠는가? 그 형세로 미루어 보면 아마도 우리나라를 침략할 뿐만이 아닐 것이다.

옛날 인조(仁祖) 때에 평안도 청천강 이북의 여러 고을이 저들의 침략과 포학에 시달렸다. 군사 문서가 정신없이 모여들고 백성이 줄줄이 포로로 잡혀가자 인조는 이렇게 말씀하셨다. "예로부터 망하지 않은 나라는 없으니, 차라리 내가 직접 정벌에 나서서 한번 싸워 보겠다." 전문(全文)은 기억나지 않지만 대개는 이와 같았다. 더구나 백 년이 지난 지금은 신하로서 그들을 섬긴 지 이미 오래되었고 세력도 현저하게 달라졌으니, 어찌 감히 그들을 거역할 수 있겠는가?

이렇게 보면 서북의 여러 고을은 결코 우리 소유가 아닐뿐더러, 저들이 어느 곳을 국경으로 정할지도 알 수 없다. 그리고 근래에 바다의 선박이 평안도와 황해도에 몰려들고 있는데, 이는 바로 중국이 산동(山東) 지방의 해금(海禁)을 푼 뒤로 요하(遼

河) 남쪽 지방을 왕래하는 어선(漁船)들이 출몰하여 무단으로 국경을 침범하기 때문이니, 형세로 미루어 볼 때 당연한 일이다.


## 해랑도 해적의 문제


이른바 해랑도(海浪島)는 일개의 작은 섬에 불과하다. 조정에서 일찍이 이점(李坫)과 전림(田霖) 등을 그곳으로 파견하여 토벌한 뒤에, 우리나라와 중국에서 잡혀간 사람들을 되찾아온 적이 있다. 그렇다면 비록 상고할 문헌이 없기는 해도, 그들이 우리에게 해로웠다는 것은 상상할 수 있다. 만약 중국의 기강이 해이해져 해랑도의 오랑캐가 멋대로 욕심을 부려 우리나라 충청도와 전라도의 세금 수송 선박을 약탈해 간다면, 우리나라가 망하는 건 시간문제다.

옛날에 우리 선조(先祖)께서 어떤 이에게 준 편지에 "세금을 운반하던 선박 두 척을 해랑도 해적에게 빼앗겼다"고 했으니, 그 조짐이 나타난 지 이미 오래되었다. 요즘 사람은 무사안일에 젖어 어떤 이는 "해랑도에 대한 이야기는 허황된 말이다"라고 하니, 멀리 내다보는 계책이 없는 것이 이와 같다. 만약 그렇다면 무엇 때문에 이점과 전림이 그곳으로 가서 토벌했겠으며, 또 무엇 때문에 우리나라 백성들이 그곳으로 잡혀갔단 말인가? 예전에는 외구(外寇)의 침입이 있으면 반드시 중국에 달려가 호소하여 그 구원병에게 도움을 받았으니, 이는 고려 때부터 모두 그랬다. 만에 하나 혹시라도 위에서 말한 것처럼 된다면 장차 어디에 가서 살려 달라고 할 것인가?


## 반성과 앞으로의 과제

남구만의 『약천집』(藥泉集)에 해양의 정세에 대한 글이 있는데, 다음과 같다.

저들(일본—역자)이 바다를 건너와, 말도 통하지 않는 나라(조선—역자)에 대해 욕심을 부리는 것은 엄두도 내지 못할 것이니 걱정할 필요가 없다고들 합니다. 그러나 임진년에 히데요시가 군대 출동 시기를 미리 통고해 왔는데도, 우리 조정에서는 "동쪽 끝 바다 밖에 있는 나라가 우리나라를 넘어 명나라를 침범한다는 것은 이치로 보나 형세로 보나 결코 있을 수 없는 일이다"고들 했습니다. 그리고 병자년에 청나라가 군대를 출동하겠다고 통고해 왔는데, 또 우리 조정에서는 "새로 일어난 오합지졸이 심양(瀋陽) 한쪽 구석에 있고 조대수(祖大壽)가 많은 군사를 거느리고 관문(關門) 밖에서 지키고 있으니, 형세로 보아 저들이 감히 움직일 수 없을 것이 틀림없다"고들 했으니, 그 말이 어찌 거짓이었겠습니까? 그러나 결국은 나라가 거의 기울어지고 뒤집어질 뻔한 위기를 면하지 못했습니다. 그렇다면 반드시 걱정해야 한다는 것도 진실로 망령된 말이고, 반드시 걱정할 필요가 없다는 것도 망령된 말입니다.

이것이 정확한 논의이다. 임진년 전에 히데요시가 왕위를 찬탈하고 왕을 시해했다는 잘못된 소문을 듣고, "천하의 악(惡)은 모두 똑같다"며 그와의 화친을 끊고 일본을 정벌해야 한다는 여론이 벌 떼처럼 일어났다. 병자년 전에 청나라와의 화친을 배척해야 한다고 주장한 자들이 청나라 사신을 죽이려 하자 그 사신이 도망쳐 버렸으니, 그렇다면 병자년의 난리는 사실은 우리가 끌어들인 셈이다.

다만 중국이 편하면 우리나라도 무사하고, 중국이 자기 자리를 보전하지 못하면 우리나라도 피해를 입는 것이 지금의 상황이다. 그러니 마치 봄에 더위를 대비하고 가을에 추위를 대비하는 것과 같이 해야 할 터인데, 여기까지 생각이 미친 사람을 볼 수가 없다.

---

국제 정세의 변화에 능동적으로 대처할 방안을 강구한 글이다. 일단 성호는 중국과의 관계를 중시한다. 그러면서도 중국이 약해질 경우 또 다른 심각한 문제가 발생할 것임을 예상하고 있다. 즉, 청나라가 언젠가 망한다면 일본은 물론 중국도 우리나라를 노릴 것이라고 성호는 우려한다. 조대수(祖大壽)는 명나라 장수로, 청나라의 전신인 후금(後金)의 군대에 대항하여 여러 차례 공을 세웠으나 결국 금주(錦州) 대릉하성(大陵河城)에서 패배하여 후금에 투항했다.

# 국제 정세와 생존 전략 2

고려 원종(元宗) 원년(1260)에 여섯 가지 일에 대해 몽고 황제의 허락을 받았는데, 그 조서(詔書)에 "의관(衣冠)만은 본국(本國: 고려를 말함―역자)의 풍속을 따른다"고 했다. 원종 3년에 또 몽고 황제의 허락을 받았는데, 그 조서에 "고려에서 요청한 것을 모두 허락한다. 의관도 바꾸지 않는다"고 했다. 이는 모두 의관을 바꾸라는 명령이 이미 있었는데 고려가 간청하여 허락을 얻은 것이다. 훗날 원나라가 중국의 주인이 된 뒤에도 한족(漢族)의 평상시 복장을 금하지 않았다. 지금은 천하가 이미 모두 머리를 깎았는데 오직 한 조각 땅덩어리에 불과한 조선만이 여전히 옛 제도를 보전하고 있으니, 이는 자기 힘으로 스스로 온전히 지킨 게 아니라, 하늘의 뜻이 여기에 있었기 때문이다.

우리나라는 천하에서 가장 약한 나라다. 땅이 구석지고 백성이 가난할 뿐만이 아니다. 기자(箕子)가 조선에 봉해진 뒤로 문명 교화가 끊어지지 않아 모두 예의범절의 나라로 일컬어졌지만, 문명 교화가 성행하면 군사적 대비가 허술해지는 것 또한 당연한 형세이다. 물려받은 영토를 지키는 것을 좋아하고 정벌을 싫어하며, 부지런히 강대국을 섬기고 천명(天命)을 두려워하여,

전후(前後) 3천 년간 오직 이렇게 하는 것을 원칙으로 삼았을 뿐이다. 혹시라도 이를 어기면 나라가 훼손되지 않은 적이 없으니, 모두 거울로 삼을 만하다.

몽고 황제가 자주 허락한 데에는 아마 다른 이유가 있었을 것이다. 만약에 고려가 한결같이 북방의 풍속을 따르다가 원나라와 혼합된다면, 고려 사람들도 활을 잘 쏘고 말을 잘 달리며 전쟁에 익숙해질 것이다. 그렇게 되면 우리도 곧 또 하나의 요(遼)가 되고 또 하나의 금(金)이 되는 것이니, 원나라와 다투어도 반드시 그들이 우리를 얕보지는 못할 것이다. 그럴 바에는 차라리 압록강을 한계선으로 삼아 고려 사람들을 그대로 내버려 두는 편이 낫다. 큰 갓을 쓰고 긴 띠를 차게 하며, 붓을 쥐고 글을 쓰느라 글공부에 지혜를 소모하게 하고, 과거 시험 공부에 힘을 다 쓰도록 해서 다만 맡은바 직무를 수행하고 공물을 잘 바치며 원나라 조정에 조회하도록 하는 것이 더 득이 된다. 이것이 원나라 황제의 본뜻이었을 것이다.

또 충숙왕(忠肅王) 때에 이르러, 고려에 원나라의 행성(行省: 원나라의 통치 기구)을 세우고 고려의 국호를 없애 고려를 원나라의 직할지와 같게 해 달라고 청한 사람이 있어서 태정제(泰定帝: 원나라 진종晉宗)가 그렇게 하라고 했는데, 이제현(李齊賢)이 원나라에 있으면서 도당(都堂)에 이런 글을 올리자 논의가 마침내 잠잠해졌다.

저희 나라는 땅이 천 리에 불과한데 그중 쓸모없는 땅이 10분의 7이나 됩니다. 그래서 그 땅에 세금을 매긴들 세금 운송 비용도 되지 않고, 백성에게 세금을 부과해도 세금 걷는 관리에게 녹봉도 제대로 지급하지 못하니, 조정(원나라 조정—역자)의 예산 중 만분의 일도 바칠 수 없는 형편입니다. 더욱이 땅은 멀고 백성은 어리석으며, 언어도 상국(上國: 원나라)과 같지 않고, 가치관도 중화와 전혀 다릅니다. 따라서 고려를 직할지로 삼는다는 소식을 들은 사람들은 틀림없이 의구심을 가질 것입니다. 그러나 그렇다고 해서 집집마다 찾아가 설득할 수도 없는 노릇입니다. 또 저희 나라는 왜와 바다를 사이에 두고 서로 바라보고 있으니, 만에 하나라도 왜가 이 소식을 듣는다면 저희를 경계로 삼지 않겠습니까?

내 생각은 이렇다. 왜의 땅은 비파 모양이라 뾰족한 머리가 서쪽을 향했다. 그래서 왜가 수시로 나와서 침범하고 약탈할 수는 있지만 외국의 군사는 들어갈 수 없다. 우리나라에서 왜관(倭

館)을 설치하여 후하게 대접하여, 영남의 세금 절반을 그곳으로 실어 가 그들을 잘 돌봐 주고 있다. 그 덕분에 변경(邊境)이 조금이나마 안정되었다. 그러나 만약에 중국이 군림한다면, 예전대로 하자니 명분이 없고, 그렇다고 제도를 바꾸었다가는 일본과 틈이 벌어질 것이다. 그렇게 되면 우리나라 한구석만 끊임없이 쇠잔해져 없어질 뿐 아니라 중국의 장강(長江)과 회수(淮水) 일대에서도 이 때문에 전쟁이 끊이지 않을 것이다. 이미 지나간 일은 논외로 치더라도 미래는 어떨지 알 수 없으니, 나라를 도모하는 사람이라면 마땅히 알아야 할 것이다.

---

중국과 일본의 틈바구니에서 한국이 어떻게 가까스로 자신의 영역을 지켜 왔는지 실감하게 된다. 고려나 조선과 같이 약한 나라가 강대국에 병탄되지 않고 자신의 문화와 영토를 지킬 수 있었던 것은 하늘의 뜻이라고밖에 달리 설명할 수 없을 정도로 기적적인 일이라고 성호는 말한다. 고려가 원나라에 합병되는 것을 막기 위한 이제현의 외교적 노력이 숨 가쁘게 느껴진다. 지금은 천하가 모두 머리를 깎았다는 것은, 이민족 국가인 청나라가 중원을 차지하여 중국의 문물제도와 생활 풍속이 바뀌었다는 뜻이다. 중국이 군림한다는 것은, 청나라가 조선과 일본 사이에 개입한다는 말이다. 조선과 일본이 연합한다면 자신에게 위협이 될 것이라 판단한 청나라는, 조선과 일본의 관계를 감시하고자 한 바 있다.

# 병자호란에 대하여

세상 사람들이 정축년(1637)의 일에 대해 논할 때, 백 사람이 논하면 백 사람의 마음이 모두 이쪽은 옳고 저쪽은 그르다고 하는 반면, 백 사람의 입은 모두 저쪽이 옳고 이쪽이 그르다고 한다.

어떤 사람이 이렇게 말했다. "청나라에 항복하는 것이 옳다고 주장하기 위해 태왕과 구천의 일¹을 인용하는 것은 적절하지 않다. 태왕이 값진 선물을 바쳐 북쪽 오랑캐를 섬긴 것이 옳긴 했지만, 그렇다고 해서 그가 어찌 신하로 복종한 것이었겠는가? 구천이 오(吳)나라에 복종하긴 했지만, 주(周)나라 정벌에 협력해야 했다면 그는 도리 상 따를 수 없었을 것이다."

이 말이 일리가 있지만 이 말에도 옳지 않은 점이 있다. 약소국이 강대국을 섬기는 것은 힘에 의해 굴복했기 때문이다. 그렇다고 해서 약소국이 마음으로 복종하는 것까지는 아니다. 약소국이 스스로를 신하라 일컬으며 군대를 보내 강대국에 협력하더라도 결국 힘에 의한 굴복을 면하지 못할까 두려운데, 더구나 강대국의 뜻을 거역한다면 나라를 보전할 수 있겠는가?

무릇 제후국(諸侯國)은 천자(天子)에게 애초에 나라를 받은

---

1_ 태왕(太王)과 구천(句踐)의 일: 모두 적에 대한 복종을 가리킨다. 태왕(太王)은 주(周)나라의 시조 고공단보(古公亶父)이다. 애초에 빈(豳)땅을 다스렸던 그는 북방 이민족의 침략을 당해 그들의 무리한 요구에 계속 응하다가 결국 기산(岐山)으로 근거지를 옮겼다. 구천(句踐)은 '와신상담'(臥薪嘗膽) 고사의 주인공이다. 월(越)나라 왕인 그는 오(吳)나라 왕 합려(闔閭)를 패배시켰으나, 나중에 그 아들 부차(夫差)에게 패배하여 굴욕적인 항복을 했다.

222

은혜가 없다. 어떤 제후국이 강한 이웃 나라로부터 침략을 당했는데 천자가 이를 금지할 수 없다면, 그 강한 이웃 나라에게 굴복하는 것은 어쩔 수 없다. 하지만 임진왜란 때의 일로 말하면, 우리나라가 거의 망해가다가 명나라의 구원 덕분에 겨우 보존되었으니, 이는 나라를 유지시켜 준 은혜이고, 나라를 준 것과는 다르다.

비유하자면 남의 기물(器物)을 지키는 것과 같아서 내 마음대로 할 수 없다. 내가 원래부터 가지고 있던 기물을 남에게 빼앗기게 되었는데 어떤 사람 덕분에 그 기물을 파손시키지 않았다고 하자. 그러면 그 은혜에 깊이 감사해야 할 것이다. 그러다가 훗날 또 어떤 힘센 사람에게 위협을 당하게 되었다고 하자. 애걸하면 기물을 온전히 지킬 수 있고, 예전에 나를 도와주었던 사람의 은혜는 다시 기대할 수 없다면, 장차 어떻게 대처해야겠는가? 내 입장에서는 마땅히 "이 기물은 이제 깨지게 되었지만, 예전의 은혜가 아니었다면 그나마 지금까지 지키지도 못했을 것이다"라고 해야 할 것이고, 저 사람 입장에서는 마땅히 "내가 예전에는 은혜를 베풀었지만 그 뒤에는 그러지 못했다. 저 사람이 지금 더 힘센 사람에게 애걸하고 있는 것은 예전에 우리에게 의지했던 것과 똑같은 일이다"라고 해야 할 것이다.

그러나 이것도 두 갈래로 나누어 한 말일 뿐이다. 더구나 조선이라는 나라는 내가 스스로 만든 것이 아니다. 바로 우리 조상께서 고민하고 노력하신 덕분에 대대로 전해 온 소중한 보배인 것이다. 그렇다면 어찌 자손으로서 남의 은혜를 중시하고, 조상의 고생을 소홀히 여길 수 있겠는가? 정축년의 일이 이것과 뭐가 다른가? 더구나 명나라에 대한 의리를 지키기 위해 청나라에 항복해선 안 된다는 것은 명나라 멸망(1644) 이전의 주장이다. 만약 정축년의 일이 명나라 멸망 이후에 생겼다면, 사대부들의 입장은 과연 어떤 쪽으로 정해졌겠는가?

옛 글에 "나의 목숨을 살려 준 은혜는 나의 목숨을 바쳐서 갚고, 나에게 귀한 물건을 내려준 은혜는 부지런히 일함으로써 갚아야 한다"고 했다. 만력제(萬曆帝: 명나라 신종神宗)가 천하의 군사를 출동시켜 우리나라를 도와주었으니, 이는 반드시 갚아야 할 은혜이다. 그 손자 숭정제(崇禎帝: 명나라 최후의 황제)에 이르러, 시대가 오래되지 않았는데, 나라 안이 혼란스러워 곧 망할 날만 기다린 것이 거의 10년이나 되었다. 그런데도 우리나라는 어찌하여 온 힘을 다하여 이자성(李自成) 같은 반란군의 무리를 치는 것을 돕기는커녕 느긋하게 잠자코 있으면서 틈 사이로 전쟁을 구경하기만 할 뿐 화살 하나도 쓰지 않았는가? 청나라와의 화친에 반대한 신하들이 그 당시에 모두 조정에 있었건만 이 문제에 대해서는 한 마디 언급도 하지 않았던 것은 어째서인가?

더욱 한스러운 것은, 남한산성에서 포위되어 있을 때 길을 막고 오랫동안 항거했다는 것이다. 청나라 측의 의도는 먼저 조선을 평정하여 장차 천하에 자신의 위세를 과시하려는 것이었다. 그래서 그들은 서둘러 돌아가려는 생각에, 하늘을 가리켜 맹세까지 해 가며 겨우 남한산성을 함락시켰던 것이다. 그런데 국서(國書)가 오갈 때 조선 측에서는 어째서 이렇게 말하지 않았던 것인가?

저희 나라는 크기가 작고 국력이 약하니 강대국을 섬기는 것이 저희 분수이고, 다른 것은 돌볼 겨를이 없습니다. 그러나 저희 나라는 이미 명나라의 은혜를 입은 덕분에 임진왜란 때 망하지 않을 수 있었습니다. 그 은혜가 뼈에 새겨져 잊기 어렵다는 것은 대국(大國: 청나라)도 잘 아실 것입니다. 이제 저희가 무릎을 꿇은 이상, 분부하시는 것이라면 모두 받들어 따를 뿐 더 이상 아까울 것이 없습니다. 하지만 명나라 정벌에 협력하라는 것으로 말하면 차라리 죽을지언정 도리 상 따를 수 없습니다. 이 도리는 예나 지금이나 변하지 않습니다. 만약 대국의 위엄스러운 명령에 겁먹어 저희 나라가 하루아침에 명나라를 공격한다면, 혈기(血氣) 있는 모든 사람들이 틀림없이 침 뱉고 더럽게 여길 것입니다. 이렇게 변절하여 의롭지 않은 나라를 어디에 쓰시겠습니까? 만약 이런 정성을 헤아려 맹세를 곡진히 이루어 주신다면, 저희는 어떠한 곤경이라도 마음에 달게 여겨, 명나라를 잊지 않는 마음으로 반드시 대국을 섬길 것이니, 어찌 천하에 신의(信義)를 보이는 데 조금이나마 도움이 되지 않겠습니까?

이렇게 말했더라면 저들도 틀림없이 인색하게 굴지는 않았을 것이다. 그런데 그 당시 신하들은 이런 계획은 내지 않고 한갓 칼로 목을 찌르거나 수건으로 목매어 자살하려고만 했으니, 이것은 헛된 죽음에 가깝지 않겠는가?

그리고 얼마 되지 않아 조선은 청나라의 등주(登州: 중국 산동성의 고을) 정벌을 돕기 위해 군사를 자주 보냈다. 이 당시에는 숭정제가 아직 무사하게 명나라 수도에 있었다. 그런데 어찌 차마 이런 짓을 할 수 있었단 말인가? 분노를 금할 길이 없다. 명나라와 교통하지 않겠다는 말이 진실로 청나라와의 맹약 조항에 있긴 했지만, 군사를 출동하여 명나라 변방을 공격하겠다고 말한 적은 없지 않은가?

어째서 정직한 신하로 하여금, 군대를 출동하는 것은 맹약에 없는 내용이라고 죽음을 무릅쓰고 말하고 도의적인 이유를 내세우며 버텨서 우리의 요청을 승낙 받도록 하지 못하고, 다만 저들의 위엄을 두려워하여 아무 거리낌 없이 명나라 정벌에 협력했단 말인가? 이렇게 하고도 오히려 깜깜한 방 안에서 주먹을 불끈 쥐고 눈을 부릅뜨면서 대의(大義)를 외쳐서야 되겠는가?

옛날에 요(遼)나라가 망할 때 곽약사(郭藥師)는 송(宋)나라 편에 붙었다. 휘종(徽宗)이 곽약사에게 명령을 내려 천조(天祚: 요나라 최후의 황제)를 잡아 들여 연산부(燕山府: 요나라의 수도) 사람들의 희망을 끊게 했다. 이에 얼굴빛이 변한 곽약사는 이렇게 말했다. "천조는 저의 옛날 임금입니다. 다른 일은 감히 사양할 수 없거니와, 만약에 제가 명령에 따라 천조를 해친다면, 이는 폐하를 섬기는 방법이 못 됩니다." 이렇게 말하고 나서 곽약사가 눈물을 비처럼 줄줄 흘리니, 휘종 황제는 그를 충신이라 했다. 조선이 등주 정벌에 협력했을 당시, 곽약사처럼 직언한 사람이 조정에 한 명도 없었던 것을 나는 흠으로 여긴다.

---

정축년(1637)은 조선이 병자호란에서 패배하여 청나라에 굴욕적인 항복을 하고 삼전도 강화 협정을 맺은 때이다. 서두에서 성호가 인용한 어떤 이의 말은, 남구만(南九萬, 1629∼1711)이 최명길(崔鳴吉, 1586∼1647)의 주화론(主和論)을 비판한 편지의 한 대목이다. 삼전도 강화 이후 청나라는 조선에 여러 차례 파병 압력을 넣었다. 이에 조선은 청나라의 명나라 정벌에 협조할 수밖에 없었다. 성호가 거론한 등주(登州) 정벌 파병이 그 한 예이다. 임진왜란 때 명나라는 구원병을 보내 조선을 도운 바 있다. 그에 대한 채무의식으로 인해 조선의 신료들은 명나라와 청나라 사이에서 유연하게 대응하지 못했다. 이 글에서 성호는, 명분론에 사로잡혀 현실감각을 상실한 조선의 신료들을 비판하면서 명나라에 대한 채무의식을 상대화하는 동시에 청나라와의 관계를 승인하는 논리를 편다. 그러면서 성호는 다른 한편으로, 말로만 명나라에 대한 의리를 부르짖고 그에 상응한 대처를 하지 못한 신료들의 위선을 질타한다. 성호의 시대에는 이미 망한 명나라를 여전히 높이면서 청나라에 대한 적개심을 불태우는 것이 정치 이데올로기로 이용되었다. 이와 달리 성호는 명나라의 은혜는 은혜대로 인정하면서 현실주의적 입장에 서서 복잡다단한 국제정세에 대응하고자 한 것이다.

# 전쟁이냐 화친이냐

적국(敵國)과 이웃하는 방법에 오직 두 가지가 있을 뿐이다. 화친할 만하면 화친하고 관계를 끊을 만하면 끊는 것이다. 중간에서 어중간한 태도를 취해서는 안 된다. 관계를 끊는 방법에는 두 가지가 있다. 끊으면 적국이 반드시 노하고 노하면 반드시 침략할 것이니, 내 힘을 스스로 헤아려 막을 수 있으면 막고, 혹 세력이 대등하지 않아 막을 수 없다면 비록 나라가 훼손되거나 멸망할지라도 후회하지 말아야 한다. 의리의 소재로 볼 때 어쩔 수 없다.

약소국이 강대국을 상대하는 데는 이 밖에 다른 방법이 없다. 그런데 이미 막지 못할 것을 알고 있으면서도 훼손되거나 멸망하는 것을 싫어하여, 실은 속으로 근심하고 겁내고 있으면서 겉으로는 적국을 무시하는 거만한 태도를 보여, 기어이 도륙을 당한 뒤에야 화친을 빌고 항복을 비니, 그 무모함을 잘 알 수 있다. 옛날에 추목공(鄒穆公)이 노(魯)나라와 싸우다 패배했는데도 뉘우칠 줄 모르고 도리어 백성을 많이 징발하여 승리하고자 했으니, 스스로의 능력을 헤아리지 못한 것이 이와 같았다.

맹자는 이렇게 말했다. "작은 것은 큰 것을 대적할 수 없고, 적은 것은 많은 것을 대적할 수 없고, 약한 것은 강한 것을 대적할 수 없다." 이 말이 옳은지 그른지는 굳이 따질 필요도 없다. 마치 사마귀가 수레바퀴를 막듯이 허장성세를 부리다가, 다행히 멸망하지 않고 가까스로 살아남아 숨을 헐떡거리다 조금 진정되면, 이내 입을 놀려대며 겉으로 노여워하고 위엄 있는 척하면서 전쟁을 일으키자고 주장하니, 이것이 도시에서 얻어맞고 집에 돌아와서 깜깜한 방에서 용기를 뽐내는 것과 무엇이 다른가? 그러므로 화친을 할 것이냐 아니면 전쟁을 할 것이냐에 대한 판단은 반드시 스스로의 힘을 먼저 헤아리는 데서부터 시작해야 한다.

---

중국과 일본 사이에서 어떻게 생존해 나갈 것인가는 예나 지금이나 첨예한 문제가 아닐 수 없다. 임진왜란과 병자호란을 통과한 성호의 시대에 이 문제는 생사를 건 절실한 과제였다. 이 글에서 성호는, 아무 힘도 없으면서 강경론을 펼치다가 강한 적 앞에서는 비굴하게 굴더니 뒤에서는 또 적을 깔보고 허황된 강경론을 펼친 조선 신료들 특유의 뿌리 깊은 위선과 자기기만을 통렬하게 비판하고 있다. 병자호란 당시 척화론을 주장한 사람들, 그리고 그 뒤로 그 주장을 계승하여 청나라에 대한 적개심을 정치 이데올로기로 이용한 집권층을 겨냥한 발언으로 생각된다.

# 일본에 대하여

## 일본의 출판문화

일본은 비록 섬나라지만 개국한 지 오래되었고 전적(典籍)도 모두 갖추어졌다. 진순(陳淳)의 『성리자의』(性理字義)와 『삼운통고』(三韻通考)는 우리가 일본에서 얻은 것이다. 우리나라의 『이상국집』(李相國集: 이규보의 문집)도 국내에서는 이미 없어졌는데 일본에서 구해 와 다시 간행한 것이다. 일본 판본은 글자의 획이 가지런하다. 우리나라 판본은 거기에 비교가 되지 않으니, 그 풍속을 알 수 있다.

## 쓰시마의 풍속

쓰시마(對馬島) 사람은 간사하기가 특히 심하다. 그러나 깊은 두메산골의 풍속은 충성스럽고 신실하고 정직하여 아무리 나라 안의 비밀일지라도 숨기지 않으니, 아마도 교활한 풍습은 우리나라가 더 심한가 보다. 요동(遼東)·심양(瀋陽) 사람들 말에 이런 게 있다. "세상의 온갖 물건 중에 길들일 수 없는 게 없어서, 사나운 짐승도 간혹 길들일 수 있다. 하지만 오직 고려[1] 사람만은 길들일 수 없다." 쓰시마에 간사한 사람이 많은 것은 그곳이 서쪽에 가깝기 때문이다. 게다가 땅에 오곡(五穀)이 없어서 장사를 해서 먹고사니, 어떻게 순후한 본성을 보전할 수 있겠는가? 우리나라의 풍속을 예로 들어 보면, 깊은 산골짜기의 풍습은 틀림없이 순박하고 서울에 가까울수록 안 좋다. 이와 마찬가지로 생각해 보면, 쓰시마에 간사한 사람이 많은 이유를 알 수 있을 것이다.


## 일본의 유학자들


일본의 법은 매우 각박하다. 우리나라의 서적은 일본으로 유입되지 않는 게 없는데 그곳의 서적은 일본 밖으로 유출되지 못하게 금지되었으니, 이것은 법령이 엄하기 때문이다. 근래에 듣건대 충성스럽고 의로운 어떤 선비가, 에도(江戶: 도쿄東京의 옛 이름)는 강성해지는 반면 교토(京都)는 쇠약해지는 것에 분개하여 뜻있는 일을 하고자 했으나, 명망과 지위가 높지 않아 실행할 만한 게 없었다고 한다. 교토는 왜황(倭皇)이 사는 곳이고, 에도

---

1_ 고려(高麗): 여기서는 조선까지 통칭하는 말로 쓰였다.

는 관백(關白)이 사는 곳이라 한다.

이에 앞서 야마사키 안사이(山崎闇齋)와 그의 문인 아사미 케이사이(淺見絅齋)란 사람이 있었는데, 그 주장이 과격하여, 허형²_이 원(元)나라에서 벼슬한 것을 두고 그르다 했으니, 이는 무슨 까닭이 있어서 한 말이다. 이 두 사람은 일찍이 나라의 부름에 응하지 않았다. 또 아사미 케이사이의 문인으로 성은 '와카'(若), 이름은 '신죠오'(新饒), 자는 '츄우엔'(仲淵), 호는 '슈사이'(修齋)란 사람이 있는데 학문이 정밀하고 명확하며 대의(大義)를 담론하는 것을 좋아했다. 스스로를 송나라의 충신 악비(岳飛)와 명나라의 지조 있는 학자 방효유(方孝孺)에 견주고, 항상 교토를 부흥시킬 뜻을 품었으니 실로 훌륭한 선비다.

## 관백과 천황의 존재

관백은 동쪽 끝에 있는데, 일찍이 '왕'(王)이라 칭하지 않고 '세이이 다이쇼군'(征夷大將軍)이라 한다. 그리고 그 동북쪽에는 에조국³_이 있는데, 그 땅은 북쪽으로 돌아 흑룡강(黑龍江) 밖에까지 이어졌다. 그곳 사람들은 매우 사납고 독살스러워서 제어하기 어려우니, 마치 흑룡강 인근의 대비달자(大鼻撻子: 지금의

---

2_ 허형(許衡): 송나라가 망하자 원(元)나라에서 벼슬했다. 인품과 학문으로 존경 받았지만, 원나라에 투항한 것에 대해서는 평가가 엇갈린다.
3_ 에조국(蝦夷國): 아이누족이 거주한 홋카이도(北海道) 이북 지역을 말한다.

러시아인) 같다. 그 호칭을 '세이이'(征夷: 오랑캐를 정벌한다는 뜻—역자)라 한 것은 이런 종족들을 진압하기 위해서이니, 중국이 연경(燕京)에 도읍한 것과 같다.

왜황이 권력을 잃은 것은 6백~7백 년에 지나지 않으니, 국민이 원하는 바가 아니다. 충성스럽고 의로운 선비들이 그 사이에 차츰차츰 나오고 있는데, 그들의 명분이 바르고 주장이 이치에 맞으니, 나중에 반드시 한번 성공할 것이다. 만약 에조국 사람들과 힘을 합쳐 천황을 끼고 제후에게 호령한다면 꼭 대의를 펴지 못하리라는 법도 없으니, 일본 66주(州)의 태수(太守)들 중에 어찌 한목소리로 호응하는 자가 없겠는가?

만일 이렇게 되면 저편은 천황이고 우리는 제후이니, 장차 어떻게 대처해야 할까? 죽은 아들 맹휴(孟休)가 이런 말을 한 적이 있다. "통신사(通信使)를 보낼 때, 서찰 및 예물과 문서는 우리나라 대신으로 하여금 상대방과 대등하게 하도록 했어야 했는데, 나라를 도모하는 자가 멀리 생각하지 않고 눈앞의 미봉책만 세웠고, 또 관백이 왕이 아닌 줄 알지 못하여 일이 이 지경에 이르렀으니, 몹시 애석합니다."

---

출판문화, 풍속, 학술, 정치 등 일본에 대한 성호의 관심은 끝이 없다. 성호가 거론한 일본 유학자들은 주자학의 영향을 받아 군신(君臣)의 의리를 강조한 결과, 천황은 실권이 없고 관백이 실권을 쥐고 있던 일본의 현실에 갈등을 느꼈던 인물들이다. 성호는 이들을 '충성스럽고 의로운 선비'라 소개하고 있다. 또한 성호는 관백의 존재에 각별히 유의하면서 그와 관련된 외교적 문제에 대해 우려를 나타내고 있다. 관백이 실권자이긴 하지만 일본에 엄연히 천황이 있으며, 천황이 권력을 회복할 가능성을 배제할 수 없으니, 조선 국왕이 관백과 대등한 예를 하는 것은 마땅하지 않다는 것이다. 메이지유신 이후 일본은 천황 명의의 국서를 조선에 보냈는데, 조선 측이 접수를 거부하여 심각한 외교적 갈등이 생긴 바 있다. 결국 성호가 우려했던 대로 된 것이다.

# 수비에 능한 일본

일본 사람들은 성(城)을 지킬 줄 안다. 일본 땅은 비파처럼 생겨 뾰족한 머리가 서쪽을 향해 있어서, 동쪽에서 들어오는 자는 모두 이곳을 경유하므로 방어력이 분산되지 않는다. 그리고 동북에는 침입할 만한 나라가 없고, 또 에조(蝦夷)의 광막한 들이 있으니 걱정할 바가 아니다.

일본 사람들이 진영(鎭營)을 설치할 때 대장은 중앙에 있고 편장(偏將)은 바깥에 있다. 그렇기 때문에, 설령 전쟁에서 패배한다 해도 중앙의 권력은 그대로 남아 있어서, 아무런 변동 없이 예전처럼 명령을 내린다. 그 반면 우리나라의 북병영(北兵營)은 변방에 고립무원으로 있으니, 일본과 비교가 되지 않는다.

그리고 일본 사람들은 성을 쌓을 때 아래쪽은 넓게 하고 위쪽은 좁게 한다. 그래서 성벽을 타고 올라가지 못하며, 아무리 충격을 가해도 허물어뜨릴 수 없다. 그 반면 우리나라의 성은 우뚝 서서 허물어지기 쉬우니, 일본과 비교가 되지 않는다. 그래서 일본은 성을 공격하기가 매우 어려워 예로부터 병란의 걱정이 없었다.

또 임진왜란 때를 예로 들면, 일본군이 먼저 평양성(平壤城)

234

에 버티고 있었는데, 명나라의 구원병이 당도하자 일본군은 성 안으로 퇴각하여 토굴을 많이 만들었다. 비록 성이 허물어지고 성문이 열려서 기병(騎兵)과 보병(步兵)이 쳐들어왔지만 일본군은 오히려 토굴 속에서 총을 쏘며 항거했다. 게다가 토굴이 견고하여 부수기가 쉽지 않았으므로, 북쪽에서 온 명나라 사졸들 중에 사상자가 많았다. 그래서 승승장구한 명나라 군사의 용맹스럽고 예리한 기운으로도 어쩔 수 없이 군사를 거두어 후퇴해야 했다. 이렇듯 일본 사람들은 성을 지키는 데 능수능란하니, 국방에 종사하는 사람이라면 자세히 살펴야 할 것이다.

---

일본의 지정학적 특징, 축성(築城) 기술, 전략 전술에 대한 관심을 보여 주는 글이다. 임진왜란을 겪고 나서 전쟁 발발의 원인과 책임 문제 외에 이런 문제들도 중요하게 부각되었을 것이다. 조선의 부족한 점을 반성하고, 일본을 면밀하게 관찰하여 일본으로부터 배우고자 한 자세가 돋보인다. 북병영(北兵營)은 함경도 경성(鏡城)의 북병사(北兵使)가 주둔한 진영으로, 주로 국경 지역의 수비를 담당했다.

# 일본의 승려 겐뽀오

인조(仁祖) 기사년(1629) 여름에 일본의 중 겐뽀오(玄方)가 서울로 직접 올라오기를 청하기에 조정에서 허락했다. 겐뽀오가 가마를 타고 당도하자 병조(兵曹)에서 환영 행사를 했다. 겐뽀오가 이렇게 말했다. "조선이 후금(後金)의 침략을 받았으니 의리로 보아 구원하지 않을 수 없습니다. 그리고 이참에 명나라에도 조공을 바치고자 합니다." 또 이렇게 말했다. "옛날에는 일본으로 사람을 보내 글을 가르쳐 주고 음악을 가르쳐 주었습니다. 음악은 '고려악'(高麗樂)이라 칭하여 지금까지도 천황궁(天皇宮)에서 쓰고 있는데 음률이 변했습니다. 조선은 중국과 더불어 부자(父子)의 나라가 되었으니, 불교도 반드시 성대하게 전해졌을 터이니 전수 받았으면 합니다."

그러나 예관(禮官)이 그 요청을 거절하면서 "지금 우리 조정은 오로지 유교만 숭상하고 불교는 폐기했다"고 했다. 이에 겐뽀오가 또 "예전에 송운 선사(松雲禪師 : 사명당)를 뵈었는데 진정한 대사(大師)이셨습니다"라고 하자, 예관이 "송운은 이미 죽었고 그를 계승한 자도 없다"고 대답하니, 겐뽀오가 노발대발하여 전별연(餞別宴)도 받지 않고 돌아갔다.

내 생각에, 불교를 전수해 달라는 요청은 이치로 보아 허락하지 않는 것이 마땅하지만, 예악(禮樂)을 가르쳐달라는 요청으로 말하면 그들이 하고자 하는 바에 따라 권해 주고 인도해 주는 것이 옳았는데 어째서 거절했단 말인가? 다만 이 또한 가르칠 만한 스승이 없어서 그랬던 듯하니, 심히 부끄럽다. 송운을 계승한 자가 없다는 대답 역시 지극히 무식하다.

더구나 일본은 지역이 넓고 토질이 비옥하며, 무기가 예리하고 군졸이 씩씩하니, 우리나라는 여기에 비교가 되지 않는다. 임진년 이후로 저들도 잘못을 반성하여 150년 동안 변방에 전쟁이 없었다. 그렇긴 하지만 앞으로 끝내 별일이 없을 것이라고 어찌장담할 수 있겠는가? 저들이 예나 지금이나 외침을 당하지 않는것은 지형 덕분이다. 하지만 여러 주(州)가 분열되어 다투는 일은 있었으니, 이런 상태가 오래되면 장차 반드시 통일될 것이며, 통일되고 나면 글을 숭상하는 기풍이 일어나고 군사력은 쇠해질것이다.

일본 사람들은 절실하게 중화를 사모하여, 서적을 많이 간행하고 시문(詩文)도 조금 전하긴 하지만, 여전히 시골 학생 같은미숙함을 면하지 못했다. 따라서 우리가 만약 이 기회를 잡아 그들을 잘 가르쳐 진작시켰더라면, 그들도 곧바로 변하여 집집마다 글을 숭상하게 되었을 것이다. 그래서 문예로써 선비를 뽑을 정도까지 된다면 그때는 한창 자기들끼리 글솜씨를 뽐내느라 외국을 엿볼 겨를이 없을 것이다. 이렇게 되면 어찌 두 나라의 이익이 아니겠는가?

그 방법은 통신사가 왕래할 때 재주 있고 학식을 갖춘 선비를 뽑아 그들과 더불어 시문을 많이 주고받고 학문을 강론하게 하여, 그들의 소원을 많이 들어주는 데 있을 따름이다. 대저 진실한 자세로 이웃 나라와 교제하는 것은 선왕(先王)의 아름다운 법이다. 그런데 지금은 저들의 사신이 우리의 국경 위에서 멈추어 있으면 우리가 또 그들의 요청을 기다린 뒤에야 사신을 보내어 맞이하니, 이는 정성과 신뢰를 크게 결여한 것이다. 마땅히 다시 약조를 맺어, 3년에 한 번씩 사신을 교환하여, 우리 편에서 가면 그쪽에서 오되 각각 도성 안까지 오도록 하여 번다한 비용을 줄이고, 오만하고 간사한 버릇을 금해야 한다. 이렇게 하면 서로 정(情)이 통하고 서로 의(義)가 합할 것이니, 이보다 더 좋은 장구한 계책은 없다.

겐뽀오가 서울로 올라오기를 청하자 당시 조정에서 허락하기로 결정한 것으로 말하면 전례가 없었던 것은 아니다. 다만 일개의 머리 깎은 중이 가마를 타고 지나친 예우를 받았으니 어찌 우리나라에 수치스러운 일이 아니겠는가? 당시에 이런 이유를 들어 거절하지 못했던 것이 또한 한스럽다.

---

임진왜란 이후로 한일 관계는 경색될 수밖에 없었다. 이런 상황에서 조선 후기를 통틀어 처음이자 마지막으로 서울로 온 일본인 특사가 곧 겐뽀오이다. 이 글에서 성호는 그 당시 조정의 대처 방식에 대해 비판하고 있다. 일본과의 문화 교류의 길을 차단한 것이 잘못이라는 것이다. 문화 교류의 방안을 제시한 다음 성호는 한 가지 비판을 덧붙인다. 조정에서 일개 승려에 지나지 않은 겐뽀오를 지나치게 예우했다는 것이다. 요컨대 성호는 일본에 대해 유화적이고 개방적인 자세를 취하되 조선의 자존심을 지키는 것이 바람직하다고 본 것이다.

# 삼포 거주 일본인 문제

쓰시마를 정벌한 뒤에 왜인(倭人) 60가구가 제포·부산포·
염포¹ 등지에 와서 살고자 하기에 조정에서 허락했다. 그 뒤 수
효가 점점 많아지자 변방의 수비를 맡은 장수들이 그들을 매우
심하게 혹사했다. 이 때문에 중종(中宗) 5년 경오(1510) 4월 계
사일에 왜인은 쓰시마의 왜(倭)를 유인하여 병선(兵船) 수백 척
을 거느리고 와서 성과 보루를 함몰시켰다.

조정에서는 황형(黃衡)과 유담년(柳聃年)을 각각 좌도방어
사(左道防禦使)와 우도방어사(右道防禦使)로 삼아 경기(京畿)·
충청(忠淸)·강원(江原) 3도의 군사를 일으켜 전투에 임하도록
했다. 12일 뒤 갑진일에 황형과 유담년은 경상우도병마사(慶尙
右道兵馬使) 김석철(金錫哲)과 길을 나누어 육로(陸路)로 공격
하고, 우도수사(右道水使) 이종의(李宗義)와 부산첨사(釜山僉
使) 이보(李俌)는 수로(水路)를 따라 함께 진격했다. 이에 적군
은 후퇴하여 제포에 주둔했다.

황형이 먼저 적진으로 들어가자 모든 장수가 그 뒤를 따랐는
데, 군사들이 나무줄기를 사슴뿔처럼 뾰족하게 다듬어 만든 무
기를 들고 있어서 적군이 감히 가까이 오지 못했다. 또 투석군

---

1_ 제포(薺浦)·부산포(釜山浦)·염포(鹽浦): 일본인의 왕래를 허용한 세 포구, 즉 삼포(三浦)
   이다. 제포는 지금의 경상남도 진해시 웅천동 일대, 부산포는 지금의 부산시 부산진 일대,
   염포는 지금의 울산시 염포동 일대이다.

(投石軍: 돌을 던지는 부대)을 앞세워 돌을 던지게 하니 적의 방패가 모조리 부서졌다. 적군이 패배하여 달아나서 먼저 배에 오르려고 다투느라 자기들끼리 칼로 찌르고 활로 쏘는 바람에 바다에 빠져 죽은 자가 얼마인지 이루 다 셀 수 없을 지경이었다. 침몰시킨 적군의 배는 5척이고, 죽이거나 사로잡은 군사는 295급(級: 사상자와 포로를 세는 단위)이었다.

내가 상고해 보니, 쓰시마를 정벌한 것은 다이라 도오젠(平道全) 등이 왜(倭)를 이끌고 왔기 때문이었다. 그 당시에 여러 섬의 왜를 잡아서 모두 국경 내의 마을에서 살게 했으니, 나중에 틀림없이 인구가 불어났을 것이다. 지금 또 왜인 대조마노2_ 등이 다이라 도오젠의 예전 술책을 썼는데, 비록 이들을 평정하긴 했지만 앞으로 한 번 큰 소요가 발생할 것이다. 그들은 결국 우리의 동족이 아니므로 틈만 생기면 반란을 일으킬 것이니, 오랑캐를 몰아내고자 한 곽흠3_의 계책이 좋을 듯하다. 그러나 정현룡이 역수(易水)의 오랑캐를 섬멸할 때,4_ 항복한 왜인을 선봉부대로 삼았는데 그 왜인들이 죽을힘을 다해 싸웠으니, 그렇다면 오직 이들을 어떻게 쓰느냐에 달려 있을 뿐이다.

지금 듣자 하니 해안의 여러 고을에 귀화 일본인들의 집단

---

2_ 대조마노(大趙馬奴): 오바리시(大趙馬道)를 가리키는 듯하다. 오바리시는 야스코 모리나가(奴古守長)와 더불어 삼포에서 반란을 일으킨 인물이다.

3_ 곽흠(郭欽): 서진(西晉) 사람. 국내의 오랑캐를 변방 밖으로 몰아내어 출입을 엄금할 것을 건의했으나 채용되지는 않았다. 그 뒤에 진나라는 결국 오호(五胡)의 난으로 멸망했다.

4_ 정현룡(鄭見龍)이~섬멸할 때: 1594년 역수부(易水部)의 오랑캐들이 영건보(永建堡)에 와서 노략질을 하자 정현룡이 군사 2천 명을 거느리고 가서 토벌한 일을 말한다. 전쟁 당시에 적군이 저항하자, 투항한 왜인이 적극적으로 나선 덕분에 관군(官軍)이 드디어 성을 함락시킬 수 있었다고 한다.

거주 지역이 많다고 한다. 그곳은 별도로 한 부락을 이루고 있고, 고을의 백성들은 그들과 통혼하지 않는다고 한다. 그들을 천하게 여기기 때문이다. 이러다가 훗날 혹시라도 왜구의 침략을 받게 되면, 그들이 반드시 그 기회를 틈타 화를 키우지 않으리라는 법이 없다. 중국의 명문가 중에 원래 오랑캐 출신이 얼마나 많은가? 지금 왜인이 대대로 우리나라에서 살면서 문명 교화를 입은 지 오래되었는데 어째서 유독 그들에게만 심하게 군단 말인가? 지금 왜관(倭館)의 남녀가 간통하면 사형시키니 이것은 진실로 좋은 법이다. 하지만 귀화한 지 오래된 사람에 대해서는 마땅히 각 고을에 명하여 그들 중에서 일을 시킬 만한 자를 가리고 그중에서 우수한 자를 뽑아 현달하게 하여, 차츰차츰 우리나라 사람들과 더불어 섞어 살게 해야 비로소 화합할 것이다.

삼포왜란의 시말을 정리한 다음 일본인과의 평화로운 공존의 길을 모색하고 있다. 물론 성호도 기본적으로 조선 내의 일본인들을 잠재적인 위험 요소로 보고 있긴 하다. 그러나 성호는 이들 일본인들을 그렇게 낙인찍는 데 머무르지 않고, 그들에 대한 조선 사회 전반의 편견과 차별을 문제삼으면서, 이들의 거주권과 생활권을 보상할 책임을 조선 사회에 스스로 묻는다. 성호가 이들 귀화 일본인을 조선 사회에 받아들여야 한다고 주장하면서 중국의 사례를 든 점도 주목된다. 성호는 조선 사람들의 이중 잣대를 문제 삼고 있는 것이다. 오늘날 한국 사회에 만연해 있는 이중 잣대, 즉 서양 선진국 사람에 대한 태도와 국내 이주 노동자에 대한 태도의 차이에서 나타나는 이중 잣대를 떠올리지 않을 수 없다.

서양 공부

# 서양 선교사 로드리게스

임진년(1592) 뒤 정두원(鄭斗源)이 연경(燕京)에 갔을 때 서양 사람 로드리게스(João Rodriguez Tçuzu, 중국명: 육약한陸若漢)를 만났다. 그는 나이가 97세였는데도 정신이 빼어나고 표표하여 마치 신선 세계의 사람 같았다고 한다. 그가 중국에 왔을 때 '빨강머리 오랑캐'와 '털북숭이 오랑캐'[1]의 왕래가 막힌 것을 없앴다. 광동(廣東)으로 와서 홍이포(紅夷砲: 네덜란드 대포)를 바치니, 천사가 가상하게 여겨 특별한 손님으로 대우했고, 등주(登州: 중국 산동성의 고을)로 그를 보내 협력하여 요동(遼東)을 회복하게 했다.

그는 또한 정두원에게 대포를 주어 우리나라 국왕에게 알리게 하고, 『치력연기』(治曆緣起) 1권, 『천문략』(天問畧) 1권, 『원경설』(遠鏡說) 1권, 『직방외기』(職方外紀) 1권, 『서양공헌신위대경소』(西洋貢獻神威大鏡疏) 1권과 천리경(千里鏡: 망원경)·자명종(自鳴鍾)·조총(鳥銃)·약통(藥筒) 등을 주었다.

'원경'(遠鏡)은 백 리 밖에서도 적진(敵陣)을 바라보면서 미세한 것까지도 관찰할 수 있는 것이다. '조총'은 화승을 쓰지 않고도 석화(石火)가 저절로 일어나는 것이니,[2] 우리나라 조총을

---

1_ '빨강머리 오랑캐'와 '털북숭이 오랑캐': 한자로는 각각 '홍이'(紅夷), '모이'(毛夷)라고 한다. 모두 명나라 때 서양 사람을 일컬었던 말이다.
2_ 화승(火繩)을~일어나는 것이니: '화승'은 불을 붙이는 데 쓰는 노끈이다. 전통적인 화승총에 사용되었다. '석화'는 부싯돌식 발화 장치(flintlock)에 의해 점화되는 것을 뜻한다. 이렇게 되면 화승을 태우는 것보다 훨씬 빨리 탄환을 발사할 수 있다.

두 번 쏠 동안에 네다섯 번 쏠 수 있을 정도로, 탄환을 쏘는 데 걸리는 시간이 짧다. '홍이포'는 포탄 하나가 말(斗)만큼 큰데 80리까지 날아갈 수 있다고 한다.

로드리게스는 마테오 리치(Matteo Ricci, 중국명: 이마두利瑪竇)와 같은 시기에 온 사람인데, 그가 우리에게 준 것들은 모두 없앨 수 없는 것들이다. 내가 볼 수 있었던 것은 『천문략』과 『직방외기』 등 여러 종류의 서적들이었고, 그 나머지는 남아 있는 게 없다.

---

로드리게스(1561~1633)는 처음에는 일본에서 선교 활동을 하다가 1614년에 추방되어 마카오로 갔고, 그후 중국에서 활동했다. 요동 회복을 도왔다는 것은, 1630년에 산동성 일대의 후금(後金) 군대 토벌에 협조한 것을 말한다. 이 당시 명나라는 북경과 산해관을 지키는 데 전력했기 때문에 산동성의 병력은 약해질 수밖에 없었다. 이런 상황에서 로드리게스의 서양 대포가 큰 도움이 되었다. 정두원이 로드리게스를 만나 서양 문물과 서적을 받아 돌아온 것은 1631년의 일로, 그 당시 로드리게스의 나이가 97세였다는 것은 사실과 다르다. 기억상의 착오이거나 과장일 것으로 짐작된다. 정두원과 로드리게스의 만남은 기록 상으로 조선과 서양의 첫만남이다.

# 서양 선교사 우레만

우레만(Johann Ureman, 중국명: 오약망鄔若望)은 서양 사람으로, 천계(天啓: 명나라 희종熹宗의 연호) 연간에 중국에 왔다. 의술(醫術)에 뛰어나, 중국의 『본초강목』(本草綱目)에 수록된 8천여 종(種)의 약초를 연구했는데 안타깝게도 그 연구서가 한문으로 번역되지 않았다. 여기에는 필시 기이한 치료법과 특이한 약재가 있어서 사람을 살리는 데 크게 유익할 것인데 후세에 전하지 못하고 없어지고 말았으니, 이상한 노릇이다.

---

성호는 서양 과학의 정확성에 여러 번 감탄한 바 있다. 그렇다면 약초 연구를 집대성한 『본초강목』에 대해서는 서양 사람이 과연 어떤 연구를 했을지 궁금하지 않을 수 없었을 것이다. 요한 우레만(1583~1621)은 독일 출신의 예수회 선교사로, 1616년에 마카오에 들어와서 1620년에 남창(南昌)으로 옮겼는데, 건강이 악화되어 이듬해에 사망했다.

# 안경

　'애채'(靉靆)는 세상에서 '안경'(眼鏡)이라 부르는 것이다. 사전(辭典)에 "서양에서 나왔다"고 했다. 하지만 서양 사람 마테오 리치는 만력(萬曆) 9년 신사년(1581)에 처음으로 중국에 왔다. 내가 장영(張寧)의 『요저기문』(遼邸記聞)을 상고해 보니 이렇게 쓰여 있었다.

　지난번 내가 도성에 있을 적에 호농(胡灓)의 거처에서 그의 부친 종백공(宗伯公)이 선묘(宣廟: 명나라 선종宣宗)로부터 하사 받았다는 물건을 본 적이 있다. 동전처럼 생긴 것이 큼직한 게 두 개인데, 모양과 색깔이 운모(雲母)와 매우 흡사하다. 금으로 윤곽을 잡아 테를 빙 두른 다음에 길게 빼내어 다리를 만들고 그 끝에 끈을 매어 놓았다. 합치면 하나로 되고 가르면 둘로 된다. 노인들이 눈이 어두워 작은 글씨를 알아보지 못할 때 양쪽 눈에 이 물건을 펴서 걸면 글자가 선명하게 보인다.

　그렇다면 이 물건은 선종(宣宗, 재위 1425~1435) 때 이미 중국에 들어왔던 것이다. 또 그 책에 이렇게 쓰여 있다.

서양이 비록 멀긴 하지만 서쪽 끝의 천축국(天竺國: 인도) 등 여러 나라가 중국과 교역한 지 오래되었고 천축국은 서양과 멀지 않으니, 앞으로 틀림없이 중국까지 전해져서 집집마다 반드시 갖추게 될 것이다.

그렇다면 애채는 서역의 만리국(滿利國)에서 나온 것이다.

---

지금은 일반화된 안경의 유입에 대한 고증이다. 안경이 이미 명나라 선종 때 중국에 들어왔다는 성호의 지적이나, 안경이 장차 집집마다 보급될 것이라 예측한 장영의 말이나 모두 흥미롭다. '만리국'은 '만자가국'(滿剌加國), 즉 '말레이시아'를 가리키는 듯하다. 참고로, 성호는 「안경의 노래」(靉靆歌), 「안경에 새긴 글」(靉靆鏡銘) 등 안경에 대한 글을 여럿 남긴 바 있다. 특히 「안경에 새긴 글」에서는 안경을 만든 서양 사람이 하늘을 대신하여 인(仁)을 행했다고 극찬했다.

# 서양의 그림

근래에 연경에 사신으로 다녀온 사람이 서양의 그림을 사 와서 마루에 걸어 놓았다. 처음에 한쪽 눈은 감고 한쪽 눈으로 오랫동안 주시했더니 궁궐의 모서리와 담장이 모두 입체적으로 보여 마치 진짜인 것 같았다.

어떤 사람이 묵묵히 연구하더니 이렇게 말했다. "이는 화공(畫工)의 오묘한 방법이다. 원근(遠近)과 장단(長短)의 치수가 분명하기 때문에 한쪽 눈에 시력을 집중해야 이렇게 진짜처럼 보이는 것이다." 이런 방법은 중국에 일찍이 없었던 것이다. (…)

---

흔히 서양화와 달리 동양화에는 원근법이 없다고 한다. 물론 꼭 이렇게 단순화할 것은 아니지만, 적어도 성호 당시에는 서양식의 원근법이 매우 신기하고 또 생소했던 듯하다. 조선 시대에는 서양의 화법을 '태서화법'(泰西畫法)이라 했는데, 강세황(姜世晃, 1713~1791)·윤제홍(尹濟弘, 1764~?) 등이 이 기법을 도입한 바 있다.

# 지구는 둥글다

　지구의 위아래에 사람이 산다는 학설은 서양 사람들이 처음으로 자세하게 논한 것이다.

　근래에 어떤 사람이 이시언(李時言)이 훌륭한 장수의 재질을 가졌다고 천거하자, 김시양(金時讓)이 이렇게 말했다고 한다. "내가 들으니 아무개(이시언을 가리킴—역자)가 서양의 학설을 신봉한다고 한다. 이 사람이 아직까지도 서양의 학설이 잘못된 줄을 모르는데, 하물며 어찌 적진(敵陣)을 엿보고 변란을 막을 수 있겠는가?" 김시양은 총명하고 지혜로워 추측한 것이 잘 들어맞는 것으로 평소에 유명했지만 이번에는 오히려 그런지 모르겠다. 그렇다면 그의 학식이 깊지 않은 것을 짐작할 수 있다.

　김시진(金始振)도 지구 위아래에 사람이 살고 있다는 설을 몹시 그르게 여겼다. 이에 남극관(南克寬)이 글을 지어 이렇게 변론했다. "여기에 달걀 하나가 있다고 치자. 개미가 달걀 껍데기를 따라 두루 돌아다녀도 떨어지지 않는다. 사람이 땅 표면에서 사는 것이 어찌 이와 다르겠는가?"

　내 생각에 남극관이 김시진을 비판한 것은 잘못된 말로 잘못된 말을 공격한 것이다. 개미가 달걀에 붙어 있으면서 떨어지지 않을 수 있는 것은 개미의 발이 물건에 잘 달라붙기 때문이다. 지금 벌레가 벽을 따라 기어 올라가다가 잘못하면 당장 떨어지고 만다. 그러니 이런 비유를 가지고 다른 사람을 깨우쳐 줄 수 있겠는가?

이 문제는 마땅히 땅의 중심을 가지고 논해야 할 것이다. 한 지점의 땅의 중심에서 보면, 상하 사방이 모두 안으로 향해 있다. 그렇다면 커다란 지구가 중앙에 달려 있는 채로 조금도 움직이지 않는다는 것을 추측할 수 있다.

달걀은 지구 한쪽에 붙어 있으니 달걀도 지구에서 떨어지면 곧 아래로 떨어질 것인데, 어떻게 달걀 밑에 개미가 붙어서 기어 다닐 수 있겠는가?

---

서양 과학의 영향으로 지구에 대한 전통적인 인식이 얼마나 흔들렸는지 알 수 있다. 전통적인 관념으로는 둥근 지구의 위아래에 모두 사람이 살고 있다는 학설이 대단히 생소했을 법하다. 그래서 그 학설을 배척하는 사람도 생겼을 것이다. 땅의 중심을 가지고 논한 성호의 학설을 '지심론'(地心論)이라 한다. 지구와 같이 둥근 물체에는 상하 사방에서 그 중심을 향한 기운이 있다는 것이다. '지구의 중심을 향한 기운'은 '중력'에 근접한 개념이다. 또한 성호는, 하늘이 엄청난 회전 운동을 하는데 안쪽으로 들어갈수록 회전력이 약해지므로 하늘의 중앙에 있는 지구는 정지해 있다고 생각했다. 지구가 중앙에서 움직이지 않는다는 것을 추측할 수 있다고 말한 것은 이런 이유에서이다.

# 서양의 방성도(方星圖)

「제법」(祭法)에 "제곡(帝嚳: 중국 고대의 황제)이 별의 궤도를 측정하여 백성에게 알려 주었다"고 했다. 지금의 별자리 지도가 어느 시대부터 갖추어진 것인지 모르겠으나 그 기원은 제곡에게서 시작되었다. 요(堯)임금이 천체의 운행을 측정하여 백성에게 알려 준 것은, 아들이 아비의 일을 계승한 것에 지나지 않는다.

지금 별자리 지도를 살펴보니 여러 별이 바둑알처럼 넓게 깔려 있으면서 각각 연결선이 있다. 그 선으로 연결된 별들이 하나의 별자리가 됨을 밝힌 것이다. 그뿐만이 아니다. 더러 연결선이 가로세로로 교차되기도 하는데, 하늘에 반드시 이런 것이 있기 때문에 옛날 사람들이 연결선으로 표시했을 것이다.

당초에 별자리 그림은 성인이 처음 만들었을 것이다. 성인의 시력은 남다르니, 공자가 수천 리 밖까지 자세히 살펴보았다는 이야기가 그 증거이다. 보통 사람은 보지 못하는 것을 성인만이 홀로 보았던 것이다. 혹은 정밀한 기계가 있어서 그렇게 할 수 있었는지도 모른다.

지금 서양의 방성도(方星圖)를 보니 중국의 것과 다르다. 더러는 연결선만 있고 별은 없는데, 이는 망원경으로 본 것이다. 예를 들어 금성(金星)이 달보다 크다든가, 태양이 지구보다 크다든가, 은하수는 별의 기운으로 만들어진 것이라든가, 금성과 목성(木星)에 고리가 있다든가 하는 등등은 육안으로는 알 수 없는 것이다. 이것은 결코 터무니없는 말을 억지로 지어낸 것이 아니니, 마땅히 따라야 할 것이다.

또 옛날의 별자리 지도는 다만 개천도[1]일 뿐이니, 「혼천전도」[2]에 못 미친다. 사람은 큰 땅의 한쪽 구석에서 살고 있으니 전체를 두루 볼 수 없는 것이 당연하다. 이 때문에 아래쪽에 또한 조각의 땅이 있다는 것을 평생 모르고 사는 사람이 많으니, 자신이 보고 들은 것에 국한되는 것이 이와 같다.

천체는 원형인데 그림은 평면으로 퍼져 있기 때문에, 개천도는 어쩔 수 없이 가운데는 촘촘하고 바깥쪽은 듬성듬성하게 되어 있지만 실제는 그렇지 않다. 방성도는 여섯 폭으로 나누어졌다. 대체로 보통 사람이 육안으로 볼 수 있는 곳은 사방의 한쪽 면에 지나지 않는다. 하늘의 동쪽과 서쪽의 적도(赤道)가 360도

---

1_ 개천도(蓋天圖): 하늘과 땅이 서로 평행하는 평면 혹은 곡면이라는 개천설(蓋天說)에 의거하여, 하늘이 땅을 덮고 있는 형태로 그린 천문도를 말하는 듯하다. 이렇게 되면 천체의 전부를 온전히 담아낼 수 없다.

2_ 「혼천전도」(渾天全圖): 조선 초기의 전통적인 천문도와 서양의 새로운 천문도를 혼합하여 만든 천문도.

라면 남북도 마찬가지일 텐데, 육안으로 볼 수 있는 것은 상하좌
우로 90도에 지나지 않는다. 이를 90도씩 나누어, 방성도는 상하
두 폭, 사방 네 폭으로 만들어, 멀거나 가까운 것 그리고 촘촘하
거나 듬성듬성한 것이 일정하여 틀리지 않으니, 그 뜻이 지극히
세밀하다.

　　그러나 이 여섯 폭의 그림만으로는, 천체는 원형이고 그림은
평면인 차이를 여전히 해결하지 못한다. 그래서 다시 탁개도(坼
開圖)라는 것을 창안하여 중간은 이어 붙이고, 양쪽은 손가락을
벌린 것처럼 쪼개 놓았다. 이렇게 해서 척도를 유감없이 나타냈
으니 역시 정교하다.

망원경에 의한 정확한 실측과 정밀한 천문도 제작에 성호는 주목하고 있다. 아래쪽에
도 땅덩어리가 있다는 것을 평생 모르고 사는 사람이 많다는 지적에서 알 수 있듯이, 서
양 천문학은 종래의 협소한 세계 인식을 깨뜨리는 데 크게 기여했다. 방성도는 이탈리
아 선교사 그리말디(Philippus Maria Grimaldi, 중국명: 민명아閔明我)가 1711년에
제작한 것이다. 2003년에 해남(海南) 녹우당(綠雨堂)에 소장된 방성도가 공개되어 연
구자들의 이목을 끈 바 있다. 방성도는 심사도법(心射圖法)이라는 투영법으로 그린 것
이다. 이 도법은 천구 전체를 왜곡 없이 표현하기에는 부족하지만, 일부분만을 표현하
는 데에는 정확하다고 한다. 방성도는 6매의 정사각형 평면에 그린 것으로, 이를 조립
하면, 비록 원형은 아니지만, 정육면체의 천구가 된다. 이런 방성도로도 여전히 해결하
지 못한 왜곡을 상당 부분 해결한 것이 곧 탁개도라는 것인 듯하다. 『제법』은 『예기』(禮
記)의 한 편이다.

# 아담 샬의 천문 역법

『한서』「율력지」(律曆志)에는 "황제(黃帝)가 역서[1]를 만들었다"고 했고, 『세본』(世本)에는 "용성(容成)이 역서를 만들었다"고 했고, 『시자』(尸子)에는 "희화(羲和)가 역서를 만들었다"고 했다. 용성은 곧 황제의 신하이고, 희화는 또 요(堯)임금의 신하다. 요임금이 희화에게 명하여 해와 달과 별의 운행을 측정하여 백성에게 삼가 알려 주도록 했으니, 아마도 역법[2]은 황제 때에 시작되어 요임금 때에 와서 정밀해진 듯하다.

요임금은 제곡(帝嚳)의 아들이다. 「제법」(祭法)에 보면 "제곡이 별의 궤도를 측정하여 백성에게 알려 주었다"고 했으니, 제곡 이전에는 측정한 사람이 없었던 것을 알 수 있다. 별의 운행을 측정하기 전에 천체의 운행에 밝을 수 있는가? 요임금이 제곡의 일을 계승했으니, 해와 달과 별의 운행을 측정한 것은 더 정밀하게 연구한 것이지, 요임금이 창안한 것이 아니다. 기구를 제작하고 도수(度數)를 재는 기술은 후대로 내려올수록 더 정밀해지는 법이다. 아무리 지혜로운 성인일지라도 미진한 점이 있는데, 후대 사람이 이어받아 더욱 보충하고 연구하니, 시대가 내려갈수록 더욱 정교해지는 것이 당연하다.

---

1_ 역서(曆書): 일 년 동안의 월일, 해와 달의 운행, 일식과 월식, 24절기, 중요한 기상 변동 등을 날짜 순서대로 적은 책.
2_ 역법(曆法): 천체의 운행을 기준으로 하여 세시(歲時)를 정하는 방법.

한(漢)나라가 개국한 이래로 4백 년 동안 5차례 역법을 고쳤고, 위(魏)나라에서 수(隋)나라까지 13차례 고쳤고, 당(唐)나라에서 주(周)나라까지 16차례 고쳤고, 송(宋)나라는 3백여 년 동안 18차례 고쳤고, 금(金)나라 희종(熙宗)에서 원(元)나라까지는 3차례 고쳤다. 명(明)나라가 개국하여 유기(劉基)의 건의로 대통력(大統曆)을 시행했는데, 이것은 건국 초기에 원통(元統)이 정한 것이지만 사실은 원(元)나라의 곽수경(郭守敬)이 만든 수시력(授時曆)이다.

지금 시행하고 있는 시헌력(時憲曆)은 곧 서양 사람 아담 샬(Johann Adam Schall von Bell, 중국명: 탕약망湯若望)이 만든 것으로, 여기에서 역법이 극치에 도달했다. 해와 달의 교차, 일식·월식이 하나도 틀리지 않으니, 성인이 다시 나오더라도 반드시 이를 따를 것이다.

---

아담 샬의 시헌력이 역법의 극치에 도달했으며, 성인이 다시 나오더라도 반드시 이를 따를 것이라며 성호는 극찬을 아끼지 않고 있다. 성호가 '성인'이라는 관념 자체를 거부한 것은 아니지만, 서양 과학에 못 미치는 성인의 한계를 인정함으로써 성인의 지위가 상대화되고 있다는 점이 주목된다. 아담 샬은 독일 출신의 예수회 신부로, 중국에서 활약했다. 그는 천문 역법에 밝았으며, 월식을 예측하여 명성을 얻었다. 청나라에 볼모로 가 있던 소현 세자는 그와 친분을 맺어 서양 과학 서적 및 천구의(天球儀) 등을 선물로 받았다고 한다.

# 천주교 교리에 대하여

『칠극』(七克)은 서양 사람 빤또하(Diego de Pantoja, 중국명: 방적아龐迪我)의 저술이니, 곧 '자기의 사사로운 욕심을 이겨야 한다'는 우리 유교(儒敎)의 가르침과 같다. 그 책에 이런 말이 나온다.

인생의 온갖 일은 악을 없애고 선을 쌓는 두 가지 일에서 벗어나지 않는다. 그래서 성현의 훈계가 모두 악을 없애고 선을 쌓기 위한 바탕이 되는 것이다. 무릇 욕심에서 악이 생겨나기는 하나 욕심이 본래부터 악인 것은 아니다. 이 몸을 보호하고 영혼과 정신을 도와주는 것도 욕심인데, 사람이 오직 사욕(私欲)에 빠질 때 비로소 죄가 되고 온갖 악의 근원이 되는 것이다.

악의 뿌리가 마음속에 도사려, 부유해지길 원하고, 귀해지길 원하고, 안락해지길 원하는 이 세 개의 큰 줄기가 밖으로 뻗어나간다. 그러면 이 세 줄기에서 또 가지가 생겨, 부유해지고자 하면 탐욕스러운 마음이 생기고, 귀해지고자 하면 교만함이 생기며, 안락해지고자 하면 음식 욕심과 음란함과 게으름이 생기고, 혹 자기보다 더 부유하고 귀하고 안락한 사람을 보면 곧 질투심이 생기고, 내 것을 빼앗기면 곧 분노가 생긴다. 이것이 '일곱 개의 악의 가지'이다.

탐욕스러운 마음이 돌같이 단단하거든 베풂으로써 풀고, 교만함이 사자같이 사납거든 겸손으로써 누르며, 음식 욕심이 골짜기처럼 크거든 절제로써 막고, 음란한 마음이 물같이 넘치거든 정절(貞節)로써 막으며, 게으름이 지친 말〔馬〕과 같거든 부지런함으로써 채찍질하고, 질투심이 파도처럼 일어나거든 너그러움으로써 가라앉히며, 분노가 불같이 타오르거든 인내로써 꺼야 한다.

이 '일곱 개의 악의 가지' 가운데에는 다시 절목이 많고 조리가 정연하며 비유가 절실하여, 간혹 우리 유교에서 밝히지 못했던 것도 있으니, 극기복례(克己復禮)의 공부에 큰 도움이 될 것이다. 다만 천주(天主)와 마귀의 설이 들어 있는 것은 해괴하니, 만약 이런 설을 제거하고 훌륭한 논설만 뽑아 채택한다면, 이것이 바로 유교의 부류라 하겠다.

---

천주교 교리를 접한 조선 사대부들은 그것이 이단이라며 극력 배척하거나, 평등주의나 박애주의적인 면에 경도되거나, 아니면 절충적인 입장을 취했다. 성호는 다소 절충적인 입장을 취했는데, 천주교 교리 가운데 유교에서 미처 밝히지 못한 것을 적극 수용하고자 한 점이 특히 돋보인다. 자신의 정체성을 유지하면서 타 종교 및 사상과 평화로운 공존을 유지하기 위해서는, 성호와 같은 입장을 취하는 것이 현실적으로 가능한 한 가지 방법이 될 수 있지 않은가 한다. 타 문화와 타 종교에 대한 개방적인 자세가 여전히 부족한 한국 사회에 많은 생각거리를 던져 주는 글이다. 디에고 데 빤또하(1571~1618)는 스페인 출신의 예수회 선교사이다.

해설

# 조선적 주체성의 모색
―성호 이익과『성호사설』

## 성호의 삶과『성호사설』

사유는 도전이다. 그것은 폭력에 대한 도전이자, 편견에 대한 도전이자, 무엇보다도 자기 자신에 대한 도전이다. 그것은 주어진 삶에 굴하지 않는 정신의 발로이다. 성호 이익(星湖 李瀷, 1681~1763)은 이런 '도전으로서의 사유'를 체현한 실학자이다.

이런 사유의 길을 예견이라도 하듯, 성호는 출생부터 평탄함과 거리가 멀었다. 성호는 1681년 음력 10월에 평안도 운산군(雲山郡)에서 태어났다. 이곳은 성호의 부친 이하진(李夏鎭, 1628~1682)의 유배지이다. 유배는 이른바 '경신대출척'(庚申大黜陟)으로 인한 것이었다. '경신대출척'은 '경신년(1680)의 대대적인 퇴출'이란 뜻이다. 그 당시에는 서인(西人)과 남인(南人)의 대립이 당쟁(黨爭)의 축을 이루었다. 성호의 집안은 남인에 속했다. 1680년에 남인은 서인을 누르고 권력을 잡았지만, 내부적으로 분열된 끝에 결국 서인에게 다시 권력을 빼앗기고 급기야 정계에서 완전히 퇴출되기에 이르렀다. 이 사태를 두고 '경신대출척'이라 한다.

그 여파로 성호의 집안은 일거에 몰락하고 만다. 성호의 부친은 성호가 태어난 다음 해인 1682년에 세상을 뜬다. 성호는 어려서부터 허약하여 10여 세까지 글을 배우지 못하다가, 그후로 둘째 형 이잠(李潛, 1660~1706)에게 글을 배웠다고 한다. 그러나 이하진에 이어 이잠도 당쟁의 소용돌이에 휩쓸리게 된다. 1706년에 이잠의 상소문이 그 당시 집권 세력이었던 노론(老論)의 강한 반발을 불러일으킨 결과 이잠은 역적으로 몰려 18차례의 신문 끝에 장살(杖殺) 당한 것이다. 이때부터 성호는 과거 시험을 완전히 포기하고 학문에 정진했다.

그의 학문과 사유의 터전이 된 곳은 광주(廣州) 첨성리(瞻星里)이다. 첨성리는 지금의 안산시 상록구 일동이다. 이곳은 성호의 선영(先塋)이 있던 곳으로, 집안 대대로 내려온 이곳의 전장(田莊)을 기반으로 하여 성호는 집안의 대소사를 챙기고 생활하면서 공부에 전념할 수 있었다.

이곳은 성호의 '사유의 공간'이다. 이 말은 단순한 비유가 아니다. 첨성리는 농촌이면서 서울과 멀지 않다. 성호는 이곳에서 몸소 농촌 생활을 하면서 인근 농민들의 참상에 직면할 수 있었으며, 서울이라는 중심지에 대해 거리를 두면서 그 동향을 예의 주시할 수 있었다. 성호의 일련의 개혁 사상은 이렇게 생활 속에서 구체적으로 부딪치게 된 여러 문제에 대한 지적 대응인 것이다.

『성호사설』(星湖僿說)도 첨성리에서 지어졌다. 애초에 성호가 이런 제목의 책을 지으려는 의도를 가졌던 것은 아니라고 한다. 『성호사설』에 수록된 글들은 성호가 평소에 생활하거나 공부하거나 제자들을 가르치다가 떠오른 생각이나 의문들을 적어 둔 것이다. 성호는 그 글들을 차곡차곡 모아 두었다가 80세에 가까워지자 꺼내어 정리했다. 평생에 걸친 학문의 총결산이 곧 『성호사설』인 것이다. '사설'(僿說)은 '자질구레한 논설'이란 뜻으로, 자기 글을 겸손히 낮추어 부른 말이다.

전통적인 분류법에 따르면 『성호사설』은 '잡저'(雜著)에 속한다. '잡저'는 특정한 체계나 형식에 구애되지 않고 다양한 내용을 자유롭게 적어 놓은 것이다. 성호의 선배 실학자 이수광(李睟光, 1563~1628)의 『지봉유설』(芝峰類說)과 유형원(柳馨遠, 1622~1673)의 『반계수록』(磻溪隨錄)도 마찬가지로 잡저로, 다각적인 사회개혁안을 담고 있다. 이 저서들의 체제와 문제의식이 『성호사설』의 성립에 일정하게 영향을 끼친 것으로 보인다. 그밖에도 성호의 부친이 1678년에 사신으로 중국에 다녀오면서 방대한 양의 서적을 사 왔는데, 그 서적들도 『성호사설』의 성립에 밑거름이 되었을 것으로 생각된다.

이상과 같이 조선 현실에 대한 문제의식, 주변 농민들의 참상에 대한 정직한 대응, 선배 실학자의 계승, 막대한 양의 서적,

꾸준한 학문적 축적, 전장의 경제적 기반 등이 복합적으로 작용하여 『성호사설』이 탄생할 수 있었다. 천문, 지리, 의학, 생물, 철학, 역사, 문학, 예술, 문헌 고증, 사회 개혁, 국방, 외교 등『성호사설』이 포괄하고 있는 범위는 실로 광범위하다. 그래서 흔히 『성호사설』은 백과사전적 저술로 알려져 있다. 그런데 이런 통념은 언뜻 보면 아주 틀린 것은 아니지만, 따지고 보면『성호사설』의 핵심이랄까 정수를 놓친 게 아닌가 한다.

『성호사설』은 폭넓은 지식을 담고 있다는 점에서는 백과사전과 비슷하지만, 그와 결정적으로 구분되는 점이 있다. 그것은 『성호사설』이 실학자로서의 '투철한 문제의식'과 '높은 식견'을 보여 준다는 것이다. 『성호사설』에 담긴 광범위한 지식은 그저 흥밋거리나 '지식을 위한 지식'으로 나열된 것이 아니다. 어떻게 하면 하층민이 더 잘살 수 있을까, 어떻게 하면 부당하게 잊힌 사람들이 정당한 평가를 받을 수 있을까, 어떻게 하면 중국 및 일본과의 평화적 관계를 구축할 수 있을까, 어떻게 하면 더 유연하고 개방적인 세계 인식을 할 수 있을까 하는 등등의 문제를 구체적이면서도 치밀하고 깊이 있게 파고들기 위해 이런 광범위한 지식이 요구되었던 것이다. 『성호사설』을 읽을 때에는 이 점에 각별히 유의할 필요가 있다. 그렇다면 『성호사설』에 담긴 성호의 사유의 면면은 어떤 것인가?

## 약한 존재에 대한 연민과 공감

『성호사설』에는 생명에 대한 깊은 연민과 존중심을 보여 주는 글들이 몇몇 눈에 띈다. 성호는 병아리, 고양이, 참새 새끼, 파리, 벌과 같은 미약한 존재에 대한 애정을 갖고 있었다. 일례로, 성호는 「파리도 함부로 잡았다가는」에서 이공(李珙)과 상진(尙震)의 일화를 들어 미물(微物)에 대한 사랑을 강조하고 있다. 아무리 참새 새끼나 파리와 같이 미미한 존재라도, 그리고 그 존재가 설령 인간에게 불편을 끼친다 하더라도, 그 생명을 존중해야 한다는 것이다. 이런 존중심은 육식에 대한 반성(「동물을 대할 때에는」·「육식에 대하여」)으로 이어지며, 다음과 같이 정치적으로 확장되기도 한다.

> 대저 백성의 고통은 부귀한 사람이 알 수 있는 게 아니다. 이미 고생한데다 굶주리기까지 하니, 어찌 이곳저곳 떠돌아다니다 죽어서 그 시체가 도랑과 구덩이에 가득하지 않을 수 있겠는가?
>
> —「병아리」 중에

「병아리」란 글에서 성호는 병아리를 해치는 게 무엇인지, 그렇다면 병아리를 어떻게 돌보는 게 좋은지에 대해 자신의 경험에 입각하여 구체적으로 언급한다. 인용문은 그런 언급에 이어지는 결론 부분이다. "백성의 고통은 부귀한 사람이 알 수 있는 게 아니다"라는 개탄에서 확인되듯, 이 글에서 병아리를 돌보는 마음은 백성에 대한 근심과 하나로 포개어진다. 이로써 생명에 대한 성호의 섬세한 마음은 정치적 함의를 띠게 된다.

그렇다면 생명에 대한 존중심이 사회적 약자에 대한 인식의 정서적 바탕이 될 수 있지 않을까? 그런 정서적 바탕이 사회적 약자에 대한 인식을 더욱 구체적이고 절실하게 만들 수 있지 않을까? 이런 가능성을 염두에 두면서, 다음의 글을 읽어 보자.

> 30년 전의 일이다. 저물녘에 서울을 지날 때였다. 날씨가 매우 추웠는데, 어느 눈먼 거지가 옷은 해지고 배는 고픈데 남의 집에 빌붙지 못해서 대문 밖에 앉아 통곡하며 "죽고 싶다, 죽고 싶어"라고 하늘에 하소연했다. 그 뜻이 정말로 죽고 싶었지만 그렇게 안 된 것이었다. 지금도 이 일을 잊을 수 없다. 생각만 해도 눈물이 쏟아지려 한다.
>
> ―「거지의 하소연」 중에

성호는 "죽고 싶다"는 거지의 말이 단순한 과장이 아니라 정말로 죽고 싶다는 뜻이라고 받아들인다. 그만큼 성호는 거지의 입장에서 구체적으로 생각한 끝에, 거지의 절망에 깊이 공감하고 연민을 갖게 된 것이다.

기실 연민의 감정이란, 경우에 따라서는 자신은 그런 비참한 처지가 아니라는 것을 확인한 데서 생기는 일종의 안도감 같은 것이 될 수도 있다. 이 경우 연민은 또 하나의 가식과 허위가 될 것이다. 그러나 성호에게서는 이런 위선을 좀처럼 찾아볼 수 없다. 그만큼 사회적 약자에 대한 성호의 인식은 구체적이며 진솔하다. 그 구체성과 진솔함은 하층민의 고통을 자신의 것처럼 체험할 수 있는 '공감의 능력'에 기인한다.

성호가 펼친 일련의 개혁 사상은 이런 '공감의 능력'의 논리적 귀결이다. 사회적 약자의 참상에 대한 정직한 대응이 기층민의 입장에 선 구체적이고 절실한 개혁 사상을 낳은 것이다. 그는 조선의 노비 제도와 서얼 차별이 천하 고금에 없는 것이라고 단언하면서 그 불합리성을 비판했으며(「노비 제도의 부조리함」·「서얼 차별의 문제」), 토지 소유의 불평등을 해결하기 위한 방안을 강구했다(「토지의 균등 분배를 위하여」).

그밖에도 성호는 서민에게 고통을 주었던 지방관의 횡포를 막기 위해 고심했고(「유랑민의 고통」·「젖먹이도 군적에 오르는 세상」·「환곡 제도의 폐단」), 특권층의 관직 독점을 막고, 진정으로 백성의 고충을 알며 백성을 위해 일할 사람을 선발하기 위한 대책을 마련했으며(「과거 시험의 폐단」), 백성을 위한다는 구호를 내세우지만 실은 서민들을 소외시키고 특권층에게 혜택을 줄 뿐인 조세 제도와 법 제도의 허구성을 문제삼았다(「조세 감면의 허점」·「사면(赦免)의 문제점」).

이렇듯 성호의 개혁안은 신분제·토지 소유제·지방 행정·인사 행정·조세 제도·법률 제도·행정 조직 등 사회 전반을 대상으로 한 포괄적인 것으로, 그 중심에는 언제나 사회적 약자와 소수자가 자리 잡고 있다.

그밖에도 성호는 「미천한 몸으로 출세한 사람들」·「임진란 때 활약한 종의 아들 유극량」 같은 글에서 신분이 미천한 사람들의 행적에 주목하여 이들을 재평가했다. 이렇듯 사회적 약자에 대한 연민과 공감은 다양한 인물의 재발견으로 이어진다.


## 지식인으로서의 자기반성

그런데 사회적 약자에 대한 인식은 단지 외부 세계에 대한 인식으로 그치는 것이 아니라 '나' 자신에 대한 반성을 촉발한다. 외부 세계에 대한 '공감'과 '비판적 대응'이 '나'에 대한 성찰을 낳고, 또 '나'에 대한 성찰이 다시 외부 세계에 대한 새로운 인식을 가져온 것이다.

> 나는 천성이 글을 좋아하지만, 아무리 하루 종일 글공부하느라 끙끙거려도, 실 한 올 쌀 한 톨도 모두 내 힘으로 마련한 것이 아니다. 그러니 내가 어찌 천지 사이의 한 마리 좀벌레가 아니겠는가? 오직 다행인 것은 조상으로부터 물려받은 재산이 있어 몇 섬 몇 말이나마 받고 있다는 것이다. 그 가운데서 식량을 절약하여 많이 먹지 않는 것이, 나라를 위한 가장 좋은 계책이 된다.
>
> — 「내 어찌 좀벌레가 아니랴」 중에

성호는 스스로를 '좀벌레'라 부르고 있다. 어째서인가? 아무런 생산적인 일도 하지 않고, 그렇다고 달리 세상에 기여하는 것도 없으면서 밥만 축내기 때문이다. 하층민의 참상을 익히 알고 있던 성호는 스스로 반성하면서, 미안한 마음에 밥이라도 줄이려는 것이다.

이런 반성 속에, 선비는 어떤 존재인가, 선비는 누구 덕에 존재하는가, 그렇다면 선비는 이 세상에 어떻게 기여할 것인가 하는 물음이 성호에게 대단히 절실한 문제로 다가왔을 것으로 생각된다. 그리하여 성호는 자신의 본분을 망각했으면서도 부끄러

위하지 않는 선비들의 기풍에 개탄하면서, 선비는 원래 가난하게 마련이며, 이런 현실을 의연하게 받아들여 선비의 본분을 잃지 않는 것이 중요하다고 했고(「선비는 늘 가난한 법이다」·「선비가 참아야 할 여섯 가지 일」), 공허한 관념을 탈피하여 세상에 도움이 되는 학문을 해야 한다고 설파했다(「무엇을 위해 공부할 것인가」).

이렇듯 사회적 약자에 대한 인식은 지식인으로서의 자기반성 및 자기각성과 맞물린다. 그리고 이렇게 해서 정립된 '나'가 다시 사회의 여러 문제에 대해 고민함으로써 성호의 사유가 펼쳐진다.


## 자국(自國)과 세계에 대한 주체적 인식

성호는 넓은 세계에 대해 유연하고 개방적인 자세를 가지되 자신의 주체성을 잃지 않는 모습을 보여 준다. 그 주체성은 조선의 역사와 지리에 대한 인식에서 잘 드러난다.

먼저 성호의 역사 연구를 살펴보자. 성호는 고조선에서부터 고려는 물론 자신의 동시대에 이르기까지 한국사 전반에 걸쳐 다각적이고 면밀한 연구를 했다. 조선 지식인의 자기의식이 역사적 지평을 확보하게 된 것이다. 고대사 인식을 예로 들면, 성호는 한반도의 고대 국가의 국호, 고조선의 영역, 한사군(漢四郡)의 위치, 삼한(三韓)의 위치를 새롭게 고증하는 등 고대사의 중요한 문제에 대해 새로운 논의를 펼친 바 있다. 이 중에서 본서는 고대 국가의 국호에 대한 글(「우리나라의 국호」)을 수록했다.

그 다음으로 성호의 지리 연구를 살펴보자. 성호는 울릉도, 두만강 일대 등 지금까지도 여전히 분쟁의 대상이 되고 있는 지역에 대한 연구를 남겼다. 「울릉도」와 「백두산」 같은 글이 그 성과이다.

임진왜란 이후로 일본의 어부와 해적들이 울릉도를 무단으로 점거하는 사례가 간간이 있었는데, 1695년에 안용복이 울릉도로 가서 일본인들을 몰아내고 아예 쓰시마까지 가서 분쟁을 담판 지었다. 성호는 안용복의 이런 활약상을 높이 평가하는 한편, 일본에 대해 별반 효과적인 대응을 하지도 못했으면서 안용복에게 부당한 처우를 한 조정의 잘못을 비판했다(「울릉도」).

그렇다고 해서 성호가 맹목적으로 팽창주의적 입장을 취했는가 하면, 그것은 그렇지 않다. 이런 견지에서 백두산정계비(白頭山定界碑)에 대한 성호의 입장에 유의할 필요가 있다. 1712년에 세워진 백두산정계비는 서쪽으로는 압록강을, 동쪽으로는 토문강을 경계로 하여 국경을 정하는 것을 골자로 한다. 여기에 대해 성호는 정계비를 세울 당시 관료들이 부정확한 정보를 토대로 하여 결국 조선의 영토를 축소시키고 말았다고 비판하면서도, 우리의 옛 땅을 되찾자는 식의 막연한 애국주의적 입장에 대해 경계했다(「백두산」).

이와 상통하게 성호는 고대사를 연구하면서 과거의 실제는 실제대로 탐구하되 현재의 영역은 또 그대로 인정하는 자세를 취한 바 있다. 기실 요즘의 동아시아 영토 분쟁에서 자주 확인되는 문제 중 하나는, 과거의 영역에 대한 '역사적 사실'과 현재의 영역에 대한 '현재적 사실'을 각국이 편의대로 뒤섞는다는 데 있다. 이 점에서 분쟁 지역에 대한 성호의 연구는 여전히 시사하는 바가 적지 않은 듯하다.

이상과 같이 주체적이되 맹목적이거나 경직되지 않고 유연하며 현실적인 성호의 시각은 국방 외교론, 일본론, 서학(西學) 등에서도 확인된다.

조선은 국제 정세의 변화에 큰 영향을 받아 왔으면서도 대체로 거기에 능동적으로 대처하지 못했다. 성호는 이 점을 병통으로 여겨 국제정치의 문제에 남다른 관심을 가졌다. 성호의 시대는 이미 임진왜란과 병자호란이라는 대규모의 전란을 겪은 뒤였다. 이 두 전쟁은 조선의 생존을 위협했을 뿐만 아니라 동아시아 전체의 지각 변동을 가져올 정도로 어마어마한 것이었다. 따라서 중국과 일본이라는 타자와 어떤 관계를 유지하고 그들 사이에서 어떻게 생존할 것인지는 그 당시로서는 생사를 건 과제였다. 그런데 조선의 정치가들은 대부분 명분론에 사로잡혀, 복잡다단한 국제 정세에 유연하게 대응하지 못했고, 그 결과 조선은 청나라에 굴욕적인 항복을 해야 했다. 그런데도 조선의 신료들은 청나라와의 관계를 여전히 인정하지 않고, 내부적으로 청나라에 대한 적개심을 키우면서 그런 정서를 정치 이데올로기화하고 있었다. 「병자호란에 대하여」와 「전쟁이냐 화친이냐」는 이런 정치 현실에 대한 문제 제기이다. 그밖에도 「국제 정세와 생존 전략 1」 같은 글들을 통해 성호는, 국제 정세를 예의 주시하면서 조선의 생존 가능성을 모색하고자 했다. 요컨대 성호는 조선의 주체성을 견지하면서 주변국들과의 평화적 관계를 유지하기 위해 고민했던 것이다.

이런 견지에서 성호의 일본론 역시 여러모로 주목된다. 임진 왜란 이후로 조선 지식인들은 일본에 대해 강한 반감을 갖고 있었다. 이런 이유로 해서 일본에 대한 17세기 조선 지식인들의 인식은 대부분 객관성과 정확성을 결여했던 것으로 생각된다. 성호는 이런 일본관을 극복하여 일본에 대한 새로운 관점을 열어 간 선구적 인물이다.

우선 일본에 대한 성호의 관심의 폭이 대단히 넓다. 일본의 지리·역사·정치·문화·기술·풍속·군사는 물론, 귀화 일본인 문제, 조일 관계의 미래 등에 대해 성호는 관심을 기울이고 고민했다. 이 방대함 자체가 일단 당시 조선의 학문적 풍토로서는 대단히 진일보한 면이다.

그런데 성호의 관심은 단순한 호기심의 차원을 넘어선 것이다. 어째서 조선은 일본의 침략에 초토화될 수밖에 없었는가? 그런 일본의 저력은 어디에서 나왔는가? 일본은 도대체 어떤 나라이며, 일본으로부터 배워야 할 점은 무엇인가? 조선이 일본과 이웃하고 있다면, 그리고 조선 내부에 이미 적지 않은 귀화 일본인이 거주하고 있다면, 일본과의 평화로운 공존을 이룰 수 있는 방안은 무엇인가? 성호는 이런 문제를 심각하게 고민했던 것이다.

성호의 일본론을 통해 짐작할 수 있듯이, 성호가 사유의 영역으로 넣고 있는 '세계'는 넓고 크다. 그 '세계'는 일본뿐 아니라 '서양'까지 포괄한다. 중국에서는 로드리게스(João Rodriguez Tçuzu, 1561~1633), 마테오 리치(Matteo Ricci, 1552~1610) 등의 예수회 선교사들이 소개한 서양 문물, 서양 과학, 서양 종교가 이미 큰 반향을 불러일으켰다. 지금까지 계속되고 있는 '서양 공부'가 시작된 것이다. 청나라에 파견된 사신을 통해 조선에도 서양 문물과 서양 서적들이 유입되면서 일부 조선 지식인들의 비상한 관심을 끌었다. 성호도 이 새로운 세계에 눈을 떠 진취적이고 개방적인 자세를 취했다. 말하자면, 서양 학문의 제1세대인 셈이다.

성호는 정확하고 정밀한 서양의 천문학과 역법(曆法)에 찬

탄을 금하지 않았고(「서양의 방성도(方星圖)」·「아담 샬의 천문 역법」), 서양의 의학(「서양 선교사 우레만」)은 물론 서양의 그림과 안경에 대해 관심과 호기심을 숨기지 않았다.

서양 과학은 당시 동아시아 지식인들의 세계관에 지대한 영향을 끼쳤는데, 성호도 예외가 아니었다. 성호가 마테오 리치의 『곤여만국전도』(坤輿萬國全圖)를 인용하면서 금강산에 대한 잘못된 통념을 바로잡으려 하거나(「금강산 일만 이천 봉」), 지구가 둥글다는 서양 학설을 수용하면서 지구의 중심을 향한 기운 때문에 모든 물체가 지구의 중심을 향해 몰려든다는 '지심론'(地心論)을 펼친 것(「지구는 둥글다」)이 그 예이다.

그리고 본서에서는 미처 소개하지 못했지만, 성호는 다른 글에서 "중국도 한 조각 땅덩어리에 불과하다"고 말한 바 있다. 성호의 이런 언급도 『곤여만국전도』의 영향을 받은 것이다. 주지하다시피 전근대 동아시아의 세계 질서와 문명 의식은 중국을 중심으로 한 것이었다. 그런데 서양의 세계 지도로 인해 중국 중심의 가치관에 심각한 균열이 생긴 것이다. 이렇듯 서양 과학은 전통적인 가치 체계를 근본적으로 뒤흔들 만한 잠재력을 갖고 있었으며, 성호도 그 영향을 받고 있었다.

요컨대 성호는 드넓은 세계와 교섭하면서 '조선적 주체성'을 모색했다. 그 주체성은 일본, 중국, 서양을 타자로 한다. 성호는 이들 '중요한 타자'를 거부하지 않고, 이들에 대해 개방적이고 우호적인 태도를 취하되 냉정함을 잃지 않았다. 이런 '타자에의 관심'을 통해 세계 인식의 확장과 객관화가 가능해진다. 그리고 역으로, 그런 세계 인식으로 인해 그만큼 더 객관적인 자기인식, 더 철저하고 냉정한 자기인식, 더 비판적인 자기인식이 아울러 가능해진다. 그리고 이렇게 '세계'와 '나'의 끊임없는 순환 관계 속에서 새롭게 정의되고 정립된 주체가, 타자에 대해 배타적이지도 않고, 그렇다고 해서 타자에 대해 무방비적이지도 않으면서, 타자와의 평화로운 공존의 가능성을 모색하기에 이른 것이다. 성호의 이런 '조선적 주체'는 견고하지만 경직되어 있지 않으며, 유연하지만 나약하지 않으며, 넓고 풍부하면서도 자신의 중심을 잃지 않는다.

## 21세기와 『성호사설』

성호는 제자들과 더불어 『성호사설』의 글들을 다듬어 인쇄하고자 했지만 미처 그 정리 작업을 마무리 짓지 못했다. 그렇지만 조선 시대에 『성호사설』은 이미 광범위하게 읽혔던 것으로 보인다. 특히 이 책이 다산 정약용(茶山 丁若鏞, 1762~1836)에게 큰 영향을 끼쳤다는 사실은 잘 알려져 있다. 다만 다산은 『성호사설』이 지나치게 잡다한 것을 병통으로 여겼던 듯하다. 결국 『성호사설』은 다산을 통해 '비판적으로' 계승된 셈이다. 다산의 글은 물샐틈없이 논리 정연하며 체계성을 갖추었다. 『성호사설』에는 이런 '체계화'가 부족하다. 그러나 그 대신 『성호사설』에는 사고의 여백이 있다고 보면 어떨까 한다. 오늘날의 관점에서 받아들이고 소화하는 데에는, 즉 고전을 현재적 문제의식 속에서 '재구성'하는 데에는 『성호사설』의 풍부함과 비체계성이 오히려 도움이 되는 측면이 있지 않느냐는 것이다.

그렇다면 지금 이 시대에 어떻게 『성호사설』을 읽을 것인가? 이 물음과 관련하여 우선 최근의 동향에 대해 반성할 필요가 있다. 성호는 조선 후기의 실학자이다. 최근 조선 후기를 소재로 한 교양서, 소설, TV 드라마, 영화 등을 자주 접할 수 있다. 물론 이들 서적이나 매체의 전반적인 경향을 한두 가지로 단순화하는 것은 무리일 테지만, 화려한 왕실 문화나 시정의 소비적이고 향락적인 면면을 강조한 경우가 적지 않은 듯하다. 그러나 조선 후기를 이렇게 번영과 활력의 시기로만 보려는 것은, 단편적인 흥밋거리를 만들어 내기에는 유리할지 몰라도, 그리고 막연한 자존심을 고취할 수는 있을지 몰라도, 소비문화에 무분별하게 편승하려 한다는 혐의에서 자유롭기 힘들지 않은가 한다. 『성호사설』을 통해 드러나는 조선 후기의 모습은 결코 그렇지 않다. 지금 한창 대서특필

하고 있는 조선 후기의 번영의 이면에는 부당한 차별과 불법적인 전횡으로 고통 받은 이들의 그림자가 짙게 드리워져 있는 것이다. 성호의 다채로운 사유는 이렇게 고통 받고 있는 이들이 처한 현실에 대한 지적 대응이다. 이렇듯『성호사설』은 이제까지 한국 사회가 조선 후기를 이미지화한 방식 자체를 반성하게 한다.

따라서 '고전과의 관계 방식' 자체에 대한 근본적인 반성 속에서 이제『성호사설』을 읽을 필요가 있다. 일종의 '반성적 독법'이 요청되는 것이다. '반성적 독법'은 고전을 통해 오늘을 반추하는 작업을 포함한다.

몇 가지 예를 들어 보자. 성호는 파리나 참새 새끼와 같이 아무리 하찮고 미미한 것이라도 그것이 생명을 가진 한 그것을 존중하고자 했다. 오늘날은 벌레를 잡기가 굉장히 편리해졌다. 도시적인 거주 환경에서 벌레는 불필요한 것이고, 위생을 위해 혹은 그밖의 목적을 위해 간단히 제거되어야 하는 존재이다. 더욱이 인간을 위한다는 명목으로 실험용 동물들이 혹사되기도 한다. 그뿐만이 아니다. 여러 매체를 통해 타인의 고통이나 살생 장면 등이 스펙터클한 효과를 증폭하기 위해 남용되고 있는 것이 현실이다. 이런 상황에서 생명에 대한 감수성, 그리고 타인의 고통에 대한 공감의 능력이 무뎌질 우려가 높다. 그러나 그런 무딘 사람들로 구성된 공동체란 또 얼마나 무시무시한 것인가?『성호사설』은 이런 문제에 대한 성찰의 기회를 마련해 줄 수 있다.

'고통'에 대한 공감은 기본적으로 슬프고 어두운 정서를 동반할 터이다. 그런데 최근에는 이런 슬픔과 어두움이 막연하게 감상적인 것이거나, 아니면 부정적인 것이거나, 아니면 상당히 부담스러운 것으로 받아들여지는 경향이 적지 않은 듯하다. 그러나 이런 어두운 정서적 반응이 얼마나 정직한 것인지, 얼마나 한 인간을 깊이 있게 만드는지, 타인에 대한 그리고 사회에 대한 인식을 얼마나 구체적이고 절실하게 만드는지 성호의 글들을 통해 체험할 수 있다. 이런 체험은 오늘의 한국 사회를 더 건강하게 만드는 데 적지 않은 도움이 될 수 있을 듯하다.

또한 성호가 사유의 영역으로 삼고 있는 '세계'가 대단히 넓다는 데 주목할 필요가 있다. 성호는 넓은 세계 속에서 사유하면서 스스로를 응시한 사람이다. 오늘날은 성호의 시대와는 비교가 되지 않을 정도로 세계의 범위가 넓어졌으며, 정보도 굉장히 많아졌다. 그러나 오늘날을 살아가는 사람 중에, 특히 공부를 업으로 삼고 있는 사람 중에, 과연 성호처럼 넓은 세계 속에서 사유하면서 스스로를 성찰하는 사람이 얼마나 될지는 여전히 의문이다.

넓은 세계를 사유의 영역으로 넣는다는 것은 단순한 지식 정보의 양의 문제가 아니다. 그것은 세계의 '전체성'에 육박하기 위한 '정신'의 문제이다. 이 '정신'을 문제 삼을 경우, 성호의 사유는 중요한 지적 자산으로 거듭 음미될 필요가 있다. 우선 넓은 세계 속에서의 사유는 파편화된 지식에 대한 도전이 될 수 있다. 그리고 그 사유는 유연하고 성숙한 주체성을 재정립하기 위한 도전이 될 수 있다. 한국인은 한 지역의 주민이자, 동아시아의 이웃이자, 세계 속의 한 사람이자, 다시 한국인이다. 그리고 한국인의 함의도 물론 단일하지 않다. '한국인'이라는 정체성을 일방적으로 강조하는 것은, 다양한 소수자의 존재를 망각하도록 유도하거나, 차근차근 음미해야 할 사태의 복합성을 집단의 이름으로 단순화하는 데로 귀결될 위험이 매우 높다. 그리고 이렇게 해서 형성된 주체는 거칠고 폭력적일 뿐만 아니라 자기기만적인 것으로 전락할 가능성이 적지 않다. 그렇다면 어떻게 한 지역의 일원으로, 동아시아의 일원으로, 세계 시민의 일원으로, 그러면서 한국인으로, 한국인이되 소수자들과 더불어 살아가는 존재로 자신의 정체성을 재정립할 것인가? 『성호사설』은 이런 고민 속에서 읽을 만하다.

요컨대 성호가 모색한 '조선적 주체성'은 여전히 미래적 전망을 갖는다. 성호는 '미래적 전망' 속에서 '옛글'을 연구하며 '오늘'과 함께 호흡한 학자이다. 이제 독자 여러분이 성호의 이런 면모를 귀감으로 삼아 또 다른 미래적 전망 속에서 『성호사설』을 읽고, 또 그럼으로써 '오늘'을 살아가는 데 본서가 도움이 되기를 희망한다.

## 이익 연보

1681년(숙종 7), 1세 — 음력 10월 18일, 평안도(平安道) 운산군(雲山郡)에서 태어나
다. 이곳은 경신대출척(庚申大黜陟)으로 인해 부친 이하진
(李夏鎭, 1628~1682)이 유배 간 곳이다.

1682년(숙종 8), 2세 — 부친이 돌아가시다. 몸이 약하여 이후 10세가 되도록 글을
배우지 못하다가, 조금 더 자라서 둘째 형 이잠(李潛, 1660~
1706)에게 글을 배우다.

1705년(숙종 31), 25세 — 증광시(增廣試)에 합격했으나, 이름을 적은 것이 격식에 어
긋났다는 이유로 회시(會試)에 응하지 못하다.

1706년(숙종 32), 26세 — 둘째 형 이잠이 상소를 올렸다가, 그 당시 집권 세력이었던
노론의 강한 반발을 불러일으킨 결과 역적으로 몰려 18차례
의 신문 끝에 장살(杖殺) 당하다. 이때부터 과거 시험을 포기
하고 셋째 형 이서(李漵, 1662~1723), 사촌형 이진(李潗) 등
과 함께 학문에 정진하다.

1713년(숙종 39), 33세 — 아들 맹휴(孟休)가 태어나다. 그는 성호의 가르침을 받아 경
세치용(經世致用)의 학문을 전공한 것으로 알려져 있다. 이
무렵에 『맹자질서』(孟子疾書)를 저술하다. 이 책을 포함하여
『논어질서』(論語疾書)·『대학질서』(大學疾書)·『중용질서』
(中庸疾書)·『시경질서』(詩經疾書)·『서경질서』(書經疾書)·
『역경질서』(易經疾書)·『소학질서』(小學疾書)·『근사록질서』
(近思錄疾書)·『심경질서』(心經疾書)·『가례질서』(家禮疾書)
등 유교의 주요 경전 및 성리학 서적에 대한 연구서가 모두
필사본으로 전하는데, 이들 서적을 『성호질서』(星湖疾書)라
통칭한다.

1715년(숙종 41), 35세 — 모친상을 당하다.

1722년(경종 2), 42세 — 이 무렵 조카 이병휴(李秉休, 1710~1776)가 성호에게 수학
하다. 이병휴는 윤동규(尹東奎, 1695~1773), 안정복(安鼎福,
1712~1791)과 더불어 성호의 3대 제자로 일컬어진다. 그는
성호의 가르침을 받아 『주역』과 예학(禮學)을 전공했다.

1723년(경종 3), 43세 — 이 무렵 조카 이용휴(李用休, 1708~1782)가 성호의 집에 머
무르다. 그는 성호 학통의 계승자 중에 문장으로 유명하다.

| | |
|---|---|
| 1727년(영조 3), 47세 | — 선공감(繕工監) 가감역(假監役)에 제수되어 상경했다가 그날로 돌아오다. 그 뒤로 광주(廣州) 첨성리(瞻星里)의 성호장(星湖莊)에 은거하다. |
| 1740년(영조 16), 60세 | — 종손 이삼환(李森煥, 1729~1813)이 성호에게 수학하다. |
| 1742년(영조 18), 62세 | — 맹휴가 대과(大科)에 급제하다. 종손 이가환(李家煥)이 태어나다. 이가환은 이용휴의 아들로 문장과 학문이 뛰어났는데, 특히 천문학과 수학에 밝았던 것으로 알려져 있다. |
| 1746년(영조 22), 66세 | — 부인상을 치른 뒤 자신의 예론(禮論)을 정리하여 『상위일록』(喪威日錄)을 짓다. 안정복이 찾아와 수학하다. |
| 1751년(영조 27), 71세 | — 맹휴가 병으로 죽다. 이후 건강이 악화되고 경제적인 어려움에 처하다. |
| 1753년(영조 29), 73세 | — 퇴계 이황(退溪 李滉, 1501~1570)의 글에서 긴요한 것을 뽑아 『이자수어』(李子粹語)를 엮다. |
| 1757년(영조 33), 77세 | — 중풍으로 반신불수가 되다. |
| 1759년(영조 35), 79세 | — 권철신(權哲身, 1736~1801)이 성호에게 수학하다. 그는 성호의 사회개혁 사상을 계승했으며, 서학을 적극 수용한 것으로 알려져 있다. |
| 1760년(영조 36), 80세 | — 이즈음 『성호사설』(星湖僿說) 편찬을 마무리 짓다. |
| 1763년(영조 39), 83세 | — 나이 많은 노인에게 은전(恩典)으로 내려 주는 벼슬을 받아 첨중추부사(僉中樞府事)가 되다. 음력 11월 17일에 졸(卒)하다. |
| 1764년(영조 40) | — 음력 2월 27일, 광주 첨성리에 장사 지내다. |
| 1772년(영조 48) | — 유고(遺稿)가 흩어져 분실될 것을 염려한 이병휴와 안정복이 문집을 분류하여 베껴 쓰는 일에 착수하다. |
| 1774년(영조 50) | — 문집이 70권 40책 분량으로 정리되다. 이 필사본이 이후 간행된 문집의 바탕이 된다. |
| 1776년(영조 52) | — 다산 정약용이 이가환과 이승훈(李承薰, 1756~1801)을 통해 성호의 글을 접하고 큰 영향을 받아 학문에 대한 뜻을 굳히다. 다산은 평소에 "내 학문의 큰 틀은 성호 선생을 사숙(私淑)하는 가운데 깨달은 것이 많다"고 밝혔으며, "우리 성호 선생은 하늘이 내신 빼어난 호걸로, 도덕과 학문이 고금에 |

견줄 만한 사람이 없다"며 존경의 뜻을 표한 바 있다. 또한 다산은 유배지에서 정약전(丁若銓, 1758~1816)에게 보낸 편지에서, "스스로 생각해 보면, 우리들이 천지의 웅대함과 해와 달의 광명을 알 수 있게 된 것은 모두 성호 선생의 힘이었습니다"라고 했다.

| | |
|---|---|
| 1795년(정조 19) | ―다산이 성호의 유고를 정리하다. 남인(南人)의 영수 채제공(蔡濟恭, 1720~1799)이 문집 간행을 제안했으나 이루지 못하다. |
| 1801년(순조 1) | ―종손 이가환이 천주교 신봉자로 몰려 체포되어 옥사하다. 권철신과 이승훈 등도 마찬가지 이유로 체포되어, 권철신은 국문을 받다 매를 많이 맞아 죽고, 이승훈은 사형되다. 다산도 같은 이유로 체포되어 장기(長鬐)에 유배되었다가 나중에 황사영 백서사건(黃嗣永帛書事件)에 연루되어 강진(康津)으로 이배되다. |
| 1867년(고종 4) | ―우의정 유후조(柳厚祚, 1798~1876)의 요청에 따라 이조판서에 추증되다. |
| 1917년 | ―후손 이덕구(李德九)의 집에 보관되어 있던 성호의 문집을 토대로 하여, 이병희(李炳憙)가 영남 지방과 기호 지방 유림(儒林)의 협조를 얻어 경상남도 밀양시 부북면(府北面) 퇴로리(退老里)에서 50권 27책의 『성호선생문집』을 간행하다. 그 책판은 현재 퇴로리에 보관되어 있다. |

# 작품 원제

## 파리도 함부로 잡았다가는

## 궁핍한 시인의 마음

## 우리 땅, 우리 역사

# 찾아보기

298